HEYNE <

Das Buch

»Aber hier drinnen in der Hütte konnte David ahnen, wie die Schatten herankrochen, über den Fußboden und an den Wänden hoch. Früher oder später holte die Dunkelheit ihn ein.«

Eine abgelegene Waldhütte ist genau das, was David braucht, um sich zu beweisen, dass er seine Angst besiegen kann. Sie ist isoliert, fernab jeder Ortschaft, es gibt kein funktionierendes Mobilnetz. Und es ist Herbst im Norden von Schweden: Die Tage sind kurz, die Dunkelheit ist lang. Bis auf seine Katze Zausel ist David allein. Er weiß, dass er es schaffen kann. Doch dann beginnen die Geräusche.

»Absolut glaubwürdig.« *Corren*

»Erinnert an die Romane von Stephen King.« *Hallandsposten*

»Das Genre des Horror hat einen routinierten Kronprinzen bekommen.« *Värmlands Folkblad*

»*Schwarze Nacht* ist ein verdammt fieses kleines Buch, und das ist natürlich ein Kompliment (...) Man sollte es nur bei strahlendem Sonnenschein lesen.« *Nerikes Allehandla*

Der Autor

Andreas Roman, geboren 1975 in Göteborg, konzipiert Computerspiele und betreibt eine »Schreibschule« in einer der größten Tageszeitungen Schwedens. Mit seinem Sensationsroman *Schwarze Nacht* feierte er in Schweden als neue Stimme der Spannungs- und Horrorliteratur seinen Durchbruch.

ANDREAS ROMAN

SCHWARZE NACHT

Aus dem Schwedischen
von Susanne Dahmann

WILHELM HEYNE VERLAG
MÜNCHEN

Die Originalausgabe MÖRKRÄDD
erschien 2008 bei Natur och Kultur, Stockholm

FSC
Mix
Produktgruppe aus vorbildlich
bewirtschafteten Wäldern und
anderen kontrollierten Herkünften

Zert.-Nr. SGS-COC-1940
www.fsc.org
© 1996 Forest Stewardship Council

Verlagsgruppe Random House FSC-DEU-0100
Das für dieses Buch verwendete FSC-zertifizierte Papier
Holmen Book Cream für Taschenbücher liefert Holmen Paper,
Hallstavik, Schweden

Vollständige deutsche Erstausgabe 05/2009

Printed in Germany 2009
Umschlagillustration: © shutterstock / Vicki France
Umschlaggestaltung: © Nele Schütz Design, München
Satz: Greiner & Reichel, Köln
Druck und Bindung: GGP Media GmbH, Pößneck
ISBN 978-3-453-43385-4

www.heyne.de

»Bitte, mach es nicht aus.«

Er stand mit dem Rücken zu ihr und schaute in die Nacht hinaus. So weit im Norden sahen um diese Zeit, wenn die Sonne seit Langem untergegangen war, alle Städte gleich aus. Vibrierende Lichter unter einer schwarzen Haut. Eine Tageszeit, zu der man vergaß, wie der Tag ausgesehen hatte.

Sie saß vorgebeugt da, die Hand an der Lampe. Jetzt wartete sie, mit dem Finger am Lichtschalter.

»Nicht?«

»Nein, mach es nicht aus.«

»Ich wollte es uns nur ein wenig gemütlich machen.«

»Nicht nötig. Es ist gut so.«

»Ehrlich?«

»Ja.«

»Okay. Du bestimmst.«

Er drehte sich um. Sie sank ins Sofa zurück und lächelte ihn an. Auf dem Tisch war ein Kartenspiel ausgebreitet. Die Deckenleuchte brannte, ebenso beide Nachttischlampen. Die Farben waren matt, als wären sie nur dafür ausgewählt worden, im Sonnenlicht gezeigt zu werden.

Sie wickelte eine Locke um ihren Zeigefinger und ließ ihn nicht aus den Augen.

»Wie lange sollen wir noch Karten spielen?«

»Willst du nicht mehr?«

»Nein, ich habe keine Lust mehr.« Sie legte den Kopf in den Nacken. »Komm lieber her und setz dich zu mir.«

Er blieb noch einen Augenblick stehen, dann setzte er sich neben sie. Das Sofa war weich und wollte ihn dazu verlocken, sich schlafen zu legen, bald würde er den Schlaf nicht mehr unterdrücken können. Es war schon fast zwei Uhr.

»Bist du müde?«, fragte sie.

Er nickte und fuhr sich mit der Hand über das Gesicht.

»Sehr müde.«

Sie berührte seinen Hals mit den Fingerspitzen. Er schloss die Augen. Ihre Hand wanderte zum obersten Hemdknopf hinunter, aber er hielt sie zurück.

»Das ist nicht nötig.«

Sie lachte.

»Nicht nötig? Was soll das heißen?«

»Nein, also, ich meine es ernst. Wir wollen es dabei belassen. Bist du damit einverstanden, auf dem Sofa zu schlafen?«

Sie zog die Hand zurück und richtete sich auf.

»Wie jetzt?«

»Oder ich nehme das Sofa, das geht auch.«

»Aber … also …«

Ihr Blick verengte sich. Er gähnte, stand auf und ging zum Badezimmer.

»Hast du eine Zahnbürste dabei? Wenn nicht, kannst du eine ausleihen, ich habe zwei, eine ist noch unbenutzt.«

Sie raffte ihre Sachen zusammen und stopfte sie in ihre Handtasche. Dann bewegte sie sich in Richtung Tür.

»Danke, aber nein. Es war wirklich nett, mit dir Karten zu spielen, ehrlich, aber ich gehe jetzt lieber, gute Nacht.«

Als sie zur Tür eilte, kam er zu sich und stand plötzlich vor ihr.

»Ich habe für eine Nacht bezahlt«, sagte er. »Ich will, dass du bleibst.«

»Wenn du nichts dafür haben willst, dann kann ich auch abhauen, klar?«

»Muss ich mit dir schlafen, damit du bleibst?«

»Ja … also, ja. Ja! Und jetzt lass mich durch.«

Er ließ den Kopf hängen und seufzte.

»Bitte. Ich will einfach nur, dass du hierbleibst. Wir legen uns schlafen. Du kannst gehen, sowie es hell wird. Du musst mich nicht wecken. Kannst es machen, wie du willst. Allerdings habe ich für eine Nacht bezahlt. Wenn ich etwas falsch verstanden habe, dann müssen wir noch mal über den Preis reden. Aber ich will, dass du bleibst.«

Sie schwiegen einen Moment lang. Dann sagte sie:

»Das macht das Doppelte.«

»Das Doppelte? Fürs Übernachten?«

»Spezialsachen kosten extra.«

»Okay, das Doppelte.«

Er ging zu seiner Tasche hinüber, die bei dem Doppelbett stand. Sie folgte ihm mit dem Blick, und als er sich herunterbeugte, um die Brieftasche herauszuholen, meinte sie plötzlich:

»Warte.«

»Hast du es dir anders überlegt?«

»Um was geht es hier eigentlich?«

Er sah sie aus den Augenwinkeln an.

»Was meinst du?«

»Bist du verheiratet oder so? Willst du nur Gesellschaft? In diesem Fall musst du es mir sagen. Dafür werde ich auch öfter bezahlt. Aber dann sag mir, wie du es haben willst.«

»Das habe ich doch gerade. Und du hast den Preis erhöht. Spezialsachen, hast du gesagt.«

»Nein, ja, stimmt. Du bist nicht etwa verheiratet, oder?«

Er stellte die Tasche hin und setzte sich aufs Bett.

»Nein.«

»Keine Freundin?«

»Nein.«

Sie ging auf ihn zu.

»Bist du schwul?«

»Nein.«

»Also nichts Komisches?«

»Nein. Ich mag Frauen, ich mache keine merkwürdigen Sachen, und ich misshandle niemanden. Ich bin ungefährlich.«

Sie setzte sich ganz dicht neben ihn.

»Aber was ist es dann?«

Er faltete die Hände vor dem Mund und lehnte sich vor. Sie konnte ein Lächeln erahnen.

»Lachst du über mich?«

»Nicht über dich, nein. Aber du bist tatsächlich die Erste, die fragt. Und jetzt, wo du fragst, fällt mir auf, wie komisch es ist, dass noch keine vorher gefragt hat.«

»Die Erste, die was gefragt hat?«

»So ungewöhnlich ist es auch wieder nicht. Einfaches

Geld, keine Fragen, rein und raus, und auf Nimmerwiedersehen.«

»Dann hast du das schon öfter gemacht? Frauen nur fürs Kartenspielen bezahlt?«

»Kann man so sagen, ein paar Mal.«

»Wie oft?«

»Verdammt oft.«

»Und du schläfst nie mit ihnen?«

»Spielt das eine Rolle?«

»Wie alt bist du?«

»Zweiunddreißig.«

»Hör mal …« Sie legte ihm eine Hand auf die Schulter. Vor den Augen flimmerte es. Als sie sich nach der Nachttischlampe streckte, schob er ihre Hand weg.

»Mach das Licht nicht aus.«

»Ich kann nicht schlafen, wenn es an ist.«

Er schwieg, doch sie bemerkte eine Strenge an ihm, die alle Müdigkeit vertrieb.

»Okay«, lenkte sie ein. »Dann lassen wir das Licht an. Darf ich auf meiner Seite ausmachen?«

Er schien sie erst nicht zu verstehen, deshalb fuhr sie fort: »Das hier ist ein Doppelbett. Ich habe vor, darin zu schlafen. Diese Seite ist meine. Und du bist ein Idiot und nichts anderes, wenn du auf dem Sofa schläfst.«

Eine Weile später lag jeder auf seiner Seite im Bett. Er sah zur Decke hinauf. Sie schaute ihn an. Ihre Lampe war ausgeschaltet, und sie hatte auch aushandeln können, dass das Deckenlicht ausgemacht wurde. Seine Lampe hingegen war immer noch an.

»Willst du darüber reden?«

Er zog die Schultern in einem Atemzug hoch.

»Es gibt dazu nicht viel zu sagen. Ich schäme mich nicht dafür. Ich finde nur, dass es tierisch anstrengend ist und mein Leben ruiniert.« Er gähnte.

»So einfach?«

»Ja, im Großen und Ganzen schon.«

»Aber du kennst mich doch gar nicht«, sagte sie. »Woher willst du wissen, ob ich dich nicht im Schlaf erschlage?«

»Und woher willst *du* wissen, dass nicht ich dich im Schlaf erschlage? Hast du niemals Angst davor?«

»Ich bleibe nur selten über Nacht.« Sie lächelte matt und blinzelte. Dann gähnte auch sie. »Ich bin wirklich müde. Es wird schön sein, zu schlafen.«

Kurz bevor sie einschlief, hörte sie, wie er sich bewegte.

Klick.

Die Lampe ging aus.

»Hast du jetzt doch ausgemacht?«

Er bewegte sich wieder.

Klick.

Die Lampe ging an.

»Manchmal geht es. Aber nicht immer.«

»Habe ich den Test nicht bestanden?«

»Gute Nacht.«

»Gute Nacht.«

Nach kurzem Zögern strich sie ihm über den Kopf.

»Du … so geht das nicht. Was, wenn du mal allein bist? Richtig allein?«

»Ich weiß nicht«, antwortete er. »Deshalb bist du ja hier.«

HILFE

David war zweiunddreißig Jahre alt. Er sah blass aus und war oft unrasiert. Seine Wangenknochen waren hoch, die Wangen eingefallen, was ihm ein mageres Aussehen verlieh. Er hatte dunkle Augen mit Fältchen, die sich bis zu den Schläfen hinzogen, und die Leute dachten manchmal, er würde an ihnen vorbeischauen, als gäbe es hinter ihnen etwas zu sehen. Seine Schultern waren knochig und seine Haut rau, und in seiner Art, sich zu bewegen, lag etwas Träges, als würde ihn etwas zurückhalten. Oft machte er die Augen zu, und mitunter schlief er in der Mittagspause kurz ein. Seine Haare waren dick und zerzaust. Manchmal sagten seine Kollegen, er sehe aus, als würde er gerade aus dem Bett kommen, worauf er lächelte und erwiderte, das würde durchaus stimmen.

»Jede Minute zählt«, witzelte er dann.

David hatte Ringe unter den Augen, die zwar nur schwach zu erkennen, aber trotzdem sichtbar waren. Allerdings dachte niemand darüber nach. Um diese Jahreszeit waren alle blass und ab und zu müde.

»Irgendwann habe ich erkannt«, sagte Davids Chef zu

ihm, »dass wenn man Stress hat, die Nacht nur eine Transportstrecke zum nächsten Arbeitstag ist. Wenn ich den Schlaf abschaffen könnte, würde ich das sofort tun.«

»Ich auch«, antwortete David. »Ich auch.«

Er ging fast immer zu den Afterwork-Treffen mit. Und da sie in einem Job arbeiteten, in dem man sich auch in der Freizeit mit Kunden traf und sein Handy niemals ausschaltete, gab es praktisch immer jemanden, der einen zu einem Absacker überredete. Und wenn das nicht der Fall war, dann gab es vielleicht einen Kunden, der zu einem Drink eingeladen werden wollte.

Meist landeten sie in ihrer Stammkneipe, die direkt neben ihrem Arbeitsplatz lag, einem Club in blauen Farbtönen und mit weißen Möbeln. Manchmal waren sie nur zu dritt oder zu viert, manchmal auch über zwanzig. David ging immer spät nach Hause, war immer der Letzte, der das Lokal verließ, und die Kollegen machten sich oft über ihn lustig.

»Verdammt, David, wie kann man mit dir nur mithalten?«

»Indem es einem scheißegal ist, ob die Katze Futter kriegt.«

Alle lachten über Davids Witz. Teufel auch, dieser David. Der ist witzig, und er feiert gern. Ein cooler Typ, den will man immer dabeihaben.

Aber wenn die Gruppe den Club früh verließ, vor zwölf, dann gab es für David drei Möglichkeiten: Die erste war, noch allein dazubleiben und weiterzutrinken, bis der Laden zumachte. Wenn er Glück hatte, fand er jemanden, der ihm Gesellschaft leistete.

Die zweite war, mit dem Taxi oder dem Bus nach Hause zu fahren. Die U-Bahn war keine Alternative.

Die dritte war, zum Bahnhof zu gehen.

Dort saß er dann auf einer Bank gegenüber vom Bahnhofskiosk und sah den vorbeieilenden Menschen zu. Er horchte auf das Stimmengewirr und versuchte herauszubekommen, wer überhaupt redete, denn bei den vielen Leuten, die vorbeirannten, sah er fast nie, wie sich irgendwelche Lippen bewegten. Doch von irgendwoher musste der Lärm kommen. Nachts klang es anders, wie die Laute von einem Fest, auf dem man gerade die Lichter eingeschaltet und die Musik ausgemacht hatte. Es wurde nie richtig still, sondern dünnte nur aus, und wenn David dazu in der Lage gewesen wäre, wäre er einfach dort sitzen geblieben, bis die Morgendämmerung kam und den Hauptbahnhof mit neuer Energie versorgte.

Wenn er allerdings so müde war, dass er die Augen kaum noch aufhalten konnte, nahm er ein Taxi nach Hause. Als er vor vielen Jahren in seine erste Einzimmerwohnung gezogen war, hatte er, wenn er so richtig müde wurde, versucht, sich nach seinem Bett zu sehnen. So wie die Leute manchmal sagten: »Gott, was bin ich müde, ich sehne mich wirklich nach Hause in mein Bett.«

Aber das funktionierte nicht, und irgendwann hörte er auf, so zu tun als ob.

Natürlich gab es auch Abende, an denen David nach Hause kam, ohne im Club gewesen zu sein oder auf dem Hauptbahnhof gesessen zu haben. Abende, an denen er Überstunden gemacht hatte und so erschöpft war, dass der schiere Selbsterhaltungstrieb ihn in die Einsamkeit zwang. Bei solchen Gelegenheiten achtete er sorgfältig darauf, niemals der Letzte zu sein, der das Büro verließ. Er schaffte es nicht, abzuschließen und die Alarmanlage einzuschalten.

Drei Wochen nach der Nacht mit der Frau im Hotel gab es einen solchen Abend. Es war zu Frühjahrsbeginn, als lauwarmer Regen und sanfte Winde bereits eine hellere Jahreszeit verhießen. Als David die Tür zu seiner Wohnung öffnete, sah er auf dem Fußboden im Flur einen Umschlag mit einer handgeschriebenen Adresse liegen. Es geschah nicht oft, dass David solche Briefe erhielt, und er legte ihn erst einmal auf den Küchentisch. Dann schloss er die Haustür ab, machte den Fernseher an, weckte den Laptop aus seinem Schlummer und schaltete alle Lampen ein. Nachdem er einen Blick auf die Wohnungen im Block gegenüber geworfen hatte, stellte er im Küchenradio P3 ein, nahm eine kleine, schmale Taschenlampe, die auf dem Flurtisch lag, und ging dann zum Herd, um Wasser für eine Tasse Suppe warm zu machen. Die Taschenlampe steckte er in die Gesäßtasche.

Nach einer Weile kam Zausel angeschlichen. Sie ging zum Futternapf und fing an, dort herumzuknabbern. Als das Wasser heiß war, nahm David eine Tüte Tomatensuppe heraus, mischte alles in einer Tasse und ließ die Suppe ziehen, während er eine Whiskyflasche aus dem Schrank holte und sich einen Doppelten einschenkte, ohne Eis.

Er suchte auf dem Umschlag nach einem Absender. Es gab keinen. Er trank von dem Whisky, schüttete Milch in die Suppe und ging ins Wohnzimmer. Die Taschenlampe, auf deren Griff ein weißes Etikett mit der Aufschrift »In case of emergency« klebte, legte er auf den Tisch.

»Sehr witzig«, sagte David zu sich selbst. »Verdammt, bin ich witzig.«

Er setzte sich auf das Sofa vor dem Fernseher und schlitzte den Umschlag auf. Während er den Brief las, sprang Zausel neben ihn und legte sich auf ein Kissen.

Als er den Brief gelesen hatte, legte er ihn beiseite und schaute Nachrichten. Doch obwohl von Überschwemmungen und Revolutionen berichtet wurde, hörte er kaum zu. Bis zum Wetterbericht hatte er sein Whiskyglas geleert, dann ging er in die Küche, um sich nachzuschenken. Noch einen Doppelten.

Den hier werde ich ein wenig langsamer trinken, dachte David. Er holte seinen Laptop und setzte sich wieder aufs Sofa. Zausel war eingeschlafen. Während er das Chatprogramm startete und es mit einem sanften Surren des Computers hochfahren ließ, las er den Brief noch einmal. Danach legte er ihn auf den Couchtisch und checkte seine Mails. Zwei Werbemails, eine Rundmail von einem Arbeitskollegen und eine Mail, die ihn daran erinnerte, dass er bald neue Kontaktlinsen kaufen musste. Er loggte sich in den Chatroom ein und las auf der Liste, wer alles drin war, während er schrieb:

I'm in the dark. Right here, right now.

Draußen war es dunkel.

Die Suppe war kalt geworden. Er leerte die Tasse in einem Zug.

»Was für ein Fest. Tomaten und Basilikum, fehlen nur noch Rotwein und Brot.«

Er wandte sich um.

Der Mantel lag auf dem Fußboden im Flur. Die Tasche stand in einer Ecke unter der Garderobe, daneben die achtlos hingeworfenen Schuhe. Die Tür zum Badezimmer war aufgegangen und stand einen Spaltbreit offen.

David nahm einen Schluck.

»Ich muss pinkeln«, murmelte er und erhob sich. Er machte die Tür zum Badezimmer ganz auf, überlegte es sich dann aber anders und setzte sich wieder aufs Sofa.

Er aktivierte die Zappfunktion der Fernbedienung. Bei diesem Modell konnte man einstellen, wie lange jeder Kanal eingeschaltet bleiben sollte, bis der Fernseher automatisch weiterzappte. Als David erfahren hatte, dass es so etwas gab, hatte er am selben Tag noch einen neuen Fernseher gekauft und seinen alten einem Nachbarn vermacht.

Ein Spielfilm mit Bruce Willis.

Verrückte Comics auf MTV.

Der metrosexuelle Mann von heute stopft Strümpfe und setzt Tomatenpflanzen.

Nachrichten.

Tennis.

Der Fernseher zappte weiter, während David den Computer auf den Schoß nahm. Er hatte Antwort bekommen.

Still dawn here. I slept okay this night I guess But mom and dad won't be here this evening, don't know what to do about that … You ok D? You home early it seems.

David schrieb ohne nachzudenken und trank derweil von seinem Whisky.

Too tired for anything else. Besides, need to get up early tomorrow.

K … early is good … you ever get up late?

David lächelte ein wenig in dem blassblauen Schein des Bildschirms.

When I go to bed late. As in very late. Happens a lot you know.

Ringsum fanden andere Diskussionen statt. Einige waren eben aufgewacht, andere befanden sich bei der Arbeit, und diejenigen, die am schlimmsten dran waren, waren gerade dabei, sich schlafen zu legen.

Er schob den Brief weg, so dass er fast über die Tischkante fiel.

Dont know what the fuck ill do if it comes back when I sleep and my brother don't get it he just freaking me out even more an mom and dad says theres nothing to be afraid of and i should just turn on the light an see theres nothing thear Is it going to be like this forever? My psych guy says I'm getting better but I don't know, I'm still scared of monsters in the closet. That Pixar movie really didn't help. u look gay 2 me fuckface does that scare u is that you? You live in Germany? We should comfort each other IRL So I looked under the bed like my friend said I would and really there was nothing there, but how the fuck is that helping me? I know there's nothing there, that's not the fucking point. u r all cunts If there's anything lurking in the shadows, we're the ones who make sense. your momma Nightie. I'll see ya tomorrow, I hope. We'll be here.

David war hauptsächlich im Chatroom, um Nachrichten von anderen zu lesen und festzustellen, dass er nicht allein war. Irgendwie machte es ihn zufrieden, zu sehen, wie andere mit dem kämpften, was nach dem Sonnenuntergang kam. Manchmal verspürte er einen Anflug von Schuldgefühl und Schadenfreude, wenn er die Nachrichten von jemandem las, der schlimmer dran zu sein schien als er, und das waren dann meist die, mit denen er redete. Er legte sich einen starken und aufmunternden Ton zu, als wäre er bereits durch die Hölle gegangen, aber es passierte auch, dass jemand zurückschrieb, er sei keine große Hilfe.

Stop your fucking patronizing, you're as fucked up as I am ok?

Während weitere Nachrichten eingingen, schaltete David seine Playstation ein. Vor einigen Monaten hatte er ein SingStar-Spiel gekauft. Er drehte die Lautstärke hoch, sang fröhliche Popsongs von Natasha Bedingfield und dachte dabei an einen klaren Sommermorgen mit einer warmen Meeresbrise. Bei der dritten Zusatznummer hatte er sich warm gesungen und tanzte zum Refrain, streckte die Arme in einer großen Geste aus und umarmte das Publikum.

»Theeese words are myyy ooown, from my heartbeeeat … IloveyouIloveyouIloveyouuu …«

Er sang laut, grölte die Stille weg, während er den Rest von seinem Whisky trank. Die Nachbarn hatten sich noch nie beschwert, sie waren von der stillen Sorte, und er sah sie fast nie. Wahrscheinlich waren sie nicht oft zu Hause.

David sank aufs Sofa und merkte, dass er sehr müde war. Doch plötzlich stand er wieder auf und grapschte nach dem Brief, der auf den Fußboden fiel. Er ließ ihn liegen, nahm die Taschenlampe, schleppte sich ins Schlafzimmer und fiel der Länge nach aufs Bett. Der Fernseher war an, im Hintergrund war der Trailer des Spiels mit seinen leisen Bässen zu hören.

»Ich muss mich nicht ausziehen«, lallte er. »Wenn ich das nicht mache … kann ich morgen ein wenig länger schlafen. Direkt zur Arbeit gehen.«

Er schloss die Augen. Es war halb zwei.

Kurz vor halb fünf fuhr David hoch. Sein Mund war ausgetrocknet, und er hatte leichte Kopfschmerzen.

(jemand da?)

Er drehte sich um, schluckte. Die Trockenheit breitete sich den Hals hinunter aus. Die Zunge fühlte sich rau an. Er schwitzte.

Der Fernseher war verstummt und der Bildschirm dunkel. Ich habe den Fernseher nicht ausgemacht, dachte David. Wer hat den Fernseher ausgemacht? Ich nicht. Ich erinnere mich nicht. Verdammt, ich erinnere mich nicht.

Er vernahm ein schwaches Rauschen. Das Radio war an. Ich habe das Radio ausgeschaltet, dachte er. Ich weiß genau, dass ich das Radio ausgeschaltet habe. Da bin ich ganz sicher.

David streckte die Hand nach der Taschenlampe aus. Sie war weg. Vielleicht war sie auf den Fußboden gerollt. Schnell kletterte er aus dem Bett, stand schwer atmend still da. Das Rauschen kam aus der Küche. Es war leise, kaum wahrnehmbar. Rauschte es vielleicht in seinen Ohren?

Sein Puls pochte heftiger. Er sah in die dunkelste Ecke des Schlafzimmers. Das Mondlicht wanderte, wenn die Gardinen sich im Luftzug vom Fenster bewegten. Sie schoben sich hin und her, hoch und runter, als würden sie etwas streicheln oder sich um etwas herumwickeln.

David ging langsam zu der Ecke hinüber, streckte eine zitternde Hand aus und tastete über die Wand. Als der Stoff ihn berührte, schlug er ihn so fest zur Seite, dass die Gardinenstange wackelte und fast herunterfiel. Dann sank er wieder aufs Bett und starrte aus dem Fenster.

Ich bin müde, dachte er. Lass mich in Ruhe. Ich brauche Schlaf. Ich muss schlafen. Langer Tag morgen.

Er spürte etwas Kaltes an seinem Fuß, an einem der Bettpfosten lag die Taschenlampe. David nahm sie, machte sie an und leuchtete damit in die Ecke. Ich sollte mal frisch tapezieren, dachte er.

Zausel kam ins Schlafzimmer getappt. Sie gähnte und leckte sich das Maul. Dann sah sie David verschlafen und etwas verwirrt an und miaute, ehe sie auf das Bett sprang und sich dort zu einer Kugel zusammenrollte. David streichelte ihr den Kopf. Sie sah ihn an und schloss die Augen.

Er rieb sich fest die Augen, hob Zausel hoch und ging ins Wohnzimmer. Das Tier blickte ihn fragend an. Er setzte sich auf den Fußboden und legte die Stirn an den Couchtisch.

»Ich bin müde«, sagte er und strich Zausel über den Kopf. »Ich muss ein wenig schlafen. Bald muss ich aufstehen und arbeiten.«

Das Handy lag eingeschaltet auf dem Couchtisch. Er nahm es und schrieb eine kurze SMS: »Kann nicht schlafen«, und blätterte in seinem Adressbuch zu der einzigen Person, der er die Nachricht schicken konnte. Dann zögerte er, hatte den Daumen schon auf der Taste, überlegte es sich aber anders und schickte die Nachricht an sich selbst. Das fühlt sich ja super an, dachte er. Eine SMS an sich selbst zu schicken. Eine SMS an jemanden zu schicken, den man liebt, oder wenigstens mag.

Erneut ging er in den Chatroom, wo sich noch ein paar Leute tummelten, doch er konnte ihr Gerede nicht mehr ertragen. Er legte sich der Länge nach hin und sah zur Decke hoch und hoffte, dass die Müdigkeit ihn bald bewusstlos schlagen würde.

Im Augenwinkel sah er den Brief. Er lag unter dem Tisch. Er streckte sich danach aus, knüllte ihn zusammen und warf ihn, so fest er konnte, an die Wand. Dann kroch er aufs Sofa und kauerte sich mit Zausel auf dem Schoß zusammen. Erst als sie schnurrte und die eine Pfote auf seinen Kopf legte, konnte er die Augen schließen und versuchen, einzuschlafen.

Ein paar Tage vergingen, und dann kam das Wochenende. Am Freitag lud David Gäste ein und versuchte, das Fest so lange am Leben zu halten, dass man wenigstens die Morgendämmerung am Horizont erahnen konnte. Als er einsah, dass das nicht klappen würde, ließ er ganz lässig den Kommentar fallen, dass alle, die es nicht mehr nach Hause schaffen würden, gern bei ihm übernachten konnten. Ein paar der Mädchen kicherten, und die Typen lachten, aber niemand nahm ihn ernst. Er grinste schelmisch, zog die eine Augenbraue hoch und knurrte wie ein Tiger.

Als die letzten Gäste gegangen waren, war es ungefähr drei Uhr. David machte alle Lichter an und begann aufzuräumen. Im Hintergrund spielte immer noch die Musik, eingängige Popmusik aus den Neunzigerjahren, die David an Sommernächte und verschwitzte Nachtclubs denken ließ. Zausel hüpfte zwischen Käse-Flips und leeren Bierflaschen herum und legte sich auf den Rücken, die Beine in die Luft, als David zwischen Wohnzimmer und Küche hin- und herging.

»Ich mag jetzt nicht spielen«, sagte er. Gegenüber waren

die Fenster der meisten Nachbarn dunkel, und er vermied es, rauszusehen. Das Küchenfenster stand offen. Er machte es zu und sah sich über die Schulter hinweg um, als Zausel in der Hoffnung, seine Aufmerksamkeit zu gewinnen, miaute. David seufzte und senkte den Kopf. Dann lachte er.

»Du bist wirklich die Einzige, die es nie begreifen wird«, sagte er. Zausel miaute wieder, rollte herum und landete auf dem Bauch. »Komm her!«

Sie schnellte hoch und lief zu ihm, er hockte sich hin, und sie sprang auf sein Bein. Dann drückte sie ihm ihre Nase ins Gesicht, drehte sich um, strich mit dem Schwanz über seine Nase und kletterte wieder auf den Fußboden. David erhob sich und räumte weiter auf.

Damit nahm er es genau. Um halb fünf war er immer noch nicht fertig. Wage ich es staubzusaugen?, fragte er sich. Aber da seine Nachbarn nicht über die laute Musik klagten, würden sie sich wahrscheinlich auch nicht beschweren, wenn er ein wenig putzte. Also nahm er den Staubsauger und fuhr damit über den Fußboden und machte unter dem Bett, hinter dem Sofa und draußen auf dem Balkon gründlich sauber.

David sah zum Himmel hoch, der Horizont sah aus, als würde es hell werden. Es würde nicht mehr lange dauern, bis es dämmerte. Er hatte nur Unterhosen und T-Shirt an und zitterte in der kühlen Frühlingsnacht. Zausel sah ihn mit zur Seite geneigtem Kopf an.

»Hier liegen Kippen und alle möglichen Sachen herum«, sagte er. »Ich habe keine Lust, dass hier alles in der Gegend rumfliegt, besonders wenn Wind aufkommt.«

Dann machte er den Abwasch. David war so müde, dass

er alles doppelt sah und sich beim Spülen in den Finger schnitt. Vor dem Badezimmerspiegel wickelte er ein Pflaster um die Wunde. Als er sein verhärmtes Gesicht sah, zog er eine Grimasse und lallte:

»Ich feiere wie ein Gott.«

Dann brüllte er sich selbst angestrengt und heiser an:

»HAHAHAHA!«

Lacht nur, dachte er. Ich kann auch lachen.

Er suchte nach der Taschenlampe, stolperte zum Bett und sank unter die Decke, ohne das Licht auszumachen. Dann schloss er die Augen.

Als er sie wieder aufschlug, war es überall hell. Keine dunkle Ecke, in der man sich verstecken konnte.

Und doch kratzte es unter dem Bett.

Kratz, kratz.

David merkte, wie sich seine Brust verkrampfte. An den Rändern wurde es schwarz, Arme und Beine fühlten sich schwer an.

Was ist das? Eine Ratte oder sicher eine Maus oder etwas anderes …

(jemand da, Alter)

Miau.

David stöhnte.

»Verdammte Hurenkatze«, murmelte er und hatte einen Kloß im Hals. »Verdammte Hurenkatze, zum Teufel.« Er schaute vorsichtig über die Bettkante und sah, wie ein zusammengeknülltes Papier herausschoss und dann Zausel, die aufsah. Sie drückte ihm eine Pfote auf die Nase. Er nahm sie hoch und legte sie über seine Brust. Das Herz pochte immer noch. Während er ihr den Kopf streichelte und das

Tier mit halb geschlossenen Augen schnurrte, flüsterte er: »Ich hasse dich, Zauselchen, ich hasse dich.«

Er dachte an das Blatt Papier. Hatte er es nicht weggeworfen? Es lag auf dem Fußboden, aber er sah nicht hin, sondern mit wässrigem Blick direkt geradeaus und wünschte, er hätte es weggeworfen. Dass er es hätte wegwerfen können. Dass die Sicherheit in seinem Zuhause ausreichend gewesen wäre.

Am nächsten Morgen erwachte David spät, kurz vor zwölf. Der Himmel war grau und es regnete. Die Wohnung war immer noch unordentlich, und Zausel war nicht zu sehen. Er stellte die Füße auf den Boden, ging an dem zerknüllten Brief vorbei und ins Badezimmer, um zu duschen.

Als er den Duschvorhang beiseiteschob, saß Zausel da und sah ihn an. Er spritzte in ihre Richtung, woraufhin sie verärgert davonlief.

Nachdem er sich abgetrocknet und angezogen hatte, begab er sich ins Schlafzimmer und betrachtete den Brief. Er stand bestimmt zehn Minuten da und lauschte dem Regen. Dann beugte er sich hinab, nahm vorsichtig das zerknüllte Blatt Papier und suchte nach seinem schnurlosen Telefon, das zwischen zwei Sofakissen in die Dillchips gerutscht war. Er ging in die Küche, setzte sich an den Tisch und drückte das Freizeichen. Er zögerte, wählte dann aber die Nummer.

Es klingelte ein paar Mal. Er wollte schon auflegen, als doch jemand ranging.

»Anna.«

»Hallo, Schwesterchen. Ich bin's.«

»Ah, hallo. Wie geht's?«

»Na ja, wie soll's schon gehen. Immer dasselbe. Hier regnet es.«

»Hmmm.« Sie wirkte zerstreut, unaufmerksam.

»Was machst du gerade? «

»Arbeiten und so dies und dies.«

»Was denn?«

Sie seufzte kurz. Es knisterte im Hörer, wahrscheinlich hatte sie ihn zwischen Ohr und Schulter geklemmt gehabt und nahm ihn jetzt in die Hand.

»Das würdest du doch nicht kapieren.«

»Okay. Hast große Sachen am Laufen, big business.«

»Und das sagt der Big Boss in der Big City. Wie läuft dein schicker Flitzer?«

»Ja, ja, ganz prima, danke der Nachfrage. Und braucht so gut wie gar kein Benzin.«

Anna lachte. Dann wurde es still. David schloss ganz fest die Augen, bekam aber kein Wort heraus.

»Also, Brüderchen, ich will ja nicht unhöflich sein, aber liegt was Bestimmtes an? Ich bin hier nämlich ziemlich beschäftigt. Kann ich dich später zurückrufen?«

»Du arbeitest an einem Samstag?«

»Ja. Was ist daran so komisch? Du musst gerade reden!« Jetzt war sie sauer.

»Du, ich dachte ... also ...« Er holte Luft und fügte hastig hinzu: »Ich dachte, ich rufe mal jemanden an.«

»Ach so?«

»Ja.«

»So so!« Er hörte, wie sie das, mit dem sie gerade beschäftigt war, fallen ließ. »Prima, David, tu das. Ich kenne ein paar Leute, aber das habe ich dir ja schon gesagt. Hast du die Nummern noch? Ich kann auch für dich anrufen, wenn du willst.«

»Nein, nein, es geht schon.«

Er breitete den zerknüllten Brief auf dem Küchentisch aus und strich ihn mit der einen Hand glatt. »Ich habe jemanden, den ich anrufen werde«, fuhr er fort. »Ich habe einen Tipp gekriegt.«

Anna machte eine Pause. Er konnte ihren Atem hören.

»David, das ist wirklich gut. Ich stehe auf jeden Fall hinter dir. Das weißt du. Kann ich was tun? Soll ich nach Hause kommen?«

»Hast du denn Zeit?«

»Ah, warte mal.« Er hörte sie in ihrem Kalender blättern. Sie summte, während sie nach einem Termin suchte.

David unterbrach sie:

»Ich lasse von mir hören, okay? Ich wollte eigentlich nur anrufen und sagen, dass ich … ja, dass ich es nicht mehr länger aushalte.«

»Verstehe.«

»Ich will jetzt etwas dagegen unternehmen.«

»Gut, David. Gut, Brüderchen. Ich bin right behind you, was auch passiert, okay? Das weißt du, oder?«

»Natürlich. Danke, Schwesterchen.«

»Schon klar. Du kriegst das hin. Verdammt, es ist auch höchste Zeit, Brüderchen. Das ist jetzt über zwei Jahre her, du musst …«

»Hör auf.«

»Okay, okay. Gut, ich verstehe. Ruf an, klar?«

»Ich werde anrufen.«

»Tschüss.«

»Tschüss.«

David legte auf und drehte den Brief um. Auf der Rückseite war mit Tinte eine Adresse mit Telefonnummer hingekritzelt. Er strich mit dem Finger ein paarmal über die Nummer. Dann ging er in den Flur und nahm seine Brieftasche aus dem Sekretär. Er zog ein abgegriffenes Foto von einem Paar mittleren Alters heraus. An den Rändern waren die Farben ausgeblichen. Die Frau hatte dieselben dunklen Augen wie David, und der Mann hatte dickes, buschiges Haar mit grauen Strähnen. Seit er dreißig war, bemerkte David in seinem Haar ähnliche Strähnen.

Er berührte das Foto mit den Fingerspitzen. Dann legte er es auf den Tisch und nahm das Telefon. Dieses Mal wählte er die Nummer ohne zu zögern.

Hallo David,

ich heiße Malin. Du hast mich gar nicht gefragt, wie ich heiße, jedenfalls heiße ich Malin. Erinnerst du dich, vor ein paar Wochen in einem Hotel in Göteborg? Wir haben Karten gespielt, und dann wolltest Du Langeweiler schlafen.

Ich wollte schon gehen, doch dann habe ich es mir anders überlegt und bin geblieben, und ich fand, wir hatten es sehr gemütlich zusammen.

Als ich Dein Problem begriffen hatte, habe ich viel an Dich gedacht, und weil wir in Schweden leben, war es leicht, dich zu finden. Also habe ich mir gedacht, ich gebe Dir die Nummer von einem Typen, der mir geholfen hat, als es mir echt schlecht ging, und der auch ein paar von meinen Freunden weitergeholfen hat. Du kannst ihn anrufen, wenn Du willst. Ich mag ihn. Wenn er Dir nicht helfen kann, kann er Dir vielleicht sagen, wo Du Hilfe kriegen kannst.

Du kannst so nicht weitermachen, denn das ist nicht gut für Dich (aber das weißt Du ja schon). Du hast mir leid getan, und ich glaube, dass es Dir nicht so schlecht gehen müsste.

Und weil Du mich nicht kennst, kann es Dir natürlich scheiß-egal sein, was ich sage (obwohl ich glaube, dass Du das nicht tun solltest). Ich glaube nämlich, dass ich Recht habe.

Pass auf Dich auf.

Liebe Grüße,
Malin

(P.S. Er heißt Oskar Liatu und die Nummer steht hinten. drauf, o.k.? Noch mal liebe Grüße. Jetzt ist es schon spät, also sage ich gute Nacht und mache das Licht aus.

Gute Nacht.

Der Junge liegt im Bett unter der dicken blauen Daunendecke mit den Sternen und Monden. In der einen Ecke beleuchtet eine Stehlampe das Lego-Spielzeug und die Rennbahn. Über dem Bett hängt eine Wandleuchte, die ihm Licht spendet, während er in seinem Buch blättert und Seite für Seite verschlingt. Die Schranktür steht einen Spaltbreit offen. Zwei zottige Teddybärbeine schauen unter dem Bett heraus. Die Gardinen rascheln vor dem offenen Fenster leise im Wind.

Das Buch ist spannend. Der Junge liest mit großen Augen und blättert weiter, so schnell er kann. Es sind nicht mehr viele Seiten, und er wünscht, er könnte langsamer lesen, damit das Buch nicht schon bald zu Ende ist. Aber es ist so spannend, dass er sich nicht bremsen kann. Er muss einfach wissen, wie es ausgehen wird.

Aber es dauert nicht lange, bis Papa hereinkommt und alles kaputt macht.

»Jetzt wird das Licht ausgemacht!« Er riecht nach Zahnpasta und Seife, hat kalte Hände, weil er sich gewaschen hat, und trägt viel zu weite Schlafanzughosen. »Es ist schon gleich elf, und deine Lehrerin hat mit uns geschimpft, weil wir dich nicht rechtzeitig ins Bett schicken.«

»Die hat ja keine Ahnung«, murmelt der Junge, ohne vom Buch aufzuschauen.

Papa setzt sich auf die Bettkante.

»Sie sagt, du bist im Unterricht müde. Manchmal würdest du fast einschlafen. Wir antworten dann, dass du eben so lange wach liegst und liest und wir es gut finden, wenn du viel liest.«

»Ja, na also.«

»Allerdings darfst du nicht so viel lesen, dass du nicht mehr zur Schule gehen kannst.«

Der Junge sieht mit ernstem Gesicht von dem Buch auf.

»Aber wenn ich zu Hause viel lese, muss ich vielleicht nicht zur Schule gehen.«

Mama kommt mit der Zahnbürste im Mund herein.

»Jesch machschu, wasch Papa schagt.«

Papa nickt Mama zu.

»Widersprich nie einer bewaffneten Frau.« Dann fasst er sie um die Hüften und zieht sie auf seinen Schoß. Sie lacht und aus den Mundwinkeln läuft die Zahnpasta. Papa knurrt wie ein Wolf. Der Junge lächelt und neigt den Kopf zur Seite. Mitunter kommt es ihm so vor, als würden seine Eltern vergessen, dass er da ist, und er mag dieses Gefühl. Er kann einfach dasitzen und sie beobachten. Seine Schwester findet sie manchmal lächerlich und prophezeit ihm, dass er das auch irgendwann denken wird. Aber das glaubt er nicht. Wenn jemand lächerlich ist, dann seine Schwester.

Mama und Papa wenden sich an den Jungen.

»Jetzt mach das Licht aus, mein Lieber«, sagt Mama. »Du

musst dich richtig ausschlafen. Du kriegst schon Ringe unter den Augen.«

»Wie ein Pirat«, fügt Papa hinzu.

»Piraten sind cool«, erwidert der Junge.

»Nicht so cool wie Ninjor. Aber jetzt genug geredet. Licht aus, Decke über den Kopf.« Papa macht schnell die Lampe aus und zieht dem Jungen die Decke über den Kopf. Er lacht und krabbelt unter der Decke herum, während Papa so tut, als würde er ihn jagen. Mama seufzt.

»Ja, jetzt wird er sicher sofort einschlafen.« Sie putzt sich weiter die Zähne und geht aus dem Zimmer. »Komm jetzt, Liebling. Lass ihn schlafen.«

»Ja, ja.«

Papa hört auf, mit dem Jungen herumzubalgen, der mit zerzaustem Haar unter der Decke hervorschaut. Papa tippt ihn auf die Nase und gibt ihm einen Kuss auf die Wange. »Schlaf jetzt, du kleiner Scheißer. Sonst kommt der Troll und holt dich.«

Der Junge lächelt und nickt. Papa geht und macht die Tür hinter sich zu.

Jetzt ist es dunkel.

Es dauert eine Weile. Der Junge schläft fast ein. Aber dann kneift er sich in den Arm und wird wieder wach. Vorsichtig schleicht er aus dem Bett und schaut zur Tür hinaus.

Im Haus ist es stockdunkel. Im Mondlicht sind nur Konturen zu sehen. Gestalten und Formen, die alles Mögliche sein können, von denen der Junge aber weiß, dass es Stühle, Tische und Türen sind, die zu seinem Zuhause gehören.

Er horcht angestrengt. Es ist still, als würde die Welt den Atem anhalten. Zurück schleicht er an der halb geöffneten

Schranktür vorbei, beugt sich herab, zieht den Teddy unter dem Bett hervor und nimmt ihn mit zwischen die Decken. Er darf dabei sein, wenn die letzten Seiten verschlungen werden. Der Wind, der durch das offene Fenster kommt, ist sanft, fast einschläfernd. Nachtluft sickert herein und verbreitet Kühle. Der Junge atmet tief ein, er mag die Luft in der Nacht. Sie ist sauberer, so als würde man kaltes Wasser trinken, wenn man durstig ist.

Er steckt die Hand unter die Matratze und sucht eine Weile. Dann haben seine Finger gefunden, was sie suchen, und er zieht eine kleine Taschenlampe heraus. Ein paarmal macht er an und aus, um sich zu vergewissern, dass sie auch funktioniert. Dann lässt er sie eingeschaltet und kriecht mit Buch und Teddy unter die Decke. Er blättert bis zu den letzten Seiten und lässt den Lichtkegel über die Zeilen wandern.

Plötzlich spürt er etwas. Ein Frösteln. Als würde es jetzt im Moment kälter werden.

Er schaudert und schiebt die Decke weg. Das Licht der Taschenlampe macht die Schatten lang und schief, wie knotige Finger breiten sie sich über Wände und Decke aus. Das Rollo schlägt ans Fenster, die Schranktür knarrt leise.

Eigentlich ist der Junge nicht ängstlich. Immerhin ist er neun Jahre alt und ganz stark. Natürlich kann Dunkelheit manchmal schlimm sein, aber Mama und Papa sagen, das finden alle Kinder, und manchmal sogar die Erwachsenen. Das macht nichts. Man muss nur unter das Bett gucken oder in den Schrank, aus dem Fenster sehen oder in die Ecke leuchten, und dann wird einem klar, dass dort niemand ist. Dass da die ganze Zeit niemand war.

Das würde der Junge gern glauben. Jedes Mal, wenn er meint, in einer dunklen Ecke würde jemand stehen und ihn anglotzen, denkt er, das ist nur Einbildung. Da ist niemand. Er weiß es, denn er hat nachgeschaut.

Trotzdem lässt es ihn erschaudern, und er bekommt so ein komisches Gefühl im Bauch, manchmal.

Mama sagt, das ist, weil er immer noch klein ist. Es wird vorübergehen, wenn er groß ist, so ist das bei allen Kindern. Es ist nur natürlich, die Dunkelheit ein wenig beunruhigend zu finden.

Der Junge denkt an sein Buch. Er denkt, wenn unter dem Bett irgendwelche Monster hocken, können die mir mal gestohlen bleiben. Und so taucht er wieder unter die Decke und liest im Schein der Taschenlampe weiter.

NACH NORDEN

Über die Straßen nach Norden raste ein benzinsaufendes Monster. Ein kleines Metallfahrzeug, das am Asphalt klebte. Es kam schnell voran, allerdings waren auch nicht viele auf den Straßen unterwegs, und das Wild war klug genug, sich fernzuhalten. Die Farben wurden stärker, der Herbst beschleunigte sich. Die Bäume wurden von einem roten und gelben Lauffeuer erfasst, das sich wie ein breiter Gürtel über die Wälder zog. Dann machten die Laubbäume Tannen und Kiefern Platz.

Um halb acht Uhr morgens hatte David die Wohnung in Stockholm verlassen. Jetzt war es elf, und in ein paar Stunden würde es dunkel werden. Straßenschilder wurden immer seltener, die Entfernungen zwischen den Siedlungen größer.

David war noch nie so weit im Norden gewesen. Einmal hatte er bei einem Freund, dessen Eltern bei jeder Gelegenheit zum Fest einluden, in Söderhamn in Hälsingeland Mittsommer gefeiert. Als er erzählte, dass er noch nie so weit nördlich gewesen sei, waren die Einheimischen am Tisch vor Lachen fast erstickt, die Südschweden hingegen hatten zustimmend genickt und gesagt, das sei die Regel. Und einer von ihnen hatte erwähnt, dass er einmal in Sala auf dem Markt gewesen sei, weiter habe er es nicht geschafft.

»Sind wir denn jetzt in Norrland, oder wie?«, hatte David im breitesten Södermalm-Dialekt gefragt. Alle hatten gelacht, und der Vater seines Freundes, der in Norrbotten geboren und aufgewachsen war, hatte ihm auf den Rücken gehauen und gesagt:

»Darauf rauchen wir nachher eine Pfeife, David. Ja, zum Teufel. Vielleicht nehmen wir auch noch etwas Snus dazu.«

Als David am Sonntag nach Hause gefahren war, hatte er immer noch nicht mit Bestimmtheit sagen können, ob er jetzt in Norrland gewesen war oder nicht.

David kam in ein Waldgebiet und überholte einen Traktor. Woher der wohl kam und wohin er wohl wollte? Er hatte keine Abzweigungen gesehen, und es kamen auch keine mehr. Vielleicht hatte der Fahrer es nicht eilig.

Das GPS zeigte an, dass es noch hundert Kilometer waren und damit ein gutes Stück zu fahren, aber bis zur Abenddämmerung war noch viel Zeit. David ging ein wenig vom Gas und ließ das Auto eine Weile rollen. Dabei ließ er das Lenkrad los. Der Wald hier war dicht, und wenn jetzt ein Elch auftauchte, würde er nicht mehr ausweichen oder bremsen können.

Dann sterbe ich womöglich, dachte er. Das würde ziemlich viele Probleme lösen.

Das Auto ruckelte. Er packte das Lenkrad und übernahm wieder die Führung.

Etwas früher am Tag war der Himmel klar gewesen, jetzt jedoch fuhr David unter grauen Wolken dahin, wobei der feine Nieselregen immer stärker zunahm. Ein Schild wies auf einen Rastplatz hin, der gleich kommen würde. Erst dachte David, er habe keine Zeit, um anzuhalten. Er wollte den Ort vor Einbruch der Dunkelheit erreichen. Dann dachte er an das, was er in der letzten Zeit gemacht hatte, was alles besprochen worden war und warum er sich für diese Reise entschieden hatte. Und als der Rastplatz kam, bog er ab und hielt an.

Es war zu anstrengend, in so einem Regen zu fahren, argumentierte er mit sich selbst. Am besten er hielt an und wartete, bis das schlimmste Unwetter vorbei war. Dass man dadurch eventuell Zeit verlor, bei Helligkeit zu fahren, spielte keine Rolle. Er würde kein Risiko eingehen, nur um das Tageslicht so weit wie möglich auszunutzen.

Das war unverantwortlich.

Andererseits konnte es noch unverantwortlicher sein, bei Regen und Dunkelheit zu fahren. Natürlich wollte jeder das Tageslicht ausnutzen, um nicht in der Dunkelheit fahren zu müssen. Das machten doch viele Leute so.

David seufzte und legte die Stirn auf das Lenkrad. In einer Stunde werde ich da sein, dachte er. Ich kann mir eine Pause gönnen.

»Die Leute fahren alle und andauernd im Dunkeln, nicht wahr, Zauselchen?« Er drehte sich um und sah zu Zausel, die auf dem Rücksitz lag und schlief. Ihr eines Augenlid zuckte ein wenig, aber das war ihre einzige Reaktion.

Nach einer Viertelstunde ließ der Regen nach und David rollte wieder auf die Straße. Er begegnete einem alten 740er und grüßte. Der Fahrer grüßte zurück. Da so wenig Autos unterwegs waren, schien das normal zu sein. Er nahm sein Handy vom Beifahrersitz und drückte die Kurzwahl für die Nummer seiner Schwester, bekam aber keinen Empfang. Nur Notruf, bedeutete ihm das Display.

»Hoffnungsloser Anbieter«, murmelte er und legte das Telefon wieder auf den Sitz. »Nicht das geringste Netz, sowie man aus Stockholm raus ist.«

Er schaltete das Radio ein und sang, während er durch den Regen fuhr, einen alten U2-Song, dessen Titel er vergessen hatte. Als die Schatten länger wurden und der Himmel sich orange einfärbte, sang er noch lauter. Er wollte nicht daran denken, nicht hinschauen, nicht damit rechnen.

»... I stiiill haven't fooound what I'm looking fooor ... Take it away, Zausel!« Er zeigte auf die Katze, ohne sich umzudrehen. Sie miaute müde.

»Katze, bist du müde?« Er gähnte. »Ich auch. Aber wir sind bald da, ganz bald.« Er sah auf das GPS. Siebzig Kilometer. Noch fünfundvierzig Minuten, höchstens. Wenn unterwegs nichts passierte. Fünfundvierzig Minuten.

Es geschah nicht so oft, dass dunkelblaue Sportwagen durch die Straßen des Ortes fuhren, und als das Untier von Porsche seinen Auftritt hatte, wusste man sogleich, dass es sich entweder um Besuch handelte, der von weither kam, oder dass sich jemand ein neues Auto zugelegt hatte. Es hatte aufgehört zu regnen, und die Farben des Wagens spiegelten sich in dem feuchten Asphalt.

David wurde von neugierigen Blicken und freundlichen Mienen begrüßt. Und da er erst einmal ein Gefühl für den

Ort bekommen wollte, blieb er vor dem kleinen Supermarkt stehen, um zwei ältere Damen nach dem Weg zum Touristenbüro zu fragen. Das Haus, das er suche, sagten sie, liege zwei Straßen entfernt direkt auf der anderen Seite des Marktplatzes, wo allerdings für den Autoverkehr gesperrt sei, so dass man versuchen müsse, außen herumzufahren. In diesem Fall könne man entweder zurückfahren und unten bei der Pizzeria links abbiegen, oder weiterfahren und den Weg an der Würstchenbude vorbei nehmen. Natürlich gebe es noch eine dritte Möglichkeit, aber die Damen kamen übereins, dass diese zu kompliziert sei. David dankte und entschied sich, geradeaus weiterzufahren, wobei er den Blick einer jungen Frau aufschnappte, die sein Auto prüfend musterte, während sie mit ihrer Freundin sprach.

Er hatte sich selbst ein Versprechen gegeben, es sogar aufgeschrieben und sich dafür entschieden. Deshalb war er hier. Ich lasse mich selbst im Stich, dachte er, wenn ich mein Versprechen breche. Heute ist kein geeigneter Tag.

Die Mädchen schauten ihm nach. David versuchte, nicht in ihre Richtung zu sehen.

Aber wenn sie will, dachte er, oder wenn sie beide wollen, schließlich bin ich auch nur ein Mensch. Das eine muss das andere ja nicht ausschließen.

Nein, warum auch, man weiß ja nie. Wenn nur alles seine Richtigkeit hatte, mit rechten Dingen zuging.

Er stieß ein raues Lachen aus. Mit rechten Dingen? Ein Fick für eine Nacht in einem kleinen Kaff. Wenn das Ego das Sagen hatte, dann ging schon alles mit rechten Dingen zu.

David fuhr weiter und blieb vor einem Holzhaus stehen, das ihn an eine Jagdhütte erinnerte. Über der Tür hing ein gemaltes Schild, auf dem in blumigen Buchstaben »Touristbüro« stand. David stieg aus dem Auto und ging hinein. Drinnen brannte ein wärmendes Feuer im offenen Kamin. Im Hintergrund spielte gedämpfte Radiomusik, und es roch nach Kaffee. Hinter einem Holztresen stand ein Mann um die fünfzig mit einer grauen Haarmähne und dicken Armen. Die Lesebrille auf die Nasenspitze heruntergeschoben, las er Zeitung. Als die Türklingel ging, sah er auf und betrachtete den Neuankömmling.

»Hallo«, sagte David. »Ich komme wegen der Hütte.«

Der Mann schlug mit der flachen Hand auf den Tresen und schob David einen Schlüssel hin.

»Sie haben also vorige Woche angerufen.«

David lachte kurz.

»Ja, das stimmt. Sie haben mich daran erkannt, dass Sie mich nicht kennen, nehme ich an.«

Der Mann stützte sich mit dem einen Arm auf den Tresen und rückte die Brille zurecht.

»Das hier ist ein Touristbüro. Ich treffe nur Leute, die ich nicht kenne.« Er klopfte sich mit dem Fingerknöchel an die Stirn. »Nein, wissen Sie, Sie haben doch gesagt, dass Sie erst heute kommen würden. Und da habe ich mir gedacht, dass können nur Sie sein.«

»Tja, offensichtlich.«

Der Mann nahm einen dicken Ordner heraus. Er feuchtete den Zeigefinger mit der Zunge an und begann zu blättern.

»Dann wollen wir mal sehen, also … die Schlüssel haben Sie ja. Ich werde einen Vertrag holen, bezahlt wird im Voraus.«

»Ja, darüber haben wir schon gesprochen, wenn Sie sich erinnern.«

Er hörte auf zu blättern und sah David an.

»Genau«, sagte er und legte den Kopf in den Nacken. »Ja, genau, so war es. Und Sie wussten nicht, wie lange Sie sie mieten wollten. War es nicht so?«

»Ja. Sie haben gesagt, die Hütte würde ohnehin nicht so oft vermietet, und deshalb sei das kein Problem. Bleibt es dabei?«

»Ja, natürlich. Aber Sie nehmen sie doch sicherlich mindestens für eine Woche, oder?«

»Das hatte ich vor. Ich kann also jetzt für eine Woche bezahlen und komme dann wieder gegen Ende der Woche vorbei.«

»Einverstanden, ausgezeichnet. Bezahlen Sie mit Karte oder bar?«

»Bar.«

»Noch besser.«

David holte die Brieftasche heraus und legte die Fünfhunderter auf den Tisch, während der Mann den Vertrag vorbereitete und eine Karte aus dem Ordner zog. Er machte ein paar Kreuze und zeigte sie David.

»Hier haben Sie einen kleinen See«, sagte er und deutete mit dem Stift auf die Karte. »Hier ist eine andere Hütte, in der momentan niemand wohnt. Und auf diesem Hügel ein paar hundert Meter von Ihrer Hütte entfernt, hat man manchmal ein Netz für sein Handy. In der Hütte gibt es ja kein Telefon.«

»Nein, eben.«

Der Mann kratzte sich unter dem Kinn.

»Sie … ich glaube, Sie … haben nach dem Handyempfang gefragt. Das waren doch Sie, nicht wahr?«

»Ja, und Sie haben gesagt, wenn man sichergehen wolle, müsse man auf diesen Hügel gehen.«

»Genau, genau. Gut, dann wissen Sie also Bescheid.«

»Ja.«

Der Mann lächelte.

»Ist Ihnen die Großstadt zu viel geworden?«

David rollte mit den Augen.

»All die vielen Menschen.«

»Ha!«

David nahm den Stift vom Tisch und unterschrieb den Vertrag. Während er das tat, sagte er:

»Und dann bräuchte ich noch ein Hotelzimmer für eine Nacht.«

»Ja, ja, genau, wird gemacht. Aber hören Sie …« Er legte beide Hände auf den Tresen. »Von hier ist es nicht weit zu der Hütte. Zwanzig Kilometer, wissen Sie. Mit dem Geschoss da draußen sind Sie in zehn Minuten dort. Sie brauchen kein Hotelzimmer.«

David sah aus dem Fenster. Bald würde es draußen kohlpechrabenschwarz werden, und zwar auf eine andere Weise, als er es gewohnt war. Kein Streulicht von der Stadt, kein Vorhang aus Großstadtrauschen.

»Nein«, erwiderte er und schüttelte den Kopf. »Ich bin lange gefahren. Ich schaffe es heute nicht mehr, auszupacken. Ich will mich einfach nur hinlegen und schlafen.«

Der Mann sah aus, als wollte er versuchen, David beizubringen, dass es ebenso einfach war, sich in der Hütte hinzulegen und zu schlafen, aber David schob tausend Kronen zusätzlich über den Tisch und sagte etwas bestimmter, als er vorgehabt hatte: »Das Zimmer sollte achtzehnhundert kosten, nicht wahr? Behalten Sie das Wechselgeld als Dank für Ihren ausgezeichneten Service.«

Der Mann nahm das Geld und legte es in die Kasse.

»Das kann jeder halten, wie er will«, entgegnete er. »Ich wollte Sie darüber nur informieren.«

»Das ist sehr freundlich, wirklich. Aber es sitzt hier oben«, sagte er und tippte sich mit dem Zeigefinger an der Stirn. »Es ist sicherlich grundsätzlich kein Problem, gleich zur Hütte zu fahren und dort zu schlafen. Aber mental ist ein Hotelzimmer ganz einfach … einfacher. Nur heute.«

Der Mann gab David die Quittung.

»Ja, da haben Sie Recht. Nun, das Wasser ist angedreht, die Heizung läuft. Ich war heute Morgen dort, alles steht für Sie bereit. Sie bezahlen dann ab morgen. Und melden Sie sich rechtzeitig. Wollen Sie ein Stück Snus?«

»Okay. Nein danke.« Er gab dem Mann die Hand, es war ein fester Händedruck.

»Es ist still da draußen«, meinte der Mann. »Kein Mensch da. Und bald wird es Schnee geben. Herrlich.« Er bekam etwas Vertrauliches. »Es ist manchmal einfach zu viel da unten im Süden, oder?«

»Ja«, antwortete David und befreite sich aus dem Bärengriff. »Manchmal muss man einfach allein sein, um ein paar Sachen auf die Reihe zu kriegen.«

Als David mit dreißig Stundenkilometer zum Hotel fuhr, fiel ihm ein, dass er vergessen hatte zu fragen, ob sie dort auch Haustiere beherbergten. Zausel schlief immer noch, ohne von dem Dilemma zu wissen und wahrscheinlich auch in der Überzeugung, dass das ausschließlich Davids Problem war.

Bei dem Hotel handelte es sich um eine große Villa, die einmal das Zuhause eines reichen Großgrundbesitzers gewesen war. Im Erdgeschoss befanden sich eine Bar und das Restaurant, im ersten Stock lagen zehn Zimmer, und es gab einen großen Balkon mit Aussicht über den Wald. David hielt vor der Tür und sagte zu Zausel:

»Warte hier.«

Sie schaute ihn desinteressiert an. Er ging hinein, um sich um die Details zu kümmern.

Wie sich herausstellte, war es überhaupt kein Problem, eine Katze mitzubringen.

»Wir haben hier sogar schon Schweine gehabt«, erzählte die Frau an der Rezeption und lachte. Sie war in Davids Alter und er mochte sie sofort. Außerdem roch sie gut nach einem Parfüm, das er kannte, und er konnte sich nicht verkneifen, danach zu fragen.

»Calvin Klein«, antwortete sie. »Euphoria. Gut, nicht?«

»Riecht sehr gut.«

Sie gab ihm den Schlüssel.

»Frühstück gibt es zwischen sieben und zehn Uhr. Auschecken spätestens um zwölf.«

»Wohnen auch noch andere Gäste hier?«

Sie sah ihn an, als verstünde sie die Frage nicht richtig.

»Ja, natürlich wohnen Leute hier. Wir sind fast immer ausgebucht.«

»Okay.« David merkte, wie sein Gesicht heiß wurde. »Dann hole ich nur eben meine Katze.«

»Tun Sie das. Brauchen Sie Hilfe?«

»Nein, sie trägt einen Maulkorb, also keine Gefahr.«

Da lachte sie, und die Situation war entschärft. David ging zum Auto und machte den Kofferraum auf, in dem zehn Getränkekartons Wein, eine Kiste mit Flaschen, mehrere Liter Schnaps, drei gut gepackte Taschen sowie eine Menge Lebensmitteltüten lagen. Nichts Frisches, nichts Gefrorenes. Nur Pulver und trockenes Zeug. Er holte eine kleine Schultertasche heraus und machte den Kofferraumdeckel wieder zu. Dann öffnete er die Tür zum Rücksitz, nahm Zausel vorsichtig auf den Arm, und schloss die Autotür ab. Zausel blinzelte, wandte den Kopf, während sie völlig entspannt über seinem Arm hing. Er drückte sie an seinen Körper und ging wieder hinein.

»Oh, die ist aber süß«, sagte die Frau an der Rezeption. »Ein Kater oder eine Katze?«

»Eine Katze, sie heißt Zausel.«

»Hallo, Süße! Wie hübsch du bist.« David beugte sich vor, damit sie Zausel streicheln konnte. Die Katze schnurrte zufrieden und verbuchte die Frau auf ihrer langen Liste von Eroberungen. »Ach, das tut gut, gestreichelt zu werden, nicht wahr, richtig gut.«

David beugte ebenfalls den Kopf vor. Die Frau lachte und zog die Hand weg.

»Ach, nicht?«, sagte er. Sie schüttelte den Kopf und kehrte an ihren Computer zurück. Da fiel David wieder ein, was er noch fragen wollte: »Haben Sie hier Internet?«

Sie sah auf.

»Ja, wir haben ein drahtloses Netzwerk oder Kabel. In dem Ordner in Ihrem Zimmer steht, was Sie machen müssen.«

»Danke.«

Die Treppen in den oberen Stock waren schmal und eng und knarrten bei jedem Schritt. Der Flur oben war mit kleinen Glastüren abgeteilt, die quietschten, wenn sie aufgingen. David hatte Zimmer sieben. Zausel stieß mit ihrer Pfote an die Tür, während er aufschloss, und sie kamen in ein kleines, weiß gestrichenes Zimmer mit Bett, Fernseher und einem kleinen Schreibtisch. In der Ecke stand ein einladender Ohrensessel. David setzte Zausel auf den Fußboden und ließ sie herumspazieren und alles beschnuppern.

»Dein stinkendes Katzenklo hole ich nachher«, verkündete er und sank auf das Bett. Er nahm die Taschenlampe aus einer Innentasche in der Jacke und legte sie auf den Nachttisch. Dann sah er aus dem Fenster, zum Himmel, den Bäumen und in das Nichts, das dahinter lag. Also ist das Hotel fast voll belegt, dachte er. Wie viel Besuch kriegt man hier oben im Norden eigentlich? Und was weiß ich schon davon? So weit nördlich war ich noch nie. Mein Kopf ist übervoll mit Mythen aus dem Fernsehen und den Zeitungen, in Wirklichkeit aber habe ich keine Ahnung.

Er nahm seine Brieftasche und zog das abgegriffene Foto von dem Paar mittleren Alters heraus. Er legte es auf den Nachttisch neben seinem Bett und betrachtete es eine Weile. Es hatte den Anschein, als würden der Mann und die Frau auf dem Bild seinen Blick erwidern. Die Frau schien müde, fast als würde sie David um etwas anflehen. Der Mann lächelte schief, hatte jedoch gleichzeitig eine Schärfe im Blick, etwas Aufforderndes, als würde er sagen, jetzt reiß dich verdammt noch mal zusammen. Der Kontrast legte den Eindruck nahe, er sei verrückt.

David strich mit den Fingern über das Bild. Draußen quietschte und knarrte es, wenn die Gäste kamen und gingen. Er seufzte und stützte das Gesicht in die Hände. Ich werde heute Nacht lange wach sein, dachte er. Sehr lange.

(ja, Alter)

Nachdem David Zausels Katzenklo geholt und ihr im Hotelzimmer Futter und Wasser hingestellt hatte, setzte er sich in den Sessel und nahm sein Handy. Das Netz war schwach, aber stabil. Er wählte die Nummer seiner Schwester und drückte die Lautsprecherfunktion. Dann legte er das Telefon auf die Armlehne und hörte, wie es klingelte.

»Hallo, Brüderchen.«

Obwohl der Raum so klein war, hallte es seltsam.

»Hallo«, antwortete David. »Wie geht's?«

»Gut so weit. Die Verbindung ist nicht besonders, wo bist du?«

»Ich habe auf Lautsprecher gestellt.«

»Ah so. Bist du im Hotel?«

»Genau. Morgen fahre ich zu der Hütte.«

»Okay, okay. Gut.« Es klapperte im Hintergrund. Finger, die über Tasten fuhren. Anna fluchte.

»Rufe ich zu einem unpassenden Zeitpunkt an?«, fragte David.

»Nein! Oder, tja, ja, ein bisschen schon. Pass auf, ich rufe dich später zurück, in Ordnung? Ich bin gerade voll beschäftigt.« Sie schlug hart auf eine Taste, als würde sie einen Punkt setzen, und im Hintergrund setzte sich ein Drucker in Bewegung. »Mein Flugzeug geht in einer Stunde, und ich muss vorher noch ein paar Sachen erledigen.«

»In einer Stunde? Das schaffst du niemals.«

»Eben. Dann verstehst du ja wohl, dass ich …«

»Kein Problem. Wir sprechen uns. Ich rufe morgen an, von der Hütte aus.«

»Aber …«, Anna machte eine Pause. »Du hast doch dort gar kein Telefon, oder?«

»Nein. Aber es gibt einen Hügel.«

»Welchen Hügel?«

»Das erzähle ich dir ein anderes Mal. Aber auf jeden Fall sprechen wir uns bald, wie auch immer.«

»Gut. Du, Brüderchen?«

»Ja?«

»Sie wären heute stolz auf dich gewesen. Das weißt du. Du bringst es, David. Und zwar fett.«

David stöhnte. Anna hörte es nicht. Sie fuhr fort: »Ich denke an dich.«

David schlug sich mit der Hand an die Stirn.

»Anna, ich will so einen Scheiß nicht hören. Das weißt du. Können wir nicht einfach so tun, als ob alles wie immer wäre? Kein verdammtes ›Viel Glück‹ und so.«

»Ja, ja. Dann frohe Weihnachten. Schöne Ostern und happy Mittsommer.«

»Ich nehme das letzte. Tschüss.«

»Ciao.«

David legte auf. Er suchte nach Zausel, aber sie hatte bereits ein paar Verstecke gefunden, also stand er auf und fuhr sich mit den Händen durch die Haare. Er war hungrig, und nachdem er sich rasch im Spiegel angeschaut und festgestellt hatte, dass er ungefähr so aussah wie immer, verließ er das Zimmer, um in der Bar zu Abend zu essen. Vielleicht auch ein wenig zu trinken. Einen Aperitif, eine Flasche Wein, möglicherweise hinterher einen Whisky.

Draußen war es jetzt dunkel. Drei Paare aßen bei Kerzenschein und leiser Klaviermusik. Besteckgeklapper, gedämpfte Stimmen und das eine oder andere klingende Geräusch von anstoßenden Gläsern beruhigten David. Das hier war ganz ausgezeichnet.

Der Oberkellner begrüßte ihn an der Bar, die sich direkt an die Rezeption anschloss. Die Frau arbeitete immer noch. Sie warf David ein Lächeln zu, das er erwiderte.

»Möchten Sie einen Platz am Fenster?«, fragte der Oberkellner.

»Nein danke. Ich würde gern dort sitzen, wenn es geht.« David zeigte auf einen Tisch mitten im Lokal.

»Dieser Tisch ist reserviert.«

»Okay. Kann ich dann diesen haben?« An der Wand, in der Nähe eines der Paare.

»Selbstverständlich.«

David wurde an seinen Platz geführt, und ehe er die Karte aufschlug, bestellte er einen Martini. Der Oberkellner stellte ihm ein paar kurze Fragen bezüglich seines Drinks und verschwand dann, um seinem Wunsch nachzukommen.

Davids Blick wurde von der Frau an der Rezeption angezogen. Sie sah auf und ihre Blicke trafen sich, sie lächelte ihm wieder zu und konzentrierte sich dann schnell auf ihre Unterlagen. Er behielt sie weiter im Blick, und nach ein paar Sekunden schaute sie kurz in seine Richtung. Sie wirkte ein wenig verlegen, als sie merkte, dass er sie immer noch anschaute.

Das Wichtigste war, allein zu sein. David lächelte grimmig. Das würde kein Problem sein. Er war fast zum Alkoholmissbrauch animiert worden, wenn ihn das nur dazu bringen würde, sich von Gesellschaft fernzuhalten.

»Fordern Sie mich dazu auf, zu trinken, um den Abend zu überstehen?«

Das hatte er gesagt und gemerkt, wie sarkastisch es klang.

Oskar Liatu hatte geantwortet, er würde an David glauben. Nicht weil er eine besondere Stärke oder eine ungewöhnliche Zielgerichtetheit besäße, sondern weil er die Grenze schon überschritten habe und darüber lachen könne.

Verbittert zwar, aber immerhin.

Als David wieder in seinem Hotelzimmer war, berührte er die Tasten seines Laptops. Der Bildschirm erhellte sich und der Laptop erwachte aus seinem Schlummer. Er suchte nach dem kabellosen Netzwerk in den nordländischen Wäldern und fand es nach einigen Sekunden.

Zausel lag auf dem Bett und schlief. David nahm den Computer, legte sich neben sie und loggte sich ins Chatprogramm ein.

Fuck u
Hey, what's your problem?
didn't that fucker get kicked
Dave!

hey D
da Davester! How ya doin

David lächelte schwach. Er war ein wenig fahrig und traf die Tasten nicht richtig, als er schrieb.

Ffine fine … in a hotel room
again? u got a bitch with u
no not this time.
BIG D, wazzup with that crap with you in the woods and all.
yeah you crazy
thought I'd never hear from you again, you already been there?

David suchte nach einer Minibar. Wenn sie hier in der Wildnis ein kabelloses Netzwerk hatten, dann hatten sie doch wohl auch Alkohol.

»Her mit dem Schnaps«, murmelte David. Er ließ die Leute alleine weiterchatten, während er sich auf Entdeckungsreise machte. Unter dem Nachttisch fand er einen kleinen Kühlschrank und öffnete ihn: eine kleine Flasche mit Weiß-, eine mit Rotwein und ein Bier. Er nahm alle drei Flaschen heraus und setzte sich wieder auf das Bett.

Still going

schrieb er und machte das Bier auf.

Going there tomorrow actually.

Er trank. Zausel miaute im Schlaf und streckte die Pfoten aus. Er streichelte ihren Kopf.

Eine Weile lang passierte nichts, was ungewöhnlich war. Als hätte die Welt einen Stromausfall. Dann kam Antwort:

Hey man. Good luck.
yeah really.
mean it too
you got guts man
hail to the king!

Davids Augen brannten.

»Der verdammte Wein«, sagte er und trank von dem Bier. »Verdammter Wein.« Er schrieb:

Thank you.
we're with ya davieboy!
u got the cat with you dave don't you
Zausel is always with me
she still a kitten?
Two years old now.
yeah! you got internet out there?
Nope.

Wieder Schweigen. Er fuhr fort:

you'll hear from me soon enough, don't worry. it's only the dark, remember?
that psycho guy feeding u shit d. u got balls for sure.
hell yeah

David weinte fast, als er seine letzten Worte an die Freunde schrieb, die er nie gesehen oder gehört hatte.

Good bye. I'll see you on the other side.

Dann machte er aus, bevor er noch irgendwelche Antworten erhalten konnte.

Je länger ich heute Nacht wach bin, desto schneller schlafe ich morgen Abend ein.

Das ging David während des Abends und der hereinbrechenden Nacht immer wieder durch den Kopf. Er leerte die Bar. Als die Getränke alle waren, aß er von den Erdnüssen und der Schokolade und legte sich dann komplett bekleidet aufs Bett und versuchte, ein Buch zu lesen. Doch alles drehte sich, und er legte es bald beiseite.

»Verfolgen Sie normale Abendroutinen«, flüsterte David. Er schaltete die Taschenlampe ein und aus. Schwenkte mit dem Lichtkegel durch den Raum, fuhr durch Ecken und Winkel. Ist es normal, zu trinken, zu surfen und zu lesen? Was ist die normale Abendroutine für einen Großstadtmenschen? Die Angst, das üble Gefühl im Bauch und die tote Zeit zwischen den Arbeitstagen mit Afterwork-Absackern zu bekämpfen? Hatte das irgendeinen Sinn?

David legte die Taschenlampe weg und ging ins Badezimmer. Er spritzte sich Wasser ins Gesicht, betrachtete sein Spiegelbild, während er mit gespielt tiefer Stimme sagte:

»Aber wenn du entscheiden könntest, David. Wäre das dann für dich normal?« Er berührte seine Schläfen, als würde er eine Brille zurechtrücken. Dann legte er die eine Hand an das Glas.

»Doch ich darf nicht entscheiden. Da muss ich ansetzen. Vielleicht entscheide ich dann, dass es trotzdem funktioniert. In dem Fall habe ich wenigstens eine Entscheidung getroffen.«

Er ließ den Blick schweifen und berührte sein Spiegelbild. »Wir halten uns aus unterschiedlichen Gründen, auf unterschiedliche Weise wach. Magengeschwüre und Mobiltelefone beispielsweise. Jeder hat vor irgendetwas Angst. Zu scheitern, gekündigt zu werden, ins Hintertreffen zu geraten ... keine *Kontrolle* zu haben. Möglicherweise würde ja ein Hamster in einem Rad mit einer Sechzig-Stunden-Woche gerne mit mir tauschen.«

Er grinste breit und kicherte.

Plötzlich: »HAHAHAA!«

(hihihahahihi)

Er stolperte rückwärts und hielt die Hand hoch, um sich selbst nicht mehr sehen zu müssen. Schaute zu Boden und atmete ein paar Mal tief durch.

»Verdammte Scheiße, verdammt, verdammt noch mal. Der verdammte Oskar Liatu ist ein Idiot. Du Idiot.«

Der Puls ging runter. Er wusch sich, putzte die Zähne und balgte ein wenig mit Zausel, ehe er sich hinlegte. Ich bin wirklich todmüde, dachte er. Es war auf jeden Fall an der Zeit, jetzt schlafen zu gehen. Ganz davon abgesehen, warum.

Er hatte die Gardinen zugezogen. Sie waren dick und sperrten das Licht vollkommen aus. Draußen hätte es gut und gerne zwölf Uhr mittags sein können, und er hätte es nicht gemerkt. Er streckte seine Hand nach der Wandlampe aus und zögerte ein paar Sekunden, vielleicht auch länger.

Jetzt komm schon, dachte er. Mach sie aus.

Bekam er es nicht besser hin? War das alles? Ich bin noch nicht so weit, dachte er. Verdammt, ich bin noch nicht so weit. Was mache ich hier bloß? Ein großer verdammter Irrtum. Er wandte den Blick zur Tür und wünschte, sie würde aufgehen und das Licht würde hereinströmen. Dass sie kämen, um ihn zu holen.

Zausel sprang aufs Bett. Sie gähnte, streckte sich aus und kletterte auf seine Brust. Mit einer langsamen Bewegung sank sie in sich zusammen und wurde zu einer Pelzkugel. Sie schloss die Augen und schnurrte. David entspannte sich und strich ihr über den Kopf.

»All is well«, sagte er. »Wirklich.« Er machte das Licht aus.

(nein, Alter)

Der Junge isst als Nachtimbiss immer ein Knäckebrot mit Käse. Dazu trinkt er ein Glas Milch, und wenn er sehr hungrig ist, dann fragt Mama, ob der Herr einen Nachtisch wünscht. In dem Fall bekommt er ein Stück Obst. Er zieht Bananen vor, doch eine Apfelsine ist auch nicht schlecht. Äpfel und Birnen sind nicht so beliebt.

Oft essen sie alle vier gemeinsam. Seine Schwester nimmt einen Teller Sauermilch, Papa begnügt sich mit einer Tasse Tee, und Mama schält einen Apfel und schneidet ihn in Stücke, die sie dann gleich aufisst. Sie sprechen davon, was sie am nächsten Tag machen werden und was sie an diesem Tag gemacht haben.

Papa nennt es nicht Nachtimbiss, er nennt es Familienrat. »Ratsversammlung!«, ruft er durch das ganze Haus, und der Junge kommt angelaufen. Manchmal bleibt seine Schwester im Zimmer, sie hat viel zu tun und ist gut in der Schule. Sie will immer die Beste sein.

Doch an diesem Abend ist sie da. Sie hatten einen Film ausgeliehen, eine Komödie über verrückte Polizeischüler, die die ganze Zeit nur Mist bauen, und sie lachen immer noch, als sie sich gegenseitig ihre Lieblingsstellen aus dem Film erzählen. Morgen wird Mama nach London fliegen und eine große Präsentation dort haben, und Papa wird einen Preis dafür entgegennehmen, dass er in dem Restaurant, in dem er arbeitet, massenhaft gutes Essen gekocht hat.

Doch je weniger Milch im Glas ist, je weniger noch vom Brot und vom Obst übrig ist, desto näher rückt die Schlafenszeit. Der Junge hört auf, zuzuhören, das Gespräch am Tisch tritt allmählich in den Hintergrund, und er starrt auf die Milch im Glas. Noch zwei Schluck, vielleicht drei, wenn er kleine Schlucke nimmt. Vier sind es, beschließt er.

Als die anderen fertig sind, hat er immer noch nicht aufgegessen. Mama sagt zu ihm, dass es nun aber Zeit ist, ins Bett zu gehen. Sie versucht, so zu klingen wie immer, ein wenig neckend, aber doch bestimmt. Der Junge hört sie kaum. Er wünscht, die Milch würde nie alle werden.

Schon bald steht er in hellblauem Schlafanzug am Waschbecken und putzt sich die Zähne. Papa steht hinter ihm und putzt sich ebenfalls die Zähne. Er zieht ein paar Grimassen, so dass ihm die Zahncreme runterläuft. Der Junge lacht ein wenig, aber hauptsächlich aus Freundlichkeit. Wenn Papa sich nur nicht so viel Mühe geben würde, am liebsten wäre es ihm, er würde weggehen oder seine ernste Stimmung mit ihm teilen. Mama kommt herein und sagt beiläufig, dass Papa aufhören soll, rumzublödeln. Sie streicht dem Jungen über den Rücken und wäscht sich dann Hände und Gesicht.

Ganz genau so waren ihre Abende immer gewesen.

Mama hat Wasser im Gesicht, als sie aufsieht und dem Blick ihres Sohnes im Spiegel begegnet. Der Augenblick währt nicht lange, aber er sieht etwas in ihrem Gesicht, Linien, die straff um ihre Lippen zusammenlaufen, und eine neue wachsende Erschöpfung.

Der Junge spuckt und spült. Er geht langsam zu seinem Zimmer am Ende des Flures.

»Jetzt frag doch«, hört er Mama Papa zuflüstern.

»Nein«, zischt Papa zurück. »Er muss es lernen.«

»Aber muss er es gerade heute Abend lernen? Merkst du nicht, wie es ihm geht?«

Der Junge bleibt vor der Tür stehen und legt die Hand auf die Türklinke.

»Wir müssen es versuchen«, sagt Papa. »Jeden Abend.«

Der Junge öffnet seine Zimmertür und geht hinein.

Einen Moment später ist Papa da und deckt ihn zu. Er fährt dem Jungen durchs Haar und küsst ihn auf die Stirn.

»Gute Nacht, mein Junge.«

»Gute Nacht.«

»Und jetzt nicht mehr unter der Decke lesen.«

»Nein, nein.« Das tut er überhaupt nie mehr.

Papa bewegt sich auf die Lampe zu und will sie ausmachen, aber der Junge schiebt seine Hand hervor und hält ihn zurück. Papa macht die Augen zu und dreht das Gesicht weg. Der Junge hält ihn fest.

»Papa …«

»Ja?«

»Kannst du den Schrank zumachen?«

»Natürlich.« Papa steht auf und zieht die Schranktür zu.

Bald wird sie wieder aufgehen, die Leiste ist kaputt und das Schloss ist alt. Papa hat gesagt, er würde es auswechseln, aber er hat es noch nicht getan.

»Ist sonst noch was, mein Junge?«

Der Junge beißt sich auf die Lippe.

»Nein.«

Papa setzt sich wieder auf die Bettkante. Er beugt sich herab und wirft einen kontrollierenden Blick unter das Bett. Er macht große Augen, als er wieder aufschaut.

»Mein Gott, ist das staubig. Hast du diese Woche nicht gestaubsaugt, wie wir dich gebeten haben?«

»Doch.«

»Ehrlich?«

»Oder … ich habe vorgehabt, es zu machen.«

»Na gut, der Vorsatz zählt.« Er zieht die Decke über den Jungen und bewegt sich wieder auf die Lampe zu. Der Junge sieht seiner Hand nach, Papa hält für einen Augenblick am Schalter inne, dann seufzt er und sagt: »Wir machen einen Versuch, okay? Wir versuchen es nur. In Ordnung?«

Der Junge schluckt und nickt.

»Gut, Papa.«

»Bist ein guter Junge.«

Papa macht das Licht aus und geht hinaus.

Der Junge liegt im Zimmer und sieht zur Decke. Draußen ist es windig, die Bäume wiegen sich im Takt hin und her. Es sieht aus, als würden sie ihn misstrauisch beäugen, während sie sich tuschelnd über Geheimnisse austauschen.

Unter dem Bett schaut etwas hervor, etwas Schmales, es lauert.

Die Schranktür gleitet langsam auf.

Blöder Papa, denkt der Junge, warum hat er das Schloss nicht repariert, er hat versprochen, das Schloss zu reparieren. Es ist das Schloss, das schuld daran ist, dass die Tür nicht …

(jemand da)

Der Junge schießt mit einem heiseren Schrei aus dem Bett. Er stolpert über Spielsachen und fällt zu Boden. Er kriecht zur Tür, und da geht die Schranktür ganz auf. Etwas Großes und Schwarzes krabbelt heraus. Der Junge fährt herum und sieht lange, haarige Arme unter dem Bett herausschießen und nach seinen Füßen greifen. Von draußen schlägt es ans Fenster, lass uns rein, kleiner Junge, lass uns rein. Er wirft sich gegen die Türklinke, aber sie bewegt sich nicht, die Tür ist abgeschlossen. Sie war immer abgeschlossen. Existiert draußen vor der Tür überhaupt irgendetwas? Oder gibt es nur dieses Zimmer? Die ganze Welt ist in Dunkelheit gehüllt, und es wird nie wieder hell werden, er ist für immer eingeschlossen und findet nicht hinaus. Er wird in eine Ecke gezwungen, und er drückt sich mit dem Gesicht an die Wand und schlingt die Arme um sich.

Es knallt, Licht fließt ins Zimmer, Papa und Mama sind da. Papa eilt herbei und nimmt ihn auf den Arm, drückt ihn fest an sich und sagt, wie leid es ihm tut, dass es ihm wirklich leid tut. Mama steht daneben. Sie kaut auf den Fingernägeln und sieht zu Boden. Papa trägt den Jungen aus dem Zimmer, an Mama vorbei, die schweigend stehen bleibt. Der Junge umarmt seinen Vater ganz fest. Seine Schwester schaut aus ihrem Zimmer, sie wirkt verschlafen und verärgert.

»Hört das denn nie auf?«, murmelt sie. Aber Papa wirft

ihr einen kalten Blick zu. Sie verschwindet wieder in ihrem Zimmer.

Papa legt den Jungen in das Elternbett und deckt ihn zu. Sinkt neben ihn, und bald kommt Mama nach. Der Junge liegt nun zwischen ihnen.

»Entschuldigung«, sagt der Junge. »Entschuldigung.«

Mama und Papa antworten nicht. Mama legt eine Hand auf seinen Kopf und bewegt langsam ihre Finger durch seine Haare. Sie weiß, dass er das mag. Papa scheint traurig zu sein, er will etwas sagen, aber Mama sieht ihn an, und er nickt nur.

Dann schlafen sie ein.

Eine Weile passiert nichts. Es ist besser, in Mamas und Papas Bett zu liegen. Aber der Junge ist immer noch wach.

Er zittert.

Da, in der dunkelsten Ecke des Zimmers, ist etwas. Etwas, das ihn anschaut.

Erst in letzter Zeit hat der Junge es bemerkt, undeutlich und vage, es war nicht immer da. Aber nun regt es sich.

Es scheint sich nach ihm auszustrecken.

»Das ist nur Einbildung«, flüstert er. »Da ist niemand.« Sein Bauch tut ihm weh, und er hat Angst, dass er wieder anfangen wird zu weinen. Aber er will Mama und Papa nicht wecken. Er will, dass sie weiterschlafen, damit sie nicht auch noch traurig oder ängstlich werden.

Wenn er nur seine Taschenlampe dabeihätte. Aber das hilft nun nichts. Er weiß, was Mama und Papa sagen, dass man nur nachschauen muss, wenn man unsicher ist, und dann weiß man, dass da niemand ist. Das kann unangenehm sein, aber hinterher weiß man Bescheid. Und dann kann man ruhig schlafen.

Der Junge kriecht vorsichtig aus dem Bett, ohne zu der Ecke hinüberzusehen. Langsam geht er auf die Wand zu, den Blick in eine andere Richtung gerichtet. Er streckt die Arme vor und berührt die Wände. Als nichts geschieht, wagt er, hinzuschauen.

Da ist niemand.

Er geht wieder zum Bett zurück und legt sich hin. Mama bewegt sich und dreht sich um. Papa hat angefangen zu schnarchen.

Als der Junge unter die Decke kriecht, ist es wieder da.

Ihm wird kalt, er kann sich nicht bewegen.

Er starrt in die Ecke hinüber. Da ist es: Das große Schwarze, das einen immer wieder einholt.

DIE HÜTTE

Kurz vor zehn Uhr morgens kroch Davids Auto bis zum Ende eines kleinen Schotterweges hinauf und blieb auf der Wiese vor der Hütte stehen. Sie war klein und rot. Der Hügel dorthin stieg ganz langsam an, so dass man kaum merkte, dass es bergauf ging, bis man sich fragte, warum man eigentlich so müde wurde.

David hatte an seinem Handy den Wecker eingestellt, damit er aufwachte, sowie die Sonne aufging. Dann hatte er sich gewaschen, seine Sachen zusammengepackt und die Taschenlampe in die Jackentasche getan. Das abgegriffene Foto von den Eltern steckte er in die Brieftasche. Danach trug er Zausel ins Auto. Sie schlief immer noch halb und fragte sich, was zum Teufel er vorhatte, schaffte es aber nicht, etwas dagegen zu unternehmen.

Als David auscheckte, war ein älterer Mann an der Rezeption gewesen, der längst nicht so nett war wie die Frau am Abend zuvor. Und er war ohne Frühstück abgefahren.

Nun blieb er für einen Moment im Auto sitzen und betrachtete die Hütte, die an diesem sonnigen Herbsttag anspruchslos und einladend wirkte. Sie war kleiner, als er gedacht hatte, aber auch ein wenig höher. Er fragte sich, ob sie wohl einen Dachboden hatte.

Zausel stellte sich auf die Hinterbeine und sah durch die Scheibe. Sie miaute.

»Ich weiß«, murmelte David. »Es sieht aus, als würde sie uns anstarren. Aber weißt du, warum?«

Zausel sah ihn an. Manchmal, wenn er Blickkontakt mit ihr hatte, war es, als würde die Kluft zwischen Mensch und Tier verschwinden, und er sah stattdessen eine Person vor sich. Eine Übereinstimmung im Blick, als würden sie ohne Worte miteinander sprechen. Ein kleines Mädchen, still und cool, das hinter ihm herlief, damit er sie bemerkte.

»Weil es wirklich ein wenig gruselig ist. Und Herr Liatu hat gesagt, dass das in Ordnung ist. Tatsache ist, wenn man sich das selbst eingesteht, kann man besser damit umgehen. Das hat er gesagt.«

Zausel sah skeptisch aus. Sie glitt auf den Sitz und miaute.

»Du hast Recht«, sagte David. »Worauf warten wir noch.« Er öffnete die Tür und stieg aus. Zausel kletterte über den Sitz und folgte ihm. Die Luft war sauber und kalt, David schmeckte sie, als er die Schlüssel zu der Hütte aus der Tasche zog und langsam zur Tür ging. Zausel strich neben ihm dicht über den Boden, sah sich nach allen Seiten um. Auf der Wiese standen ein paar verwitterte Gartenmöbel, zwei Stühle und ein Tisch, die offenbar mehrere Jahre nicht lackiert oder abgeschliffen worden waren. Direkt daneben war das Plumpsklo, jüngst neu renoviert und in ausgezeichnetem Zustand.

Über der Tür der Hütte hing eine große Lampe. David hatte solche Lampen schon gesehen. Sie gingen an, wenn sich in ihrem Blickfeld etwas bewegte, sehr praktisch, wenn man nach Hause kam und es dunkel war oder man mitten in der Nacht den ganzen Weg raus zum Plumpsklo musste.

»Was nicht geschehen wird«, murmelte David.

Er blieb mit dem Schlüssel in der Hand vor der weißen Tür stehen, die eine Scheibe aus gefrostetem Glas hatte. Oder hieß es Milchglas?, fragte er sich und steckte den Schlüssel ins Schloss. Er klemmte ein wenig, und er musste den Schlüssel hin- und herdrehen, bevor es aufging. Dann drückte er die Klinke herunter und holte tief Luft.

Er ließ wieder los.

Okay, dachte er. Hierher zu kommen ist eine gute Idee. Ich habe allein im Hotel geschlafen. Habe zu Hause die Lichter ausgemacht. Bin auf Geschäftsreisen gewesen und ohne Afterwork-Party von der Arbeit nach Hause gegangen. Habe mehrere Male das Büro abgeschlossen und die Alarmanlage eingeschaltet. Habe allein nächtliche Spaziergänge unternommen. All das habe ich geschafft. Dann kann ich das nun auch schaffen. Oskar hat gesagt, ich habe begriffen, dass ich das jetzt will. Dass das den großen Unterschied ausmachen würde. Manchmal muss man auf dem Boden aufschlagen, um den Gipfel erreichen zu können. Er hat mir diese Möglichkeit aufgezeigt. Ich kann es schaffen. Das Unbehagen verschwindet nicht über Nacht. Mit eingeschaltetem Licht zu schlafen, wird nicht helfen. Aber es wird die nächste Nacht ein wenig leichter machen.

»Du musst das jetzt durchziehen, Alter.«

Genau wie ein Mensch mit Flugangst früher oder später in ein Flugzeug einsteigen muss, dachte David. Wir haben eine Vereinbarung, nach all den Tests und Belohnungen.

Zausel stellte sich neben David und schaute abwechselnd zu ihm und zur Tür.

»Ich kann nicht mehr«, sagte er leise. Er legte die Stirn an die Tür. »Es ist wie eine Wunde, die niemals aufhört zu bluten, als säße ein Stachel im Bauch. Ich will nicht länger gejagt und bedrängt leben. Ich werde es schaffen. Auch wenn es eine Narbe hinterlässt.«

David fasste an die Hosentasche, in dem die Brieftasche mit dem Bild war. Vielleicht war das, was geschehen war, notwendig gewesen. Vielleicht musste es erst noch viel schlimmer werden, ehe es besser werden konnte. Ein aus Jahren der Einsamkeit geborenes Opfer.

Zausel miaute. David lächelte ihr zu.

»Nein, natürlich nicht nur Einsamkeit.« Er nahm sie auf den Arm. Dann drückte er die Klinke runter und ging hinein.

Als Erstes kam er in einen kleinen Flur. Links war die Garderobe, wo man auch seine Schuhe hinstellte. An der roten Wand gleich gegenüber hing ein großer Spiegel. David stellte sich davor und fuhr sich mit der Hand durch das Haar. Zausel miaute und lief immer wieder zwischen seinen Beinen hindurch. Er seufzte und ging weiter geradeaus durch eine offene Tür in die große Küche, in der ein Esstisch mit vier Stühlen stand. Die Spüle war an der Rückseite, und direkt gegenüber vom Tisch erblickte er einen Holzherd und einen Ofen. Der Fußboden war aus altem Holz. Er knarrte ein wenig, als David in der Küche langsam umherging. Hier war es etwas kühler als im Flur.

»Wir werden zusätzlich mit Holz heizen müssen«, meinte

David zu Zausel, die auf den Küchentisch sprang. »Denn du willst ja wohl nicht frieren, oder?« Er kraulte sie hinter dem Ohr. Sie streckte sich und rieb den Kopf an seiner Hand.

David sah zur Decke hoch, wo sich eine Bodenklappe mit einem Haken befand. Vom Fußboden aus konnte man sie nicht erreichen.

»Es gibt also einen verdammten Dachboden.«

Er ging von der Küche ins Schlafzimmer. Hier standen ein Doppelbett und ein Schreibtisch. Es war eng, man konnte gerade so um das Bett herumgehen, ohne sich seitwärts drehen zu müssen. Das Fenster ging auf die kurze Seite des Hauses hinaus und war von dichtem Blattwerk bedeckt. Kleine Lichtflecken sickerten zwischen den Ästen hindurch, die leicht die Scheibe berührten, als der Wind sie ergriff. Trotz des sonnigen Tages war es hier dunkel und kalt.

»Die Büsche hätten sie ja mal zurückschneiden können«, grummelte David. In der einen Ecke bemerkte er eine schmale, weiße Tür, von der die Farbe abgeblättert war. Sie führte zu dem einzigen Schrank in der Hütte.

»Darum kümmere ich mich später«, sagte er und ging durch die Küche ins lichtdurchflutete Wohnzimmer, das sowohl zur Vorderseite als auch zur rückwärtigen Seite der Hütte Fenster hatte. Hier war das Parkett neuer, der Fußboden glänzte. Das Sofa stand an der perfekten Stelle für Sonnenanbeter. Der Fernseher befand sich in der Ecke gegenüber, und am anderen Ende des Zimmers gab es einen Sessel mit Fußhocker.

David stellte sich mitten in den Raum. Es war warm. Zausel trippelte auf dem Sofa hin und her und kletterte dann aufs Fensterbrett. Als David sich umdrehte und aus dem Zimmer ging, sprang sie herunter und folgte ihm.

Er kam wieder in den Flur. Es gab noch ein Zimmer, das einzige, das man nicht von der Küche aus betreten konnte. Es war trist und leer. Wirkte irgendwie vernachlässigt. Über den alten Fußboden war ein grauer und kalter Plastikteppich gelegt worden. Ein ramponierter Schreibtisch mit wackligen Beinen stand in einer Ecke, und unter die Tischplatte hatte jemand einen weißen Hocker geschoben. Die Wände waren kahl, und die Tapeten hatten Risse. Obwohl die Sonne durchs Fenster schien, hatte man den Eindruck, die Wärme würde nicht hereindringen. David fasste an den Heizkörper, der warm war, aber die Kälte nicht verdrängen konnte. Die Ecke, wo der Schreibtisch stand, war dunkel, und obwohl das Licht nicht bis dorthin vordrang, war die Tapete an der Stelle ausgeblichen.

Zausel sprang auf den Schreibtisch und schaute sich um. Sie maunzte wieder.

»Ich weiß«, sagte David. »Das gefällt mir auch nicht.« Er seufzte. »Vor allem nicht dieses Zimmer hier. Es ist hässlich und kalt.«

Er starrte aus dem Fenster auf den Herbsttag, an dem die Blätter auf den Boden fielen und die Feuchtigkeit von einem kühlen Nachtregen immer noch im Gras glitzerte. Alles wirkte sorgenfrei und einfach, als hätte der Tag niemals Dunkelheit gekannt oder wüsste nicht, dass sie kommen würde. Aber hier drinnen in der Hütte konnte David ahnen, wie die Schatten herankrochen, über den Fußboden und an den Wänden hoch.

Früher oder später holte die Dunkelheit ihn ein.

Zausel lief aus dem Zimmer, und er folgte ihr.

»Hier gehen wir nicht noch mal rein«, meinte er zu ihr und machte die Tür zu. »Dieses Zimmer vergessen wir.«

David ging hinaus und um das Haus herum. Auf der Rückseite war es dunkel und das Gras dort kürzer als auf der Vorderseite. Dort wuchsen keine Blumen oder Büsche. Die Schatten breiteten sich aus, als wären sie der Ansicht, dieser Teil des Grundstücks würde ihnen gehören. Unter dem Fenster zur Küche befand sich eine zweiflügelige Kellertür. David betrachtete sie eine Weile. Plötzlich zuckte er zusammen.

Im Haus bewegte sich etwas.

Er sah auf und bemerkte Zausel, die auf der Arbeitsfläche in der Küche saß und eine Pfote ans Fenster gedrückt hatte.

»Ich weiß, ich weiß«, murmelte er und machte die Kellertür auf. Er ging in die Hocke und sah unter das Haus.

Der Keller war tief und geräumig und roch feucht. David sah eine große Holzwerkbank mit altem rostigem Werkzeug und ein kaputtes Sofa. Weiter hinten gab es einen kleineren Raum, in dem eine Lampe ohne Schirm von der Decke hing. Sie schaukelte sanft und rastlos, als könnte sie nicht zur Ruhe kommen. David fluchte leise und schlug die Kellertür wieder zu.

Er ging zum Auto und holte das Gepäck. Abgesehen von Alkohol und Essen hatte er Kleider und Toilettensachen dabei, seine Playstation, Bücher, Zeitungen, Anzünder, Streichhölzer, Kerzen und andere Dinge, die helfen würden, die Zeit zu vertreiben. Er ließ die Tür zur Hütte offen stehen, während er ein Gepäckstück nach dem anderen hineintrug.

»Gewöhne dich jetzt bloß nicht daran, draußen zu sein«, ermahnte er Zausel, die ständig in die Hütte hinein- und wieder hinauslief. »Wenn wir zurück in Stockholm sind, musst du die ganze Zeit in der Wohnung bleiben.«

Wenn wir zurück sind, dachte er. Das wird bald sein, oder was denkst du, Katze?

Sorgfältig packte er seine Kleider aus und hängte sie in den Schrank im Schlafzimmer, der sehr geräumig war. Er konnte sogar einige Schritte hineingehen. Als er fertig war, fand sich immer noch genug Platz darin. Hier könnte eine ganze Familie ihre Kleider unterbringen, dachte er. Ob das wohl schon immer ein Schrank gewesen war?

Dann steckte er seine Playstation ein, versicherte sich, dass er Ton und Bild bekam, und verteilte dann überall seine Spiele, Filme und Bücher in unordentlichen Haufen. Hier ist meine Unterhaltungsecke, dachte er. Hier will ich Spaß haben.

Auch eine kleine tragbare Stereoanlage hatte er mitgenommen. Er schloss sie an und suchte nach Radiosendern, und ein weiteres Vorurteil musste fallen, als er ohne Probleme innerhalb von einer Minute fünf Sender hereinbekam. Dann legte er eine CD mit beschwingtem Jazz von Miles Davis auf, und einen Moment lang fühlte er sich fast zu Hause, als er die Speisekammer einräumte und den Alkohol verstaute. Ganz zum Schluss legte er die Kerzen und die Anzünder in die leeren Schubladen unter der Arbeitsfläche in der Küche und die Taschenlampe auf den Tisch.

Es war zwölf Uhr.

Jetzt war es hell draußen. Ein schöner Tag. Noch keine Andeutung einer Dämmerung. David beschloss, einen Spaziergang zu machen, und vergewisserte sich, dass Zausel im Haus war, schloss dann ab und ging mit der Karte in der Hand den Schotterweg hinunter.

Er ging zum See, rutschte den lehmigen Pfad entlang, der zum Wasser führte, und betrachtete die Reflexe auf der glatten Oberfläche. Es ging kaum Wind, und die Oberfläche des Sees kräuselte sich nur, wenn ein Wesen aus der Tiefe herausschaute und wieder hinabtauchte.

Dann ging David in Richtung Hügel und bahnte sich seinen Weg durch ein Gelände voller Gestrüpp. Der Karte nach zu schließen musste der Hügel recht nah sein, und er folgte keinem bestimmten Pfad, sondern geriet in undurchdringliches, dunkles Unterholz, wo Bäume und Büsche dicht beisammen standen. Er trat in einen kleinen Bach, und ein Ast schlug ihm ins Gesicht und hinterließ einen dünnen roten Streifen. Das Dach aus dichten Ästen ließ kaum Sonne durch, es war kälter und dunkler hier. David versuchte, sich nicht darum zu scheren, er war schließlich mitten am Tag im Wald unterwegs. Er musste nur nach oben blicken, um ein Stückchen blauen Himmel zu sehen. Trotzdem atmete er schneller, und er spürte, wie sein Herzschlag sich beschleunigte.

Dann lichtete sich der Wald, und er erreichte den Hügel. Ein schmaler Pfad führte direkt nach oben. Es war ein kurzer, aber anstrengender Aufstieg.

»Demnächst«, keuchte David, als er halb oben war, »werde ich endlich mein teures Fitnessstudio-Abo in Anspruch nehmen, das schwöre ich.«

Irgendjemand hatte auf dem höchsten Punkt eine Bank aufgestellt. Als David sich setzte, verstand er, warum. Hier war der Himmel so nah, dass er meinte, die Wolken berühren zu können, wenn er sich nur ein wenig streckte. Rundherum gab es nur Berge und Wald mit einzelnen Ansammlungen von Häusern. Aber der Natur konnte man nicht entrinnen, sie schloss alles ein, als würde sie die ganze Zeit nach Schwachpunkten suchen, die den spät angelangten Besuchern zum Verhängnis werden könnten.

David wurde schwindelig. Obgleich die Sonne ihn wärmte und er sich frei fühlte, versetzte ihm etwas einen Schlag in der Brust. Er atmete heftig, als hätte er plötzlich einer tödlichen Schönheit ins Auge geblickt, und es drängten sich Bilder auf, in denen er wie ein Hase gejagt wurde und sich nirgendwo verstecken konnte. Ringsum war Brüllen und Schreien zu hören, ein schrecklicher Lärm.

David spürte, wie seine Finger wehtaten. Er hatte die Fäuste so fest geballt, dass sie sich tief in die Handflächen gegraben hatten. Er ließ locker und wischte sich die Stirn ab.

Als er den Blick über den Horizont schweifen ließ, sah er, wie sich von Westen her das Abendrot ausbreitete. Es war Zeit zu gehen. Er nahm sein Handy heraus. Der Empfang war nicht so schlecht und damit die Zivilisation nicht weit. Momentan konnte man sie einfach nicht so leicht orten.

David stolperte fast den Hügel hinunter, verfluchte die schlechte Wahl seines Schuhwerks und nahm dann die Karte heraus, um wieder zum Haus zu finden. Es gab Wege, die festgetrampelt, aber nicht eingezeichnet waren, und David wandte sich in die Himmelsrichtung, in der die Hütte stand, und folgte einem schmalen mit Tannennadeln bedeckten Pfad. Er fragte sich, wer hier wohl zuletzt entlanggegangen war. Vielleicht war er der erste Mensch seit Langem.

Als er nach Hause kam, war die Dämmerung nahe. Zausel erwachte und wartete an der Tür auf ihn, als er Schuhe und Jacke auszog.

»Die Schuhe müssen trocknen«, sagte er und stellte sie auf die Heizung unter dem Spiegel. Er blieb stehen und betrachtete sich.

Neigte den Kopf zur Seite und legte die Hände auf die Wangen. Er drückte und massierte sein Gesicht, zog eine Grimasse.

»Hier werde ich mich nicht wohlfühlen«, sagte er zu seinem Spiegelbild.

Im Wald um die Hütte war es still. Nur das Flüstern von den Bäumen war zu hören und die Gespräche der Waldbewohner. Hier gab es Orte, die niemals jemand betreten hatte, wie tiefe Gräber im Meer. Stellen, die so gut wie nie von der Sonne beschienen wurden, über die die unterschiedlichen Schattierungen der Dunkelheit hinwegzogen. So war es immer gewesen, seit es diesen Wald hier gab, und so würde es immer sein, bis er irgendwann einmal verschwand.

Der Abend kam. David machte den Fernseher an. Er hatte nur drei Kanäle zur Verfügung und das behagliche Gemurmel des Vierten Programms vermischte sich mit leiser Musik aus der Stereoanlage. Er machte alle Lampen an, außer in dem Zimmer, das er nicht benutzte. Die Zimmertür musste geschlossen bleiben. Dann machte er eine Flasche Wein auf und kochte Abendessen. Es gab Spaghetti mit Fertigsoße ohne Milch. David vermisste frisches Obst und Gemüse, und da er jetzt wusste, dass es im Dorf einen Laden gab, nahm er sich vor, am kommenden Tag dort Lebensmittel für den Kühl- und den Gefrierschrank einzukaufen.

»Von Fertiggerichten zu leben wird ziemlich schnell langweilig, was meinst du, Zauselchen?« Als das Essen fertig war, hatte er eine halbe Flasche getrunken. Er murmelte Phrasen aus Fernsehkochsendungen vor sich hin und tat so, als hätte er eine Million Zuschauer.

»Natürlich habe ich schon alles vorbereitet«, sagte er laut. »Frische Zutaten sind wichtig, denn ohne gute Zutaten schmeckt es einfach nicht.« Zausel saß auf dem Boden an der Schwelle zum Flur und hörte aufmerksam zu.

Draußen war es fast schwarz. Der Schein aus dem Küchenfenster wurde gedämpft und zog auf dem Rasen eine verschwommene Grenze zwischen Licht und Dunkelheit. David vermied es hinauszuschauen, wollte nicht an das denken, was auf der anderen Seite der Grenze war, an die Bäume, an die alten Wege oder daran, wie bewusst ihm war, dass er nicht hierhergehörte.

Die Autoschlüssel lagen auf dem Küchentisch neben der Taschenlampe. David hatte erwogen, sie die ganze Zeit in der Hosentasche zu tragen, und vielleicht auch unter das Kissen zu legen, während er schlief. Er war jedoch zu dem Schluss gekommen, dass das keine gute Idee war. Kein vernünftiger Mensch nahm die Autoschlüssel mit ins Bett. Jetzt setzte er sich mit seinen Spaghetti und einem vollen Glas Wein an den Tisch.

»Ah, lecker«, sagte er und rieb die Hände vor der Kamera. »Ja, dann hoffe ich mal, dass es schmecken wird.« Er erhob das Glas: »Prost!«

Und ließ es fallen, als ein Klagelaut durch die Dunkelheit drang.

(oooh, Daaaviiid …)

David erstarrte.

Kalt.

Dann folgte Stille.

Ich muss mich umdrehen, dachte er. Ich muss rausschauen. Das macht man so.

Natürlich war es ein Reh. Das wusste David. Er hatte früher schon Rehe schreien hören, sowohl im wirklichen Leben wie auch im Fernsehen. Und natürlich gab es hier Rehe. Das war keine Einbildung oder ein Versuch, sich selbst zu beruhigen. Das war bestimmt ein Reh. Er war sich ganz sicher. Und doch hörten seine Hände nicht auf zu zittern.

David drehte sich um und sah nur tiefe Schwärze. Zausel sprang auf den Stuhl gegenüber und putzte sich die Vorderpfoten. David hob das Weinglas auf, es war nicht zerbrochen. Er schenkte nach, trank und ermahnte sich zu essen. Der Wein half. In seinem tiefsten Innern wünschte er, dass das Reh nie wieder schreien würde, doch er unterdrückte diesen Wunsch mit dem aggressiven Gedanken, dass hier eben Rehe lebten und sie folglich so viel schreien durften, wie sie wollten. Es machte für ihn keinen Unterschied, warum sollte es auch, ein Reh war nur ein Reh.

Da, ein erneuter Schrei. Diesmal klang es etwas näher.

(hihihahahihi)

David zitterte und stellte das Glas beiseite. Das Besteck schlug klappernd gegen den Teller. Er machte die Augen zu und drehte sich um, öffnete die Augen wieder und sah abermals hinaus.

Du solltest ans Fenster gehen und nachschauen, dachte er. Wirklich hinausschauen, hinausspähen, mit der Hand an der Stirn wie ein Kundschafter. Sich vergewissern, dass draußen alles in Ordnung ist.

David erhob sich blitzschnell, ging zum Fenster und starrte hinaus. Er summte eine zusammenhanglose Melodie, während er versuchte, unbeschwert in die Dunkelheit hinauszusehen.

»Fein! Gut! Es ist nichts!«

Er setzte sich wieder an den Tisch und aß weiter. Nach einer Weile schrie das Reh wieder. Mit Spaghetti im Mund rief David:

»Hör auf zu röhren! Wir wollen in Ruhe essen!« Das fühlte sich schon besser an. Er lachte kurz, tat so, als würde das Publikum seinem Witz applaudieren, und verbeugte sich dann höflich. Dann aß er den Rest, der noch auf dem Teller lag.

DieWeinflasche war leer, und als er den Wodka herausholte, klopfte er sich selbst auf die Schulter. So etwas wäre vor ein paar Monaten noch undenkbar gewesen. Allein in einer Hütte, in den Wäldern Norrlands, mitten in der Nacht. Schreiende Rehe und so weiter.

Ich werde mich nicht selbst belügen, dachte David. Ich habe Angst. Aber ich bin hier. Und es funktioniert. Es wird nicht schiefgehen. Natürlich bin ich ein wenig nervös. Aber das war ja zu erwarten. Ich bin hier. Und ich habe Zausel dabei. Sie ist cool. Ich sehe sie an, und sie ist cool.

Zausel blinzelte und tappte ins Wohnzimmer.

»Damn straight«, sagte David und folgte ihr mit dem Wodka in der Hand. »Jetzt beginnt der Fernsehabend.«

Erst zappte David eine Weile herum, sah aber schnell ein, dass das bei nur drei Kanälen nicht viel Sinn machte. Schließlich landete er bei einer schwarzweißen Komödie aus den 30er-Jahren und lachte laut über alles, was gar nicht als Scherz gemeint war.

»Gott, Zausel, wie dumm diese Filme doch sind! Hat man das damals wirklich gut gefunden? Aber wir wissen es besser, was, mein Mädchen?«

Dann kamen die Spätnachrichten, und als es elf Uhr und er immer noch nicht abgefüllt oder müde genug war, ins Bett zu gehen, machte er sein Computerspiel an, um den neuen Tag zu begrüßen. Durch den Alkoholnebel versuchte ein Gedanke sich vorzudrängen, ein ärgerliches kleines Aas, das ihn darauf aufmerksam machen wollte, wie tief schwarz es draußen war. So schwarz ist es in Stockholm nie, dachte David. Und man hört immer irgendwo Leute. Die Nachbarn auf der Treppe, in der Küche, im Schlafzimmer, die lachen, streiten, weinen und ficken. Telefone, die klingeln. Pling, »You've got an email«. Dingdong, jemand will mit dir chatten. Piep piep, eine SMS.

Aber hier.

David hielt eine Hand hoch.

Hier ist es verdammt still. Vollkommen still. Wenn man die Hand ausstreckt, sieht man sie kaum.

»Gut, Alter. Quäle dich selbst. Tu das. Denk dir ruhig solch einen Quatsch aus, das wird dir bestimmt helfen.«

Er schüttelte den Kopf und fummelte mit dem Mikrofon und dem Joystick seiner Playstation herum.

»Nachher werde ich pinkeln gehen«, fuhr er fort. »Und ich werde draußen pinkeln gehen, überhaupt kein Problem. Ich werde pinkeln, die Luft einatmen und vom Sternenhimmel fett beeindruckt sein. Vielleicht nehme ich eine Flasche Wein mit raus und checke die ganze verdammte Nacht lang die verdammten Sterne. Wer weiß?«

Er warf einen verstohlenen Blick zum Fenster und rief laut: »Was macht ihr dann, hä? Was sagt ihr nun? Na, was sagt ihr?«

Das Spiel fing an, und die Begrüßungsmelodie veranlasste David, blöde zu grinsen. Es war fast wie zu Hause in seiner Wohnung. Er schaute aus dem Fenster, ob schon viele schlafen gegangen waren, aber natürlich starrte er in ein schwarzes Loch. Sein Magen krampfte sich zusammen.

Er nahm den Wodka und trank aus der Flasche. Dann machte er eine Liste mit fröhlichen, eingängigen Liedern und legte los.

Er sang und grölte fast eine Stunde lang und legte es darauf an, seinen Rekord zu brechen. Jedes Mal, wenn er diesen Schlag in der Magengegend verspürte, sang er noch lauter.

Zausel schlief im Sessel in der Ecke und machte manchmal die Augen halb auf, um David zu beobachten. Langsam nahm er wahr, wie sich die gesegnete Müdigkeit im Körper ausbreitete, jetzt würde es schnell gehen. Wein, Schnaps, frische Luft und früher Morgen schlugen allesamt gleichzeitig zu, und David merkte, dass er es schaffen würde. In ein paar Stunden würde die erste Nacht vorüber sein und das Ganze überstanden.

Draußen vor der Tür ging das Licht an.

(jemand da?)

David verlor das Gleichgewicht und fiel rückwärts auf das Sofa.

Diese Lampe ging nur an, wenn jemand draußen vor der Hütte war. Sie hatte einen Bewegungsmelder und schaltete sich nur ein, wenn sich jemand sehr nahe bei der Hütte aufhielt.

Er versuchte wieder auf die Füße zu kommen, sank aber stattdessen auf die Knie und musste sich mit den Armen abstützen, um nicht mit dem Gesicht auf dem Boden zu landen.

»Entschuldigung«, flüsterte David. »Aber ich werde nicht lange hier sein, nur ein paar Tage. Dann haue ich wieder ab. Dann seid ihr mich los, okay?« Er stand auf und ging zum

Fenster, drückte Nase und Hände an die Scheibe. Es war niemand zu sehen.

Das war doch ganz einfach, dachte er. Wie leicht es mich umgehauen hat. Aber ich wusste, dass es schwer werden würde. Daran wird sich auch so schnell nichts ändern.

»Aber es wird stetig bergauf gehen. Das hat er gesagt. Genau das hat er gesagt.«

David legte die Hand an die Stirn.

Er musste. Vorher hatte er nicht daran gedacht, aber jetzt war es plötzlich sehr real und nicht mehr zu leugnen, und David begriff, dass er sich nicht länger beherrschen konnte. Im Laufe des Abends hatte er schon erwogen, einen Eimer ins Haus zu holen und ihn jeden Morgen auszuleeren, hatte die Idee dann jedoch verworfen, zum einen, weil Oskar Liatu die Bedeutung normaler Routinen gar nicht genug betonen konnte, und zum anderen, weil es unwürdig war. Alle hatten ab und zu komische Anwandlungen, aber im Haus in einen Eimer zu pinkeln und zu kacken machte ihm auf neue Art und Weise deutlich, dass er dies nicht mit seiner inneren Einstellung vereinbaren konnte. So tief wollte er nicht sinken. Er war doch hier, um gesund zu werden.

»Nein! Dieses Mal nicht! Kapiert ihr das? Diesmal gewinne ich!«

Er horchte auf die anschließende Stille. Dann stand er vom Sofa auf und ging pfeifend zur Haustür. Vielleicht war das Reh ja immer noch da und sie konnten gemeinsam darüber plaudern, wie es so war, im Wald zu leben.

Er ging hinaus, die Lampe brannte immer noch. Die Luft war kalt. David ging barfuß, war jedoch zu betrunken, um sich um die Kälte zu scheren. Er zog den Reißverschluss herunter und pinkelte. Das Klohäuschen lag außerhalb der Reichweite der Lampe, und er war noch nicht bereit, dorthin zu gehen.

Dann hörte er aus der Dunkelheit ein Stöhnen.

Er fuhr zusammen, das Herz blieb ihm stehen.

(hihihahahihi)

Es schnürte ihm die Kehle zusammen.

Jetzt sterbe ich.

Ein Impuls trieb ihn an, sich schreiend direkt in das große Schwarze zu stürzen, aber er kämpfte den Gedanken nieder und drehte stattdessen langsam den Kopf nach rechts.

Er sah direkt in die nachdenklichen Augen eines Elchs, der mit dem Huf schabend irgendetwas brummte, während er mit fast philosophischem Ausdruck auf etwas Gras herumkaute.

David schluckte. Der Hals tat ihm weh. Er kniff die Augen zusammen und spürte die Tränen kommen. Als er fertig war, ging er rein und schloss die Tür.

Drinnen warteten sie auf ihn. Er setzte sich auf einen Küchenstuhl. Der Raum war erfüllt von Kichern und Lachen.

»Hört auf!«, schrie er. »Hört auf!«

Das Lachen wurde zu einem Brüllen, zu einem angestrengten Heulen, das unter der Erde widerzuhallen schien. David schlug mit den Armen nach den Schatten, bekam sie aber nicht zu fassen. Sie drückten sich näher an ihn heran, schlossen sich um ihn, drängten ihn in eine Ecke. Er packte die Taschenlampe, machte sie an und schoss mit dem Licht um sich. Er duckte sich, stolperte und fiel zu Boden. Die Lampe rollte weg, und er blieb mit den Armen um den Kopf geschlungen liegen.

»Es geht nicht«, flüsterte er. »Es geht einfach nicht. Ich kann nirgends hin … wo soll ich nur hin?«

Eine Weile lag er da, wagte nicht aufzuschauen, aus Angst, dass dort jemand stehen und ihn ansehen könnte. Doch es geschah nichts, und am Ende kam Zausel in die Küche. Sie rieb vorsichtig die Nase an seiner Hand und legte eine Pfote auf seinen Kopf. Da schaute er zwischen seinen Fingern hindurch. Sie miaute und stupste ihn mit der Nase ins Gesicht.

David war übel. Er stand auf, beugte sich über die Spüle und trank so viel Wasser, wie er konnte. Als die Müdigkeit am Ende zu stark wurde, schleppte er sich zum Bett und kroch mit der Taschenlampe in der einen Hand unter die Decke.

»Das spielt sich doch alles nur in meinem Kopf ab. Alles nur Show. Nichts, wovor man Angst haben müsste. Das weiß ich. Deshalb … deshalb werde ich morgen aufwachen. Mit einem fetten Kater, aber unbeschadet.«

Er lag da und zitterte.

Etwas kratzte an der Wand.

Knackte im Fußboden.

Schlug an das Dach.

Rief draußen nach ihm.

Er sah Wesen vor dem Fenster vorbeistreichen. Sie legten die Hände an die Scheiben und sahen hinein. Ihre Blicke flackerten hin und her, sie leuchteten mit Lichtkegeln in die Zimmer und suchten nach ihm. Ein Auto fuhr auf die Wiese, jemand stieg aus und schlug an die Tür. Im Schrank wohnte ein kleiner Teufel, der ihn durch den Türspalt beobachtete, ein kleiner Bösewicht mit blutunterlaufenen Augen und gelben Zähnen, der herankriechen würde, wenn er eingeschlafen war. Die Tür zum Dachboden klapperte, als würde sie ihn höhnisch auslachen. Wenn er sich umdrehte, würde jemand zwischen den Ästen vorm Fenster stehen und ihn auslachen, lachen und auf ihn zeigen, die Äste beiseite schieben und an die Scheibe klopfen.

Doch vor allem konnte er erkennen, dass jemand in der Ecke stand und ihn abwartend beobachtete.

David machte die Taschenlampe an und quälte sich aus dem Bett. Er ging zu der Wand und befühlte sie Stück für Stück mit den Händen. Dann legte er sich wieder hin und schleuderte ein Kissen in die Ecke, rollte sich auf dem Rücken hin und her, während er nach seiner Mutter und seinem Vater rief und sich nach dem Geräusch sehnte, wenn die Tür aufging und das Licht von der Welt draußen zu ihm hereinströmte.

Zausel sprang auf das Bett. David wusste nicht, wie lange es wehgetan hatte. Er hatte das Gefühl für die Zeit verloren, spürte aber, dass es ein wenig nachließ. Genau so viel, dass er wusste, es war keine Einbildung. Ein kleiner Schmerz, der gelindert wurde, der sich ein klein wenig abschwächte. Er zuckte mit den Wimpern, während Zausel sich neben ihn legte und den Schwanz um den Körper schlang. Die Müdigkeit ergriff von ihm Besitz, zog ihn mit sich. Bald war er eingeschlafen.

Aber da fuhr Zausel zusammen.

Sie reckte den Hals und sperrte die Augen auf. Der Schwanz wurde lebendig, peitschte über die Decke. Das Fell auf dem Rücken richtete sich auf, die Ohren klappten nach hinten.

Hier in der Hütte war alles anders. Gerüche, Orte und Geräusche.

Das war anders als alles andere.

Zausel konnte nicht schlafen. Sie starrte zum Fenster in der Küche und stand ganz still.

Nach einer Weile legte sie sich wieder hin. Aber sie machte die Augen erst zu, als die Morgendämmerung kam.

Am nächsten Morgen erwachte David mit schrecklichen Kopfschmerzen. Sein Hals war ausgetrocknet, und es drehte sich immer noch alles. Er wusste nicht, wie spät es war, aber zumindest war es hell draußen.

Lange lag er unter der Decke und zitterte. Er schwitzte und ihm war übel, aber er weigerte sich, zu kotzen. Es wird schon vorübergehen, dachte er. Ein Kater geht immer vorüber. Ich weigere mich ganz einfach, zu kotzen.

Der Kopfschmerz nahm zu, und am Ende musste er sich aus dem Bett quälen, um Wasser zu trinken. Zausel lag schlafend an seinen Füßen und wachte nicht auf, obwohl er sie mit den Füßen beiseite schieben musste. Er wühlte im Schrank, fand eine Zweiliterkaraffe, füllte sie mit Wasser und ging wieder ins Bett.

Draußen schien die Sonne. Ein leichter Wind strich durch die Äste vor dem Fenster und ließ das Licht über das Bett gleiten. David legte sich wieder hin, wobei er den Blick auf das Fenster gerichtet hatte und hinaussah.

Langsam ließ der Kater nach. Er trank und schloss die Augen, schlief ein Weilchen, wachte erneut auf und merkte, dass sich die Übelkeit gelegt hatte. Das Kissen war feucht von Schweiß. David drehte es herum und legte sich auf den Rücken.

Ich bin nicht gestorben, dachte er. Es war eine schlimme Nacht. Aber ich bin nicht gestorben.

Die nächste würde natürlich nicht leichter werden. So schnell ging es nicht. Aber wahrscheinlich würde es auch nicht schlimmer kommen. Wenn ich das nächste Mal ein Reh schreien höre, dachte David, wird es nicht genauso schrecklich sein. Und wenn das Licht draußen wieder angeht … ja, dann ist es vielleicht der Elch, der draußen steht und Gras futtert. Der alte Waldphilosoph.

Plötzlich wurde David bewusst, wie einsam es um ihn herum war. Er war meilenweit von anderen Menschen entfernt, und der Gedanke, niemanden, wen auch immer, treffen zu können, bevor die Dunkelheit wiederkehrte, machte ihn nervös. Er würde in den Ort fahren und frische Lebensmittel einkaufen. Er wollte nur daran erinnert werden, dass es eine Zivilisation gab, einfach, um sicher zu sein. Er würde niemanden anrufen. Die Versuchung, in eine größere Sicherheit zurückzukehren, wäre zu groß.

»Verdammt«, murmelte David, als er sich eine Stunde später ins Auto setzte. »Wahrscheinlich bin ich immer noch betrunken.«

Er ließ den Motor an, fuhr vorsichtig zum Kiesweg und dann langsam in den Ort hinunter. Die Hütte schrumpfte im Rückspiegel, es schien, als würde sie ihm zum Abschied winken, als würde sie grinsen.

David begegnete niemandem auf dem Weg. Der Kontrast, als er die ersten Häuser und Menschen sah, war so heftig, dass er sich noch mehr als Fremder fühlte, als es sowieso schon der Fall war. War das der Ort, den er gestern Morgen voller Hoffnungen und Unbehagen verlassen hatte? Menschen, die er gegrüßt und mit denen er unter einem Dach gewohnt hatte? Sie schienen alle gut geschlafen zu haben. Keiner wirkte auch nur im Geringsten beunruhigt darüber, was in ein paar Stunden sein würde, alles fühlte sich so verdammt sorglos an.

David seufzte und schüttelte den Kopf. Da entdeckte er die Frau vom Hotel. Sie stach heraus, schien wirklicher zu sein, er erinnerte sich an jedes Wort, was sie gesprochen hatten, und an ihren ausweichenden Blick, als er sie im Verlauf des Abends angeschaut hatte. Er parkte den Wagen, stieg aus und schloss in genau dem Moment ab, als sie vorbeiging. Sie roch nach demselben Parfüm, trug Jeans, eine dicke weiße Jacke, eine schwarze Mütze und Schal.

»Hallo«, sagte er.

Sie lächelte höflich.

»Hallo«, erwiderte sie. Dann erkannte sie ihn und blieb stehen. »Ach, Sie!«

»Ja, hallo.«

»Sie sind hier? Ich dachte, Sie würden in dieser Hütte oben im Wald wohnen!«

»Ach ja? Woher wissen Sie das?«

»Das hier ist ein kleines Kaff. Das Hotel, das Touristbüro, wir reden miteinander, müssen Sie wissen.«

»Ah ja.«

»Und, ist es schön da oben?«

David musste unwillkürlich lachen, aber es klang offenbar komisch, denn sie sah ihn mit einem unsicheren Lächeln an.

»Es ist still«, antwortete er. »Und dunkel.«

»Ja, das kann ich mir denken. Ja, dann alles Gute, grüßen Sie mir den Elch, wenn Sie ihn sehen.«

Sie wollte weitergehen, aber David fügte, in dem Bestreben, nicht verzweifelt zu klingen, hastig hinzu:

»Entschuldigen Sie … wo ist denn der Laden? Ich müsste ein paar Lebensmittel einkaufen.«

Sie zeigte die Straße hinunter.

»Da hinten, um die Ecke. Sie können ihn gar nicht verfehlen.«

»Okay. Könnten Sie mir vielleicht den Weg zeigen?« Er lehnte sich an das Auto und zog eine Augenbraue hoch. »Womöglich verirre ich mich hier. Und ich habe gehört, dass ihr gerne verirrte Großstädter zusammenschlagt.«

Sie biss sich auf die Lippe. Ihre Wangen waren rot, und man sah ihren Atem. Sie rückte ihre Mütze zurecht.

»Ja, das stimmt. Die kriegen immer gleich eine Abreibung.«

»Dann … ist es vielleicht am besten, wenn Sie …« Er nickte in Richtung Laden.

Sie stellte sich neben ihn und sah aus, als würde sie etwas sagen wollen. Sie hatte ein verschmitztes Funkeln in den Augen.

»Ja, warum nicht«, meinte sie.

Sie gingen zusammen zum Laden. Sie hieß Nina und erzählte, dass das hier ihre Heimatstadt sei. Sie war während ihrer Ausbildung viel herumgereist und hatte schon überall gewohnt, von einer Strohhütte im indonesischen Dschungel bis zu einer Dachwohnung in einem Wolkenkratzer in Tokio. Ihr blondes Haar mit den angedeuteten dunklen Strähnen schaute unter der Mütze hervor und fiel ihr bis auf die Schultern. Die Augenfarbe wechselte zwischen blau und grün. In ihrem Blick lag etwas überaus Konzentriertes, so als wäre sie dem Gespräch die ganze Zeit einen Schritt voraus.

»Jetzt wohnst und arbeitest du also hier«, sagte David. »Wie lange wirst du bleiben?«

»Ach, ich gehe nirgends mehr hin.« Sie waren am Gemüsestand. Sie legte Sachen in seinen Wagen, ohne zu fragen, ob er sie brauchte, und er unternahm auch keinen Versuch, sie daran zu hindern. »Ich fühle mich hier wohl. Wenn es nicht mehr genug Arbeit gibt, muss ich eventuell umdenken. Aber das wird schon nicht passieren.«

»Arbeit? Du meinst das Hotel und das Touristbüro?«

»Genau. Magst du Pilze?«

»Ja.«

Sie nahm drei Tüten und suchte verschiedene Sorten aus. David fuhr fort:

»Aber ist das nicht ein wenig …«

Sie fuhr herum.

»Kommen jetzt die ganzen abgedroschenen Phrasen wie ›Von hier kommt man sowieso nicht weg, hier wohnt man doch nicht‹ und so weiter?«

»Ich wollte es nicht so sagen, aber … irgendwas in der Art.«

»Das ist ja auch das Einfachste. Wenn man an vielen Orten war und sich trotzdem nach Hause sehnt, na, was meinst du, wo soll man dann am besten wohnen?«

David zuckte mit den Schultern.

»Du hast Recht. Meine Güte, was hast du denn alles in den Wagen gelegt? Einiges davon werde ich nicht aufessen können, ehe es schlecht wird.«

»Nicht?«

»Nein.«

»Ja, ich koche nicht so oft, deshalb habe ich eigentlich keine Ahnung.«

David legte ein paar Lebensmittel wieder zurück, und sie gingen weiter durch den Laden. Er erzählte Nina, er sei hier, um von seinem Job auszuspannen. In der letzten Zeit sei alles etwas viel gewesen, und er müsse mal die Akkus wieder aufladen.

»Ich wollte irgendwohin fahren, wo ich allein sein und nachdenken kann.«

»Da gibt es doch einsamere Orte.«

»Na ja, aber man soll auch nicht übertreiben.«

»Nein, da hast du natürlich Recht. Und, bist du ursprünglich aus Stockholm? Du kommst mir gar nicht so vor.«

»Wie ist denn jemand aus Stockholm so?«

Zerstreut legte Nina Joghurt und Dickmilch in den Wagen.

»Du weißt schon, hochnäsig, vielleicht oberflächlich, desinteressiert. Kümmern sich nur um sich selbst. Übertriebene Frisuren. Die Typen tragen Seidentücher und die Mädels superkurze Röcke, egal ob es tiefster Winter ist.«

Sie lächelte schief und betrachtete ihn aus den Augenwinkeln.

»Ganz genau«, antwortete David. »So sind wir. Guck dir meine Haare an, ich nehme mir dafür jeden Tag eine halbe

Stunde Zeit, und dann gehe ich ins Fitnessstudio.« Er stellte die Dickmilch zurück.

»Ich habe Freunde, die nach Stockholm gezogen sind«, meinte Nina. »Die fühlen sich dort pudelwohl. Wenn ich innerhalb von Schweden umziehen würde, dann nach Stockholm, wegen des Unterschieds. Und ich mag es, dass die Leute beim Ein- und Aussteigen in der U-Bahn nicht drängeln.«

»Ja, darin sind wir echt gut. Und wenn es um den Verkehr geht, können wir auch im Reißverschlusssystem einfädeln.«

So redeten sie weiter, und Nina gelang es, David eine Weile vergessen zu lassen, dass er bald in die Hütte zurückmusste. Als sie jedoch herauskamen, war das Licht schwächer geworden und die Schatten länger. Er verspürte wieder diesen Schlag in der Magengegend und wurde von einer ungeheuren Lust ergriffen, sie zu fragen, ob sie mit ihm hinausfahren wollte, oder vielleicht lud sie ihn ja zu sich nach Hause ein?

Sie stellten die Tüten ins Auto.

»Ja, dann viel Glück. Vielleicht laufen wir uns mal über den Weg.«

David schlug den Kofferraumdeckel zu.

»Ja, vielleicht. Hätte jedenfalls nichts dagegen.«

Nina wippte von einem Bein auf das andere und blies die Wangen auf.

»Und?«, fragte er. »Habe ich dich jetzt verlegen gemacht?«

»Nein nein, gar nicht. Aber …« Sie stemmte die Hände in die Hüften. »Du meinst hier im Dorf?«

»Ja, warum nicht.«

Nina lachte auf.

»Wir werden sehen«, sagte sie. »Okay?«

David war enttäuscht. Sie hätte ihn retten können, wenn sie einen gemeinsamen Drink oder ein Abendessen vorgeschlagen hätte, einfach etwas, das ihm eventuell eine natürliche Entschuldigung geliefert hätte, zu bleiben und im Ort zu übernachten. Dabei wäre es ihm nicht darum gegangen, sie ins Bett zu kriegen, sondern um einen guten Grund, nicht in der Dunkelheit zwanzig Kilometer zu einer leeren kalt abweisenden Hütte zu fahren.

»Ist es unheimlich da draußen?«, fragte sie.

»Wie? Was meinst du? Wo denn?«

Nina verstummte, als sie Davids heftige Reaktion bemerkte. Sie suchte nach Worten.

»Ja, also … ich meine nur, allein in einem Haus mitten im Wald zu schlafen, finde ich schon etwas unheimlich.«

»Ach so, ja.« Er wich ihrem Blick aus, jetzt wollte er einfach nur weg. »Nein, so schlimm ist es nicht.«

»Okay.« Sie beugte sich vor. »Alles in Ordnung?« Sie klang sanfter, ein neuer Ton, den er vorher nicht gehört hatte.

Fast wäre ihm ein Nein herausgerutscht.

»Bin ein wenig verkatert, um ehrlich zu sein. Habe gestern eine Flasche aufgemacht. Irgendwas muss man ja tun, wenn man allein ist.«

»Ja, genau. Also, bis bald, ja? Ich muss jetzt los. Tschüss.«

»Bis dann.«

Sie ging ein paar Schritte rückwärts und sah ihn dabei an. Dann drehte sie sich um und eilte die Straße hinunter.

David hatte einen Kloß im Hals. Er ahnte, dass die Sonne am Horizont bald verschwunden sein würde. Vielleicht sollte ich trotzdem jemanden anrufen, dachte er. Aber wen? Gibt es denn jemand, den ich anrufen könnte?

Er umfasste ganz fest den Autoschlüssel und fragte sich, was passieren würde, wenn er ihn einfach wegschmeißen würde.

Doch das kam nicht in Frage. Er setzte sich hinter das Steuer, ließ den Motor an und fuhr zur Hütte, einer neuen Nacht entgegen.

David wartete nicht, bis der Kater vorüber war. Als er nach Hause kam, machte er eine neue Flasche auf und begann, sich zu betäuben. Zausel ließ sich nicht blicken, und er musste nach ihr suchen. Sie schlief und wollte in Ruhe gelassen werden. Er scherte sich nicht um all die frischen Lebensmittel, die er eingekauft hatte, und aß nur Chips, Käse-Flips und Schokolade. Der Regen prasselte an die Scheiben.

Bei dem Wetter treibt sich bestimmt keiner draußen herum, dachte David. Wenn das Licht angeht oder ich sehe, dass sich etwas bewegt, kann es nur ein Tier sein.

Die Äste schabten über die Hauswand. Sie kratzten am Holz, mal stärker, mal schwächer. Wenn es lauter wurde, kamen in David Bilder hoch: Jemand stand vor der Tür und versuchte, sich Zutritt zu verschaffen.

(hihihahahihi)

Er trank weiter. Gegen zehn Uhr legte er *Lost in Translation* ein und konnte gerade mal den halben Film sehen, bevor die DVD ins Stocken geriet. Erst dachte er, es läge am Abspielgerät, und er schrie und fluchte, während er das Laufwerk auf- und zumachte. Dann versuchte er es mit einer anderen DVD und stellte fest, dass das Gerät zu funktionieren schien.

Um kurz nach eins hörte er ein entferntes Donnern. Vor seinen Augen drehte sich alles, aber als er den gedämpften Laut hörte, kroch er aufs Sofa und schlang die Arme um die Beine.

Sie ließen ihn auch diese Nacht nicht in Ruhe, kamen herausgekrochen und sprangen im Zimmer herum. Kicherten und lachten.

(oooh Daaaviiid …)

David rannte zwischen den Bäumen umher, durch das große Schwarze. Sie kamen näher, drängten sich an ihn, keuchten ihm ins Gesicht. Er schrie nach seiner Mutter und seinem Vater und sehnte sich danach, dass die Tür aufgehen möge. Er schleuderte das Licht der Taschenlampe in alle Richtungen.

Dann kam die Wut. Rasend sprang er vom Sofa auf und warf eine der halb ausgetrunkenen Weinflaschen an die Wand. Der Wein spritzte über die Tapete und lief langsam auf den Fußboden hinunter. Er meinte, ein lautes Heulen zu hören, ein hysterisches Kichern oder ein kaputtes Lachen. Zausel kam angelaufen, und er hatte den Eindruck, dass sie ihn vorwurfsvoll ansah. David sank auf die Knie, die Decke war der Fußboden und der Fußboden die Decke. Er kotzte sich voll. Dann versuchte er aufzustehen, war aber kurz davor, das Gleichgewicht zu verlieren, und fiel wieder auf die Knie.

Zausel lief hin und her und maunzte. David stieß sie beiseite und ging zur Spüle. Er nahm sich einen Stuhl und kotzte eine halbe Stunde, den Kopf auf den Waschbeckenrand gestützt. Manchmal drehte er den Wasserhahn auf, um das Schlimmste wegzuspülen. Nach einer Weile schlief er mit einem dünnen Speichelfaden und Erbrochenem im Mundwinkel ein.

Gegen zwei Uhr erwachte er davon, dass jemand durch die Tür kam. Er kam schnell auf die Füße und rannte in den Flur hinaus, der Bauch schmerzte. Er schrie den Eindringling an und zwang ihn auf den Boden, während er weiter schrie und auf den Boden einhämmerte. Dann begriff er, dass er immer noch träumte, er merkte, wie er stank und zog sich nackt aus. Fast alle Knöpfe am Hemd gingen ab. Er stellte sich unter die Dusche, verbrühte sich fast und wechselte dann zum Kälteschock, schleifte die Kleider in die Dusche und ließ sie dort liegen, als er fertig war. Zausel saß da und jammerte.

David hielt inne und sah sie an. Plötzlich wurde er von einer ungeheuren Liebe erfüllt und beugte sich hinab, um sie zu streicheln, aber sie lief davon. Sie schien verärgert zu sein. David trat gegen die Tür, die die Küche vom Flur trennte, und hinterließ eine tiefe Macke im Holz. Sein großer Zeh blutete, und er brach auf dem Bett zusammen.

Als er aufwachte, regnete es immer noch. Bei dem Versuch, aufzustehen, bemerkte er, dass es draußen hell war. Er zitterte immer noch. Aber als er sah, dass Zausel ruhig auf dem Sofa schlief und die Sonne durch die grauen Wolken brach, wurde er ruhiger.

Er nahm die Bettdecke mit und legte sich neben die

Katze. Während die Wolken sich teilten und die Sonne über den Himmel wanderte, schwebte er in einem Dämmerzustand zwischen Schlafen und Wachen. Teile des Abends und der Nacht kehrten zurück. Der Hals war trocken und kratzig. Die Flecken waren in die Tapete eingezogen. Auf dem Boden lagen Scherben.

David starrte mit leerem Blick vor sich hin. Ich packe das nicht, dachte er. Schon in der zweiten Nacht bin ich ein Wrack. Ich erkenne mich selbst kaum wieder. Wie ist das nur passiert?

Aber ich habe auch diese Nacht überlebt, und ich bin nicht einmal verletzt. Ein schmerzender großer Zeh, das ist alles, und das habe ich mir selbst zuzuschreiben. Ich trage schließlich den ganzen Scheiß mit mir rum, der wie stinkendes Gas blubbernd an die Oberfläche kommt.

Er stand auf und ging ins Badezimmer. Die Kleider lagen verknittert und immer noch nass auf dem Boden der Dusche. Er warf sie raus. Um sich einen erneuten Kater zu ersparen, kniete er sich hin, schob sich die Finger in den Hals und erbrach sich auf dem Boden der Duschwanne, so lange, bis nichts mehr kam. Dann spülte er alles weg, duschte und hängte die Kleider zum Trocknen über den Rand der Kabine. Danach rasierte er sich, zog saubere Sachen, ein paar anständige Wanderschuhe sowie eine regendichte Jacke an. Das Handy lag in der Tasche. Er holte tief Luft und ging hinaus.

Er hatte immer noch Kopfschmerzen, und der Schweiß lief nur so an ihm hinunter. Sein Körper fühlte sich zittrig an. Er bewegte sich langsam und atmete tief durch. Hin und wieder nahm er das Handy heraus und überprüfte das Netz, aber es gab keins. Schließlich wichen die Bäume dem Hügel. David war sich nicht sicher, ob er die Kletterpartie bis nach oben schaffen würde. Wenn er stolperte und hinfiel, konnte das übel für ihn ausgehen.

»Ich muss vorsichtig sein«, sagte er laut. »Ich will hier nicht mit einem gebrochenen Bein liegen, wenn der Abend kommt.«

Er begann mit dem Aufstieg. Er rutschte mit dem Fuß im Lehm aus, fand aber gleich wieder Halt. Als er oben ankam, setzte er sich auf die Bank und nahm wieder das Telefon heraus. Das Netz war nur schwach.

Er wählte die Nummer seiner Schwester. Es klingelte ein paarmal, und als er gerade dachte, dass sie nicht abnehmen würde, war sie am Telefon.

»Brüderchen!«

David seufzte. Er war erleichtert. Seine Schwester war da, sie existierte, vielleicht saß sie in irgendeinem coolen Restaurant in London, oder er hatte sie in einem Hotelzimmer in New York geweckt.

»Hallo, Schwesterchen. Wie sieht's aus? Wo bist du?«

»Ich bin zu Hause«, sagte sie. »Ich mache mir heute einen richtig faulen Tag, laufe in Schlabberhosen herum und futtere Chips. Auf TV3 läuft gleich Jerry Maguire.«

Sie war zu Hause, in Schweden, wie schön.

»Klingt gut.«

»Und du? Wie ist es auf der Hütte? Geht es dir gut?«

David biss sich auf die Lippe. Wenn sie ihn durchschaute, könnte sie ihn dazu bringen, dem Ganzen hier den Rücken zu kehren, indem sie ihm anbot, eventuell ein paar Tage bei ihr zu schlafen. Es wäre so einfach, so leicht, Ja zu sagen.

»Alles bestens«, antwortete er. »Ich will dir nichts vorlügen, Schwesterchen, ich hatte ein paar echt anstrengende Nächte. Aber ich kriege das hin. Ich kann es schaffen.«

»Gut, Brüderchen! Gut! Halt, warte mal kurz!« Er hörte ein Klingeln im Hintergrund. Sie ging weg und sagte ein paar Sätze auf Deutsch, die ziemlich holprig klangen. Dann kam sie zurück ans Telefon. »Du, ich habe gerade einen Kunden in der Leitung. Kann ich dich zurückrufen?«

»Nein. Ich habe hier kein Netz. Ich sitze auf … oder, scheißegal. Nein, das geht nicht.«

»Ist alles in Ordnung?«

»Ja, natürlich!«

»Gut, ruf wieder an. Ich bin hier, wenn du mich brauchst.« Sie legte auf.

David blätterte sich weiter durch die Adressliste und stieß schließlich auf die Nummer von Oskar Liatu. Mit dem Daumen auf der Anruftaste überlegte er einen Moment, dann jedoch machte er das Handy aus und steckte es wieder in die Tasche.

Auf dem Weg nach unten blieb er stehen, wandte das Gesicht zum Himmel, wo jetzt die Dämmerung einsetzte, und merkte, wie seine Augen feucht wurden.

Macht es was, wenn ich Angst vor der Dunkelheit habe?, fragte er sich. Ist das wirklich schlimmer als im Moment? Vielleicht wird es noch viel schlimmer.

Aber er riss sich zusammen und ging den Weg zur Hütte zurück. Als die Dunkelheit kam, machte er keine Flasche auf. Stattdessen kochte er sich ein anständiges Essen, trank Wasser und spielte auf seiner Playstation. Auch an diesem Abend war es windig. Das Geräusch der schabenden Äste schien seit gestern lauter geworden zu sein, und er meinte, es würde an den Fenstern rütteln. Sein Puls ging rauf und runter. Ihm wurde kalt und er fing an zu zittern, und als die kleinen Teufel kamen, saß er still auf dem Sofa, das Gesicht in den Händen vergraben und mit der eingeschalteten Taschenlampe zu seinen Füßen. Er presste die Lippen fest aufeinander und bot all seine Willenskraft auf, um nicht nach Vater und Mutter zu rufen.

»Bitte«, flüsterte er, »lasst mich in Ruhe. Bitte.«

Zausel sprang neben ihn aufs Sofa und drückte ihre Nase an seinen Oberschenkel. Dann kletterte sie auf seinen Schoß und rollte sich zu einer Kugel zusammen. David lachte mit Tränen in den Augen und kraulte sie hinter den Ohren. Irgendwo weit entfernt schrie ein Reh. Zausel miaute als Antwort, und David musste erneut lachen.

»Glaubst du, wir können es dazu bringen, die Schnauze zu halten?«

Er legte sich hin. Allerdings gelang es ihm nicht, das Licht auszumachen, und er versuchte, bei Licht einzuschlafen, aber die Äste an der Scheibe hielten ihn wach. Er dachte an den Keller, an den Dachboden und an das Zimmer mit der verschlossenen Tür. Aber er kannte den Schmerz, der immer wiederkehrte. Und als das Reh erneut schrie, brüllte David zurück:

»Halt die Schnauze!«

Zausel stimmte miauend ein. Und die schabenden Äste waren zu einem Hintergrundgeräusch geworden, an das David nicht mehr dachte, als er brüllte. Er goss sich ein Glas Wasser ein und stellte fest, dass er nicht würde einschlafen können, ehe sich nicht die Andeutung einer Morgendämmerung zeigte. Also nahm er ein Buch, schlug die erste Seite auf und fing an zu lesen. Die ganze Zeit verspürte er ein Gefühl der Unlust, denn sein Blick wurde von der dunkelsten Ecke des Schlafzimmers angezogen, die außerhalb des Lichtkegels lag. Aber schließlich konnte er nicht mehr und sackte mit dem Buch in den Händen in sich zusammen.

Als er aufwachte, fiel ihm auf, dass ihn das Reh beim ersten Mal zu Tode erschreckt hatte, jetzt jedoch verursachte es ihm nur Unbehagen. Er war müde und erschöpft. Aber er verspürte eine Veränderung, einen Unterschied, den Anfang einer Verteidigung.

Doch hätte er Zausel gesehen, während er schlief, wäre dieser Schild schnell wirkungslos gewesen.

Sie hatte zu seinen Füßen gelegen und in die Nacht hinausgespäht, so als würde sie über ihn wachen und auf das Acht geben, das sie da draußen erahnte.

Das nicht verschwand.

Das jede Nacht zurückkehrte.

Das sich nicht vertreiben ließ und mehr wollte.

Der Junge sitzt auf dem Sofa und blättert in einem Buch. Er achtet kaum auf den Text, der sehr langweilig ist. Das Buch hat er bereits gelesen.

In der Küche sitzt Mama mit Kajsa. Kajsa ist ihre Nachbarin, und sie sind bei ihr zu Besuch. Früher war er immer nur zum Kindergeburtstag oder zum Abendessen eingeladen gewesen, aber jetzt ist es etwas anderes.

Jetzt ist er da, weil es nicht anders geht.

»Ich weiß nicht, was ich machen soll«, sagt seine Mutter leise. Sie glaubt wohl, dass er sie nicht hört.

»Du musst mit jemandem reden«, antwortet Kajsa ebenso leise. »Mit jemandem, der dir helfen kann.«

»Aber mit wem denn? Mit wem soll ich reden? Wir haben viele Ärzte aufgesucht. Psychologen … *Experten*. Nichts hilft. Sie sagen nur, das würde seine Zeit brauchen. Und wir müssen ihm während dieser Zeit deutlich machen, dass wir ihn unterstützen.«

Der Junge presst die Lippen aufeinander und blättert weiter.

Sie fährt fort:

»Es fehlt ihm ja nichts! Er ist ein vollkommen gesunder Junge! Vielleicht ein wenig ein Einzelgänger, vor allem jetzt. Er denkt so viel nach. Die anderen Kinder begreifen so etwas nicht. Die wollen bloß Fußball spielen. Wenn er nur nicht so allein wäre …«

»Was meinst du?«

Es wird eine Weile still.

»So geht es einfach nicht weiter … jede Nacht schläft er bei uns. Er wacht schreiend auf, manchmal völlig hysterisch. Eine Weile haben wir versucht, ihn dazu zu bringen, allein zu schlafen. Haben ihm Tabletten gegeben. Haben das Licht im Flur angelassen. Aber es funktioniert nicht. Nachts kommt er weinend zu uns und ist manchmal gar nicht ansprechbar. Er zerkratzt sich das Gesicht, zieht sich selbst an den Haaren.«

»Bitte … er sitzt dort drüben. Er könnte dich hören.«

»Es wird nicht besser, Kajsa. Aber es muss etwas geschehen. So schwer kann das doch nicht sein. Ich habe im Fernsehen gesehen, wie Leute, die riesengroße Angst vor Spinnen haben, sie nach ein paar Tagen Therapie gestreichelt haben.«

Sie seufzt. »Ich kann ihn überhaupt nicht allein lassen. Neulich bin ich in den Garten, um aus dem Gemüsebeet Gurken zu holen, und habe kurz mit Barbro geredet. Ich war vielleicht zehn Minuten weg. Als ich nach Hause kam, lag er mit den Armen über dem Kopf auf dem Sofa und weinte.«

»Bitte …«

»Weißt du, was das Schlimmste ist? Weißt du das?«

Wieder schwiegen sie. Dann meinte Kajsa:

»Nein, was denn?«

»Er bemüht sich. Er bemüht sich wirklich. Er versucht, sich allein ins Bett zu legen. Er versucht, sich mit seinem Buch zu beschäftigen, wenn ich zu dir gehe. Aber er kann nicht. Er schafft es nicht.«

»Nein, das hört sich wirklich nicht gut an.«

»Ich bin noch nicht fertig. Das Schlimmste ist, dass er um Entschuldigung bittet. Tut mir leid, sagt er. Dass er sich zusammenreißen wird. Verstehst du, Kajsa? Er will nicht, dass wir enttäuscht sind. Bei seiner Schwester läuft alles so gut, sie hat gute Noten und wird einen Job finden. Sie ist nett und … und … und sie hält es nicht aus, sie schiebt alles nur weg. Sie muss an sich denken. John sagt, ich müsse Geduld haben, dass es dauern werde. Wir müssen daran arbeiten. Aber es wird besser werden, sagt er. Alles sitzt im Kopf. Es wird besser werden.«

Sie weint leise. »Ich begreife nicht, wie er so ruhig sein kann. Es ist fast, als würde er es als gegeben akzeptieren, einfach so. Niemand ist perfekt.«

»Du …«

»Wenn ich wüsste, dass es vorbeigeht, wenn ich wüsste, dass es verschwindet … alle haben schließlich ihre Phasen. Glaubst du, dass es so etwas ist? Eine Phase?«

»Das braucht sicher Zeit. Es ist ja noch nicht so lange her. Die Kinder haben sich doch entschuldigt.«

Seine Mutter bricht in ein verbittertes Lachen aus.

»Ja, du hättest dabei sein sollen! Absolut unmöglich.«

»Was meinst du?«

»John und ich dachten, dass er total ausflippen würde, als sie vorbeikamen, dass er hysterisch, wütend, wahnsinnig oder sonst was werden würde, doch nichts von alledem.«

»Und was ist dann geschehen?«

»Vier von ihnen sind vorbeigekommen, nur einer fehlte. Ich nehme mal an, dass er immer noch im Krankenhaus ist.«

Sie trinkt einen Schluck, vielleicht Kaffee. Im Haus hatte es nach Kaffee gerochen, als sie kamen. Der Junge nimmt den Text im Buch nicht mehr wahr, er lauscht ausschließlich dem Gespräch. Er hat seine Mutter noch nie so über andere Menschen reden hören. Aber er findet es letztendlich nur gerecht, dass sie die Kinder verachtet.

»Du hättest ihn sehen sollen«, fährt Mama fort. »Er war total ruhig. Ich habe ihn noch nie so gefasst gesehen. Als sie kamen, saß er am Küchentisch und malte. Als sie reinkamen und er aufsah …«

Sie schnieft und lacht wieder. »Die hatten eine Todesangst.«

Ein paar Sekunden lang sagt sie nichts. Kajsa trinkt ihren Kaffee aus.

»Kleine verdammte Scheißgören.«

Kajsa muss husten.

»Ich schwöre dir, wenn John und ich es gekonnt hätten, dann hätten wir diese Hurenkinder des Teufels in die Kompostieranlage gestopft und sie an die Schweine verfüttert. John hat gesagt, er könnte sich vorstellen, sie zu filettieren und die ganze Umgebung zum Abendessen einzuladen, obwohl sie bis dahin wahrscheinlich schon ganz vergammelt wären.«

Der Junge kann sie atmen hören. Langsam blättert er eine

Seite in dem Buch um. Kajsa versucht, gefasst zu klingen, als sie fragt:

»Und was haben sie gesagt?«

»Sie haben sich entschuldigt. Er hat sie nur seelenruhig angeschaut. Einer von ihnen hat sogar angefangen zu weinen. Sie haben fast gezittert und kaum ein Wort herausgebracht. Nachdem sie weg waren, hat er einfach weitergemalt.«

»Hast du mit ihm geredet?«

»Ich habe ihn gefragt, wie es ihm dabei ging. Gut, hat er geantwortet. Es waren ja nicht seine richtigen Freunde, sie waren ihm egal. Aber er fand es gut, dass sie gekommen sind und um Entschuldigung gebeten haben. Man soll sich entschuldigen, wenn man etwas Dummes gemacht hat. ›Fühlst du dich jetzt besser?‹, wollte ich wissen. ›Meinst du, es wird dir jetzt bald besser gehen?‹«

»Und?«, fragte Kajsa leise.

»Er hat gesagt … er hat gesagt …«

Sie trinkt. Dann klirrt Porzellan. »Verdammter Mist!«, ruft sie. »Entschuldige.«

»Kein Problem«, entgegnet Kajsa. »Ich wische es später weg.«

Mama seufzt.

»Er hat mich mit seinen großen braunen Augen angesehen, und gesagt: ›Mama, ich will nicht wieder schwarz werden. Nie wieder schwarz werden.‹«

»Was hat er damit gemeint …«

Aber Mama unterbricht sie.

»Er hat nur mit den Schultern gezuckt und weitergemalt, als die Kinder weg waren. Ich habe es genossen zu sehen, wie sie Angst hatten.«

»Wovor hatten sie Angst?«

»Sie haben sich geschämt, das haben sie! Und mit Recht! Das weißt du doch selbst, wenn man was angestellt hat und gezwungen wurde, es einzugestehen und sich zu entschuldigen. Sie wissen ja nicht, auf was für Ideen John und ich gekommen sind. Sie haben nur gesehen, wie wütend wir waren, wie enttäuscht. Sogar John hat ein wenig Angst bekommen, hat er gesagt. Es war, als wäre es im Zimmer kälter geworden, als sie hereinkamen.«

Mama weint noch eine Weile. Dann sagt Kajsa:

»Es wird Zeit brauchen. Du musst auf die Ärzte hören. Kann ich etwas tun?«

»Nein, nein. Doch, vielleicht mal bei uns übernachten. Wenn John und ich zwischendurch eine Verschnaufpause brauchen und eventuell einen Abend woanders verbringen wollen.«

»Reicht es, wenn ich einfach da bin?«

»Ja, es muss jemand sein, den er kennt. Das hat er selbst gesagt, einfach jemand, dem er vertraut. Seine Schwester war zu Hause, als wir weg waren. Sie ist nett zu ihm. Sie versucht immer den Eindruck zu erwecken, als würde es sie nicht kümmern, als würde es sie nicht wirklich belasten. Sie ist so eingespannt. Aber natürlich macht sie sich Sorgen.«

Dann stößt seine Mutter einen tiefen Seufzer aus, und der Junge hört, wie sie den Stuhl wegschiebt und aufsteht. Sie sagt mit lauter Stimme: »Jetzt kriege ich langsam Hunger. Ich glaube, es ist Zeit, etwas zu essen. Danke für den Kaffee, Kajsa. Bis bald, ja?«

»Ja, und danke für deinen Besuch.«

Mama kommt in das Zimmer. Der Junge sieht von seinem

Buch auf. Ihre Augen sind rot gerändert, aber sie lächelt ihm zu. »Hallo, Liebling. Sollen wir wieder rübergehen und etwas zu essen kochen?«

Er nickt und steht mit dem Buch unter dem Arm auf. Sie nimmt ihn an der Hand, und sie gehen zusammen nach Hause.

JEMAND DA

RUMS.

Nach einer Woche hörte David ein neues Geräusch. Er lag im Bett und sah zur Decke, als er an der Wand beim Fenster einen schwachen dumpfen Schlag vernahm.

Er setzte sich auf. Es war halb zwei Uhr nachts. Er hatte die Schlafzimmerlampe an und eine Stunde lang versucht zu lesen, aber die Worte waren an ihm vorbeigerauscht. Dreimal hatte er angestrengt dieselbe Seite gelesen und am Ende eingesehen, dass das Buch ebenso schlecht war wie er unkonzentriert.

Rums.

Es war ein kaum vernehmbares Geräusch. Er fragte sich, ob er es sich einbildete. Ob es vielleicht derselbe Scheiß war, der ihn jetzt schon seit einer Woche verängstigte. Er wandte sich zum Fenster. Die Äste draußen bewegten sich langsam, schabten manchmal am Glas. Das kannte er schon. Von der Ecke her war ein leichtes Ticken zu hören, das war Feuchtigkeit, die nach dem abendlichen Regen durch die Regenrinne plätscherte. Das hatte er festgestellt, als er vorgestern bei Regen das Ohr an die Wand gedrückt hatte.

Rums.

Schwach, aber schwer. Nicht wie irgendeine verrückte Eule, die gegen die Wand prallte, eher wie etwas unglaublich Großes, vielleicht das Reh, das andauernd schreiend im Wald herumlief.

Alle diese verdammten Geräusche, dachte David.

Er legte das Buch weg und dachte, dass Zausel zumindest entspannt war. Sie schlief sicher irgendwo neben ihm und würde wahrscheinlich im Schlaf anfangen zu schnurren, wenn er sie hinter dem Ohr streichelte.

Rums.

Er ignorierte den Knoten im Magen, den steigenden Puls.

Zausel war wach und starrte an die Wand, von wo das Geräusch gekommen war.

»Zausel?«

Sie rührte sich nicht. David beugte sich hinab, wobei er vermied, zum Fenster zu sehen, er versuchte zu lächeln. »Zauselmädchen, du dummes Ding. Komm jetzt her.«

Er streckte die Hand aus und streichelte sie hinter dem Ohr. Sie schien überhaupt nicht zu merken, dass er da war. Ihre Ohren standen gerade nach oben, dann klappten sie nach hinten und ihr Schwanz glitt vor und zurück über die Decke.

Rums.

David schloss die Augen und ballte eine Faust. Er schwitzte, kämpfte gegen das eiskalte Schaudern, das sich vom Bauch her ausbreitete.

»Nein«, flüsterte er. »Nein, Ich weigere mich. Verdammte Scheiße. Ich weigere mich.«

Zausel maunzte.

(jemand da)

»Zausel, verdammt. Reiß dich zusammen. Das ist nur irgend so ein blödes Vieh, wahrscheinlich dieser Elch. Hast du Angst vor Elchen?«

Sie miaute wieder. Genau, dachte David und lehnte sich zurück. Natürlich hat sie Angst vor Elchen. Wer hat keine Angst vor Elchen? Ich habe Angst vor Elchen. Sie sind verdammt groß. Das letzte Mal habe ich eine Scheißangst gekriegt, und das würde mir wieder so gehen. Wer weiß, möglicherweise ist es eine Elchkuh, die Junge hat, oder der Elch ist stinksauer, weil ich hier bin.

Zausels Körper sank zusammen. Sie leckte sich die rechte Pfote. Als sie Davids Blick begegnete, hielt sie inne.

»Zausel, komm her.«

Sie machte einen Satz auf seine Brust. Er strich ihr über den Kopf, und sie begann zu schnurren. Sie legte sich mit dem Bauch nach oben an seinen Hals und drückte die Pfoten an sein Kinn. Er kraulte sie an der Brust und versuchte, nicht an dieses neue Geräusch zu denken.

Aber als Zausel eingeschlafen war und David einen Versuch unternahm, das Licht auszumachen, war es immer noch in seinem Kopf. Er streckte die Hand nach der Schnapsflasche aus, die er auf dem Fußboden am Bett neben der Taschenlampe stehen hatte, und trank drei Schlucke. Er zog eine Grimasse, schüttelte den Kopf und hustete. Nach einer Weile gelang es ihm, die Augen zu schließen.

Am nächsten Morgen feierte er mit Toastbrot und Spiegelei seine erste Woche. Er kochte grünen Tee, goss sich Blutorangensaft ein und wärmte sogar eine Zimtschnecke aus der Tiefkühltruhe auf.

Bei seiner zweiten Tour in den Ort hatte er eine ganze Tüte gekauft, sich aber vorgenommen, sie nicht aufzumachen, ehe eine Woche um war. Er hatte Nina nicht gesehen und war der Versuchung widerstanden, zum Hotel zu fahren, um herauszufinden, ob sie arbeitete. Aber die Dämmerung war schneller als vermutet hereingebrochen, und er fuhr zur Hütte zurück, solange es noch einigermaßen hell war.

David schnitt sein Ei in vier Teile, wobei er in schlecht nachgemachtem Schonisch so tat, als wäre er ein Teilnehmer in einer Kochsendung.

»Nu iss das Essen fertich, das müssen alle im Studio probiern. Ja, biddeschön.«

Er legte ein Viertel auf einen kleineren Teller und schob ihn ein Stück über den Küchentisch. Irgendwo in der Nähe regte sich Zausel, dann hörte David das tapsende Geräusch von Pfoten, die schnell über den Boden liefen und sich abstießen, als die Katze Anlauf nahm und auf den Küchentisch sprang. Sie aßen gemeinsam.

»Heute«, sagte er, »wohnen wir eine Woche hier. Das ist unser achter Morgen. Das nervt. Prost, Katzenviech.« Er erhob das Glas und prostete ihr mit dem Blutapfelsinensaft zu. Sie sah auf, schaute auf seinen Teller und fraß dann weiter.

»Du fragst dich, ob es funktioniert?« Er neigte den Kopf zur Seite. »Ja, erstaunlicherweise, es funktioniert.«

Aber jetzt habe ich einen Fluchtweg, dachte er. Ich habe für eine Woche bezahlt, und jetzt kann ich abhauen. Es kostet Geld, hier zu wohnen. Verlorenes Gehalt, zusätzliche

Miete, massenhaft Essen, Benzin und Zeit. Zeit ist Geld. Es könnte mir keiner einen Vorwurf machen, wenn ich jetzt fahren würde. Ich kann sagen, dass ich eine Woche lang im finstersten Norrland ganz allein in einer Hütte gehaust habe, die wirklich zum Gruseln war. Auch eine innerlich stabilere Person hätte es hier mit der Angst bekommen. Haben wir nicht alle manchmal Angst im Dunkeln?

David war gerade in Begriff, den Rest des Saftes auszutrinken, als ihm dieser Gedanke kam. Er hielt inne und stellte das Glas wieder ab.

»Haben wir nicht alle manchmal Angst im Dunkeln?«

Ja, so war es. Alle hatten ab und zu Angst. Angst davor, ertappt, als unfähig entlarvt zu werden, Angst, den Überblick oder das Gesicht zu verlieren; viele haben Höhen- oder Platzangst.

Keiner ist ohne Furcht, dachte David.

Jetzt erinnerte er sich, Oskar Liatu hatte gesagt, dass er sich zu einem gewissen Zeitpunkt besser fühlen würde. Das konnte nach zwei Tage der Fall sein oder nach ein paar Wochen. Aber es würde geschehen. Eine Weggabelung, an der die Argumente, mit denen er sich entziehen konnte, nur noch Vorwände an der Grenze zur Glaubwürdigkeit sein würden.

»Wenn du an dem Punkt angelangt bist, musst du noch ein wenig länger bleiben«, hatte Oskar gesagt. »David, dann darfst du auf keinen Fall nach Hause fahren. Da hast du fast gewonnen. Und an dem Tag, wenn du deine Tasche packst und du das Gefühl hast, als würdest du einen Freund verlassen, bei dem du nur übernachtet hast, an dem Tag kannst du nach Hause fahren. Dann hast du gewonnen. An dem

Tag, an dem du nicht mehr argumentierst, sondern einfach aufwachst und weißt, dass du nach Hause fahren kannst.«

David seufzte. Er wollte nichts mehr von seinem Frühstück. Das geröstete Brot war weich geworden, und das Ei war zerlaufen. Der Tee hatte zu lange gezogen und war bitter, die Zimtschnecke trocken.

Er ging in den Flur und zog seine Brieftasche aus der Jacke. Er nahm das Foto der Eltern heraus und befestigte es mit einer Nadel an der Wand beim Küchentisch. Dann setzte er sich hin und betrachtete das Bild.

»Wir ziehen das jetzt durch«, sagte er. »Ja, Mama und Papa, jetzt drücken wir auf die Tube, und zwar richtig. Danke für das Geld.«

Zausel sah ihn an. Sie hatte fertig gefressen und interessierte sich nicht länger für sein Ei. Nachdem sie sich ein paarmal das Maul geleckt hatte, sprang sie vom Tisch und stolzierte davon.

FUCK U WHODAFUCK r u to tell mii that shit?
Snappy comeback.
Yeah, really clever idiot.
Hey guys.
daD
daDavester!
fuck off Dave you bitch

David saß lächelnd vor dem Bildschirm. Er strich mit den Fingern über die Tastatur und ließ die Leute ein wenig schmoren, sie sollten fragen, wie es ihm ging und wie es so lief.

Got news for you guys. Dark don't kill.
Whoa! Really?
u been locked up in a hotel with bitches we know you have ha haha

David lachte kurz und nahm einen Schluck von seinem Bier. Er aß ein paar Erdnüsse und antwortete:

I wish.
No really man, how you doing?
Hey D You doing okay out there?
all bets are on you, you know.

David seufzte und spielte den Gerührten. Er wollte gerade antworten, als er merkte, wie plötzlich jemand hinter ihm stand.

»Hallo. Was machst du denn hier?«

Er drehte sich um, ohne die Hände von der Tastatur zu nehmen. »Ich zapfe euer kabelloses Netzwerk an.«

»Es ist kostenlos, und alle dürfen es benutzen. Du brauchst kein schlechtes Gewissen zu haben, schließlich hast du ein Bier und Erdnüsse gekauft.«

»Ja, aber ich habe noch nicht bezahlt. Vielleicht prelle ich ja die Zeche?«

»So schätze ich dich nicht ein.«

David nickte zur Rezeption hinüber. Ein großer Mann mit kariertem Jackett und Schiebermütze war durch die Tür gekommen und stand jetzt schlecht gelaunt und schwitzend mit zwei Taschen da.

»Du hast Gäste.«

Sie verdrehte die Augen, wandte sich um und schenkte dem Gast ein professionelles Lächeln. Bevor sie wegging, fragte David noch:

»Wollen wir später zusammen zu Abend essen, wenn du Schluss hast?«

»Vielleicht übernehme ich die Nachtschicht«, antwortete sie ihm über die Schulter hinweg.

»Kann eigentlich nicht sein. Ich habe zufällig deinen

Kollegen in der Bar gefragt. Er hat gesagt, du hättest um fünf Feierabend.«

Der Kollege in der Bar, der gerade Gläser abtrocknete, zuckte mit den Schultern. Sie schüttelte den Kopf und lächelte.

»Wir essen nicht im Hotel.«

»Gibt es denn noch mehr Möglichkeiten hier?«

»Du kommst aus Stockholm, oder?«

»Nein, ich bin von hier.«

»Hol mich um halb sechs ab.«

Dann ging sie, um sich um den neuen Gast zu kümmern. David hörte, wie er über die Kälte und die kurzen Tage klagte, und sie meinte, sie würde mal sehen, was man für ihn tun könne. Er glitt mit den Fingerspitzen über die Tastatur und schrieb:

I'm staying a while longer. I extended the lease.
crazy mothafucka
u brave little thing you makes me go all wet
hey dave admit your a woman but that u still bring bitches to the room

David tippte den letzten Satz ein und leerte sein Bierglas.

Does it matter?

Dann klappte er den Computer zu und ging.

Der Mann im Touristbüro war erstaunt gewesen, als David den Mietvertrag verlängern wollte. Er fragte, wie lange einer aus der großen Stadt es wohl da draußen aushalten würde, ehe er völlig nervös sei und nur noch nach Hause wolle, um in die Spy Bar zu gehen und mit diesem Albin herumzuhängen. David hatte gelacht und gesagt, dass niemand Lust habe, mit Dr. Alban herumzuhängen, nicht einmal, wenn man Geld dafür bekäme. Dann hatte er gefragt, ob er jetzt entscheiden müsse, wie lange er bleiben würde, oder ob er die Bezahlung einfach weiterlaufen lassen könne, bis er genug habe.

»Tja, also«, hatte der Mann gesagt und sich unter dem Kinn gekratzt. »Hm, kommt drauf an. Manchmal habe ich Anfragen für die Hütte.« Er nickte vor sich hin und schob die Brille zurecht. »Allerdings ist das schon eine Weile her. Und Sie scheinen mir halbwegs verrückt zu sein, wenn Sie noch länger dableiben wollen.«

»Ich kann zwei Wochen im Voraus bezahlen, und wenn ich vorher abreise, können Sie das Geld trotzdem behalten.«

»Ja, gut, einverstanden.«

Sie schüttelten sich die Hände, und er bot David von seinem Snus an. David lehnte so höflich wie möglich ab und bezahlte dann bar für die nächsten zwei Wochen, wobei er versprach, von sich hören zu lassen, falls er länger bliebe, um das mit der Bezahlung zu regeln.

Anschließend ging er zum Auto zurück. Jetzt war es bald schon dunkel. Zausel war allein zu Hause, das war kein gutes Gefühl. Er bereute es schon, dass er sich mit Nina verabredet hatte. Was hatte er sich nur dabei gedacht? Dass er, von seinem neuen Mut berauscht, plötzlich die Welt erobern und mit allen Frauen schlafen würde, während

Zausel zu Hause saß und auf ihn wartete? Vielleicht lief sie maunzend hin und her, während die Schatten immer näher kamen.

Möglicherweise war sie unruhig und horchte auf dieses Geräusch.

Dieses Geräusch, dachte David. Ja, dieses Geräusch.

Er hörte es ganz deutlich in seinem Kopf, als wäre er wieder in der Hütte, als gäbe es nur ihn, die Dunkelheit und den Wald. Ein dumpfes Schlagen an die Wand, das von irgendwoher kam, etwas Derartiges hatte er noch nie zuvor gehört.

Ein unmerkliches teuflisches dumpfes Schlagen.

Vielleicht ein Elchteufel.

Bestimmt schlief Zausel. Wenn er nicht zu Hause war und mit ihr spielte, rührte sie sich wahrscheinlich nicht vom Fleck. Sie schlief und fraß, ging auf ihr Katzenklo und schlief wieder. Da könnte vor der Hütte die Welt untergehen, sie würde trotzdem weiterschlafen, bis jemand nach Hause käme, um Papierkügelchen zu werfen und sie am Bauch zu kraulen.

David drehte den Autoschlüssel herum. Er ließ den Motor an und fuhr zum Hotel.

Nina war frisch geduscht und roch nach Shampoo, als sie aus dem Hotel kam. Sie trug eine leichte Schicht Schminke, gerade so viel, dass es sich von ihrer alltäglichen Aufmachung unterschied. Sie stach aus dieser Umgebung heraus, die ihm in diesem Moment ein wenig grau erschien, und David ertappte sich dabei, wie er ebenso wie beim letzten Mal die Umgebung um sie herum herausfilterte.

»Eins ist nett an der Kälte«, erklärte Nina, als sie sich vorbeugte und ihm einen flüchtigen Kuss auf die Wange gab, bei dem ihre Lippen kaum seine Haut berührten, »nämlich, dass alle in ihren Jacken wie Michelin-Männchen aussehen. Man kann einfach nicht schick sein, wenn es kalt ist.« Sie ging um das Auto herum und machte die Tür auf.

»Ich finde, alle sehen frisch aus«, meinte David. »Gesund und rosig.«

»Ja, vielleicht hast du Recht. Hast du keine solche Daunenjacke aus Kanada? Ich dachte, die hätten alle, einfach weil sie cool sein wollen.«

»Ich bin nicht cool, ich mache mir Gedanken.«

»Das hab ich damit auch nicht gemeint.«

»Wohin gehen wir?«

Nina nickte und zeigte auf ein Schild ein Stück die Straße hinunter, auf dem ein Rentier abgebildet war.

»Dorthin.«

»Gut. Dann nehmen wir das Auto.«

Schweigend fuhren sie die fünfzig Meter. Als sie vor dem Restaurant stehen blieben und David den Schlüssel herumdrehte, hatte er dennoch das Gefühl, fragen zu müssen: »Werden die Leute jetzt reden?«

»Das ist halb so wild. Wir haben hier oft Touristen oder Freunde von außerhalb, die auf Besuch sind. Du könntest ja sonst wer sein.«

»Ganz genau.«

»Siehst du.« Nina stieg aus dem Auto. David folgte ihr und schloss ab. Dann gingen sie in die Wärme und wurden von einem Japaner in blauer schwarz gemusterter Kleidung begrüßt. Im Hintergrund hörte man asiatische Entspannungsmusik, und das Restaurant hatte in der Mitte einen Brunnen. Die Tische wurden von Paravents aus hellem, durchsichtigem Papier abgeteilt, und ein paar Plätze waren im Fußboden eingelassen. David schwieg, während sie ihre Jacken aufhängten und zu einem dieser Tische geführt wurden. Als sie sich gesetzt und eine Speisekarte und eine Kanne grünen Tee bekommen hatten, fragte er:

»Habe ich draußen nicht ein Schild mit einem Rentier drauf gesehen?«

»Das war von dem Vorbesitzer«, erklärte Nina. »Er hat das Lokal vor einem Jahr verkauft, es war beliebt, und deshalb haben sie kein neues Schild angebracht, bis die Leute sich an den Wechsel gewöhnt hatten. Und jetzt ist es Kult geworden, ich glaube, sie werden es gar nicht mehr austauschen.«

Der Japaner stand plötzlich neben ihnen, ohne dass David ihn hatte kommen hören.

»Wir fangen mit Sake an«, meinte Nina, »mit warmem.«

Der Japaner nickte und fragte dann in perfektem Norrländisch: »Soll ich es auf das Hotel anschreiben?«

»Nein, heute Abend bin ich privat hier. Wir bezahlen selbst.«

Er nickte wieder und verschwand in Richtung Küche. David sah aus dem Fenster. In der Dunkelheit leuchteten die Straßenlaternen, ein Auto fuhr vorbei. Die Leute trugen Mützen und Handschuhe. Sie lachten, als hätten sie nie etwas anderes getan.

»Ich darf nicht so viel trinken«, sagte er, »ich muss ja nachher noch nach Hause fahren.«

Nina lehnte sich zurück. David merkte, dass sie ihn betrachtete, als würde sie ihn zum ersten Mal richtig wahrnehmen. Sie lächelte leicht, und er fühlte sich unbehaglich.

»Ach so?«

»Ja, ich habe doch eine Katze dabei. Ich möchte sie nicht allein lassen.«

»Aber ein wenig Sake kannst du schon trinken. Deshalb kommst du nicht von der Straße ab.«

»Nicht?«

»Also, hier gibt es zwei Polizisten im Abstand von hundert Kilometern, und die können sich nicht leiden. Eine Tasse kannst du trinken, und dann noch eine zum Essen.«

Der Japaner kehrte mit zwei Tassen aus grauer Keramik und einer Schale mit grünen Erbsen zurück, die schrumpelig und hart aussahen.

»Wasabi-Erbsen«, erklärte sie, als sie Davids fragenden Blick bemerkte. »Sehr gut.«

Nina nahm eine halbe Handvoll Erbsen und kaute, während sie David nicht aus den Augen ließ. »Kommt die Katze nicht allein zurecht?«

»Natürlich, aber ich möchte sie nicht länger als nötig da draußen allein lassen. Leeres Haus, großer Wald … es ist dunkel.«

Nina schluckte. Sie trank etwas Sake, dann beugte sie sich vor.

»David, du lädst mich doch nicht zum Abendessen ein, um nach einer Stunde nach Hause zu deiner Katze zu fahren. Und das weißt du auch.«

Er trank von dem Sake und versuchte zu lächeln. Als Nina nichts weiter sagte, aß er ein paar Erbsen. Sie waren scharf und kitzelten in der Nase. Schließlich hatte er das Gefühl, das Schweigen brechen zu müssen.

»Ich muss nirgendwohin.«

»Was machst du hier, David?«

Der Japaner hielt sich in der Nähe von ihnen auf, um festzustellen, ob sie bereit waren zu bestellen. Die Speisekarten lagen immer noch zugeklappt auf dem Tisch. David hatte überhaupt nicht daran gedacht, sie in die Hand zu nehmen.

»Ich muss ein wenig raus aus der Großstadt. Weg von Stockholm und dem ganzen Kram. Hoher Puls, viel Stress. Das wird mir im Augenblick einfach zu viel.«

»Ach, wirklich.« Nina leerte ihre Tasse und aß ein paar Erbsen. »Wie spannend«, meinte sie. »Du willst also nicht sagen, warum du wirklich hier bist.« Sie neigte den Kopf zur Seite. »Weißt du, was gerade geschehen ist, David?«

»Nein.«

»Du fängst an, richtig interessant zu werden.«

David klappte die Speisekarte auf.

»Und … was isst man hier?« Nina nahm ihre Karte und sah David über den Kartenrand hinweg an. Jedes Mal, wenn er ihrem Blick begegnete, zog sie die Augenbrauen hoch. Nach dem dritten Mal fing er an zu lachen, und sie stimmte in sein Lachen ein.

»Die Sushis sind natürlich gut«, sagte sie. »Aber die soll´s ja auch in Stockholm geben. Du solltest wirklich das Yakinikun aus Rentierfleisch probieren. Es kann sein, dass du das nirgendwo sonst auf der Welt bekommst.«

»Dann nehme ich das.«

Sie bestellten, und David wollte mehr über sie wissen. Sie

erwiderte, sie würde ihm mehr von sich erzählen, wenn er versprach, eine weitere Tasse von dem Sake zu trinken, und so tranken sie noch etwas von dem warmen Alkohol.

»Als ich studierte«, begann sie, »und zu diesen Essen vom Studentenverbund ging und sieben Tage die Woche betrunken war, ist eine von meinen Freundinnen nach Uppsala gezogen, um dort Lehrerin zu werden. Also haben wir sie dort besucht und waren auf einer dieser Studentenfeten, für die man sich hübsch machen muss und wo zuerst gegessen und getrunken und dann getanzt wird. Ich landete neben einem Typen, der mir ein Glas Wein eingoss, allerdings nur bis zur Hälfte. Als ich die Flasche nahm und mir etwas mehr eingoss, weil ich fand, dass er zu geizig gewesen war, sagte er, dass man bei vornehmen Abendessen nicht das ganze Glas vollmachen würde.« Nina strich sich die Haare aus der Stirn und leerte ihre Tasse. »Worauf ich antwortete, dass man bei vornehmen Abendessen lieber die Schnauze hält, wenn dabei nur Scheiße rauskommt.«

Sie war in einem Haus direkt außerhalb des Dorfes aufgewachsen, doch als sie von zu Hause ausgezogen war, hatten ihre Eltern das Haus verkauft und sich eine Wohnung in Umeå genommen. »Sie wollten das Großstadtleben genießen«, erklärte sie.

»Umeå ist doch keine Großstadt.«

»Nein, aber ihnen kommt es so vor. Und du, David? Woher kommst du?«

»Ich komme aus Stockholm, ein bisschen von außerhalb, aus der Nähe von Hasseludden, falls dir das was sagt.«

»Ja, klar. Da war ich schon mal zum Baden. Wohnen deine Eltern noch in Stockholm?«

»Nein, oder doch. Sie sind tot.«

Nina verstummte. David hatte das Gefühl, etwas bisher Unbekanntes an ihr zu erahnen, eine Mischung aus Scham und Mitgefühl, die sie offenbar selbst verwirrte. Die Situation entglitt ihr, und das geschah wahrscheinlich nicht sehr oft.

»Entschuldige. Oder … ist es okay?«

»Ja. Ja, natürlich. Sie sind vor zwei Jahren gestorben. Autounfall, peng, völlig unerwartet. Meine Schwester und ich wussten überhaupt nicht, wie man das macht. Was man tun muss, Papiere ausfüllen und so weiter, Beerdigungen organisieren. Wem sagt man Bescheid, dass jemand gestorben ist, damit die Toten nicht weiterhin Post kriegen?«

Er trank seine Tasse aus und bedeutete dem Japaner, dass sie noch mehr wollten.

»Musst du nicht fahren?«, fragte Nina.

»Noch nicht.«

David dachte an das Foto an der Wand in der Hütte, und alles schwankte, aber nur ein wenig und wahrscheinlich wegen des Sake. Er sah wieder aus dem Fenster, nun war es pechschwarz draußen. Kein Licht, keine Menschen, keine Autos, als ob die Schatten alles verschluckt hätten. Sein Auge brannte, und er meinte, jemand würde sich schemenhaft und langsam direkt vor dem Fenster bewegen. Fast ergriff die Angst Besitz von ihm, aber da berührte Nina seine Hand, und er erinnerte sich, wo er war. Die Geräusche kehrten zurück.

»Entschuldige«, sagte sie. »Ich wollte nicht irgendwelche alten Wunden aufreißen.«

Er schüttelte heftig den Kopf.

»Es ist schon in Ordnung, das konntest du nicht wissen. Und ich bin darüber hinweg, aber das bedeutet nicht, dass ich sie nicht vermissen würde.«

»Natürlich.«

Sie bekamen mehr Sake, aber David wartete eine Weile, bis er wieder einen Schluck nahm. Wenn er noch nach Hause fahren wollte, ohne an einem Baum zu landen, musste er eine Pause machen. Und das Wasser schmeckte auch.

Das Essen wurde gebracht, und während sie aßen, redeten sie über alles Mögliche. David erzählte von seiner Arbeit und seinen Erfolgen beim Playstation spielen. Nina meinte, wenn sie nicht mehr reisen könnte, wäre ihr Leben zu Ende. Sie nahm sich jedes Jahr lange frei, um irgendwohin zu fahren – oft war sie zwei oder drei Monate weg. David erklärte, er habe einen sehr langweiligen Job, aber er würde gut verdienen und viele zusätzliche Leistungen erhalten. Als Nina ihn fragte, was er am allerliebsten machen würde, wenn Zeit und Geld keine Rolle spielen würden, sagte er, er wisse es nicht.

»Darüber habe ich noch nie nachgedacht. Ich habe mein ganzes Leben lang immer von einem Tag zum nächsten gelebt.«

»Hast du denn keine Vision? Keine Zukunftspläne? Familie, Traumjob, Haus?«

»Nein. Ich habe an andere Sachen zu denken.«

David fragte sich, ob Nina sich wohl für ihn interessierte. Sie blühte immer mehr auf, je länger der Abend währte, und sein Vorhaben, in die Hütte zurückzufahren, schien ihm immer abwegiger. Das ist kein Wunder, überlegte er. Hier sitze ich mit einem hübschen Mädchen, und wenn ich mich ein wenig zusammenreiße, könnte sich durchaus etwas entwickeln. Wer zum Teufel würde in so einem Fall nach Hause zu seiner Katze fahren?

Aber dieses Geräusch, es ist dieses Geräusch, zu dem ich nicht zurück will. Bei Nina gibt es kein dumpfes Schlagen, keine hohen Bäume, kein Kratzen an den Fensterscheiben und keinen Wind. Nur Stille und Wärme.

David stand auf.

»Ich muss mal kurz verschwinden.«

Nina wies mit dem Daumen über ihre Schulter.

»Da hinten.«

»Danke.«

Er ging gerade und hatte nicht das Gefühl, dass er torkelte oder sich um ihn herum alles drehen würde. Er konnte fahren. Als er die Tür zur Toilette aufmachte, stand jemand an der Rinne und pinkelte. David nahm stattdessen eine der abschließbaren Toiletten. Er zog es vor, diese Dinge wenn möglich ohne Publikum zu verrichten, und währenddessen wog er die Alternativen gegeneinander ab.

Ich bin sehr tapfer gewesen, dachte er. Ich habe eine Belohnung verdient. Das Schlimmste ist vorüber, und ich kann durchaus eine Nacht wegbleiben. Das würde jeder normale Typ machen, wenn er einen Köder hingehalten kriegt, und ich soll schließlich normal leben. Das hat Oskar gesagt. Ich soll normal sein, mich normal verhalten und nicht mit dem Autoschlüssel unter dem Kissen schlafen oder überall Licht brennen lassen. Ich soll mit einem Mädchen schlafen, wenn sie mit mir schlafen will.

Der Mann an der Rinne war fertig. Er zog den Reißverschluss hoch und wusch sich die Hände.

Dann machte er hinter sich das Licht aus.

(hihihahahihi)

Es wurde stockfinster.

(hallo, Alter)

David fuhr herum und verlor die Orientierung. Wo war die Tür? Er tastete nach der Klinke, konnte sie aber nicht finden. Plötzlich war er in einer Kabine mit vier Wänden gefangen und konnte nicht heraus.

»Hil… Hil…«

Er trat zu und traf die Tür. Sie flog auf. Er stolperte nach draußen und schaffte es gerade noch, das Gleichgewicht zu halten und nicht hinzufallen. Plötzlich erblickte er etwas vor sich, eine Gestalt, ein Gesicht, das schnell näher kam, Arme, die sich nach ihm ausstreckten, Finger, die sich durch das Schwarze gruben.

Das Licht ging an. David starrte in einen Spiegel. Ein älterer Mann ging vorbei und machte den Reißverschluss auf.

»Das Licht ist wohl ausgegangen, was?«

David lehnte sich an die Wand und holte tief Luft.

»Ja, kein Problem. Ich habe nur … Der Typ vorhin hat es ausgemacht, als er rausging. Ich habe den Schalter nicht gefunden.« Er lächelte schwach. Der Mann grinste und fing an zu pinkeln. David wusch sich das Gesicht und ging wieder zu Nina zurück.

Ich will nicht nach Hause zu dem Geräusch.

Als er sich hinsetzte, legte Nina ein Lipgloss und einen kleinen Spiegel beiseite. Sie schmatzte mit den Lippen und sagte:

»Wenn wir bezahlt haben, werden wir Folgendes machen, und zwar in umgekehrter Reihenfolge.«

»Aha, was kann das wohl sein?.«

»Erstens wirst du mir erzählen, warum du hier bist. Wenn du willst.«

»Und zweitens?«

»Und zweitens werden wir bei mir zu Hause Tee trinken. Wenn du willst.«

Nina goss warmes Wasser in zwei Tassen, in denen runde grüne Blätter und kleine braune Samen herumschwammen. David beugte sich vor und roch daran.

»Riecht gut.«

»Ist japanischer Tee.«

Sie setzte sich neben ihn aufs Sofa. Ihre Wohnung war klein, eine Einzimmerwohnung unter dem Dach, in der Küche und Wohnzimmer ineinander übergingen und große Fenster den Blick über den Ort freigaben. In der Dachschräge über dem Bett waren Fenster. David konnte sich vorstellen, dass es hier tagsüber sehr hell war.

Aber nicht jetzt, jetzt war es dunkel. Nina hatte Kerzen und eine kleine Nachtlampe im Fenster angemacht, mehr nicht. Viele Leute würden das wahrscheinlich gemütlich nennen. Aber was David im Restaurant noch verlockend erschienen war, bereitete ihm jetzt hauptsächlich Unbehagen. Die Tür zum Badezimmer stand offen, und da drin war es schwarz. In der Nähe des Bettes stand ein Schrank, der wie ein eigener Raum zu sein schien, und David hatte das Gefühl, als würde von dort ein kalter Luftzug kommen.

»Was ist los?«, fragte Nina. »Fühlst du dich nicht gut?«

»Doch, doch. Es geht mir gut. Du hast es wirklich schön hier. Darf ich ein wenig Licht machen? Damit ich die Wohnung richtig anschauen kann?«

»Wie?«

David wurde heiß im Gesicht.

»Ja? Nur für einen Moment?«

»Wenn du mich nicht magst, musst du nicht bleiben. Du darfst gern zu deiner Katze nach Hause fahren, wenn du willst.«

»Nein, nein! So habe ich das nicht gemeint.« Doch als sie es aussprach, spürte David, dass er genau das wollte, von hier fliehen und nach Hause zu …

… zur Hütte?

Was war nur los?

»Entschuldige«, sagte er. »Ich bin ein wenig verwirrt. Ich werde jetzt nicht überall Licht machen, sondern den Tee probieren.«

Er nahm die Tasse. Nina hatte die Hand an die Wange gelegt und betrachtete ihn, während er trank. Er warf ihr einen verstohlenen Blick zu und stellte die Tasse ab.

»Ja, schmeckt gut«, sagte er. »Du kennst dich ziemlich aus mit japanischen Sachen, warst du mal in Japan?«

Nina rückte näher.

»David«, erwiderte sie. »Ich weiß, dass ich Männer verschrecke. Das macht mir nichts. Ich möchte mich einfach nicht an andere binden. Aber ich mag Menschen, und ich will, dass du mir erzählst, was mit dir los ist. Allerdings«, sie hielt die Hände hoch, »nur wenn du willst. Manche finden, ich sei penetrant, ich würde immer alles an mich reißen und sie nötigen, Dinge zu tun, die sie nicht wollen. Aber das stimmt nicht. Ich will einfach nur Klarheit. Wenn du erzählen willst, dann erzähl. Aber wenn du nicht willst, musst du es nur sagen, dann überspringen wir die ganze Geschichte.«

David langte wieder nach der Tasse, überlegte es sich dann anders und ließ sich wieder ins Sofa sinken. Er dachte an Zausel, die jetzt vielleicht allein in der Hütte umherlief und miaute, er dachte an die sie umgebende kompakte Dunkelheit, an das dumpfe schlagende Geräusch und an denjenigen, der in der Ecke stand. Die Tür, die aufschlug, und das Licht, das die große schwarze Finsternis wegspülte, und wenn auch nur für einen Moment.

Er rieb sich die Stirn und spürte, wie er die Kontrolle zu verlieren drohte. In seinem Bauch drehte sich etwas, und er hatte Angst, dass er anfangen würde zu weinen oder wahnsinnig zu werden.

Nina war jetzt ganz nah. Sie legte den Arm um seine Schultern. Sie roch nach Euphoria, und ein wenig süß vom Lipgloss.

»Hallo«, sagte sie. »Du musst nicht. Ich habe doch gesagt, dass du nicht musst.«

»Aber … aber ich will. Ich will, dass du es weißt.«

»Komm her.«

Sie küsste ihn.

Hinterher lagen sie schweigend eine Weile im Bett und schauten in den Himmel. Es war eine sternenklare Nacht, und das Mondlicht strömte durch das Fenster herein.

»Ich habe Angst vor der Dunkelheit«, sagte David.

Nina rückte ein wenig ab und sah ihn an.

»Hat das nicht jeder mehr oder weniger?«

»Nicht so wie ich. Ich bin krank.«

»Aber du liegst hier doch ganz entspannt. Und es ist dunkel.«

David stieg aus dem Bett. Er ging zum Flur, wo seine Jacke hing, und wühlte in der Innentasche, bis er seine Taschenlampe fand. Er machte sie an und baute sich mit der Lampe unterm Kinn vor Nina auf. Er zeigte auf das Etikett.

»Die nehme ich fast überallhin mit, das mache ich schon so, seit ich ein kleines Kind bin.«

»Wirklich?«

»Ja.«

Er machte die Lampe aus und steckte sie zurück in die Jackentasche. Dann kroch er wieder neben Nina.

»Aber«, sagte sie, »wie gesagt, jetzt ist es doch dunkel. Und du hast die Lampe zurückgelegt. Du wirkst irgendwie ziemlich ruhig.«

»Ja, du bist ja da. Und ich vertraue dir. Wenn jemand anders da ist, ist es nicht so schlimm, manchmal jedenfalls.«

»Sag mal … wenn du in diesem Haus im Wald bist und Angst vor der Dunkelheit hast, das muss doch sein wie…«

»Folter.«

»Warum machst du das?«

David war über seine Gelassenheit erstaunt. Er konnte sich nicht erinnern, wann er das letzte Mal so ehrlich mit jemandem über seine Angst gesprochen hatte, abgesehen von Oskar Liatu, der nicht richtig zählte. Dazu hatte es weder die Gelegenheit gegeben noch hatte er den Willen dazu gehabt. Es war so leicht, wenn Menschen auf Abstand blieben. Er hatte Angst vor unkontrollierten Gefühlsaufwallungen gehabt, aber nun war er ganz gefasst, beinahe gleichgültig.

»Ich bin es leid. Ich will den ganzen Scheiß los sein. Ich mache eine Therapie, und zwar schon seit einigen Monaten. Jetzt bin ich in der letzten Phase.«

»Brichst du nicht irgendeine Regel, wenn du mit mir zusammen bist?«

Er sah sie an.

»Ich weiß es nicht. Tue ich das? Ich bin jetzt seit einer Woche da draußen in der Hütte. Jeden Tag läuft es ein wenig besser. Keine Ahnung, wie viel Angst ein normaler Mensch vor der Dunkelheit hat. Vielleicht bin ich ja schon normal. Möglicherweise ist es völlig in Ordnung, dass ich hier mit dir zusammen bin. Kann schon sein, dass ich geheilt bin.«

»Möchtest du ein Glas Wasser?«

»Ja, gern.«

Nina stand auf und ging nackt in die Küche. Sie goss zwei Gläser ein und kam zurück. David nahm das eine und trank.

»Seit wann hast du Angst vor der Dunkelheit?«

»Ich war als Kind immer ein wenig ängstlich im Dunkeln, aber das ist ja bei allen Kindern so. Als ich jedoch neun Jahre alt war, wurde es krankhaft.«

»Was ist geschehen?«

David stellte das Glas auf den Fußboden. Er schloss die Augen und ließ das Ereignis in seinem Innern Revue passieren, er versuchte zu erspüren, ob er bereit war, darüber zu sprechen.

»Ganz einfach, ich war auf dem Nachhauseweg von einem Freund. Es war dunkel und schon recht spät. Ich war viel zu lange weg gewesen. Also nahm ich wie gewöhnlich die Abkürzung durch den Wald. Plötzlich hörte ich Rufe und laute Schreie. Äste knackten, als sich jemand näherte, aus verschiedenen Richtungen. Ich bekam natürlich schreckliche Angst.«

Er machte eine Pause und befeuchtete sich die Lippen. Die Haare auf seinen Armen richteten sich auf, als würde er plötzlich einen kalten Luftzug verspüren. Sein Blick glitt zu der Ecke bei der Schranktür. Bis dorthin drang das Mondlicht nicht vor.

»Ich habe einfach überall dunkle Gestalten gesehen, sie lachten und schrien und sagten, ich müsse nun sterben. Ich verließ den Weg, und schon bald war ich so verängstigt und verwirrt, dass ich die Orientierung verlor. Am Ende kam ich zu einer Bergwand, wo es nicht mehr weiterging. Ich hörte Schreie und Schritte hinter mir.«

David konnte Ninas Atem spüren. Er hielt inne, suchte nach den letzten Worten.

»Ich drückte mich an die Bergwand und war sicher, dass ich sterben würde. Ich war neun Jahre alt. Man hatte viel von widerlichen Typen gehört, die Kinder vergewaltigten, von kranken Menschen, die Kinder entführten und folterten, all diese Dinge, vor denen man sich in Acht nehmen sollte. Als sie kamen, verschwand ich. Ich war überzeugt davon, dass ich sterben würde. Das Gehirn schaltete sich ab.«

»Bist du in Ohnmacht gefallen?«

»Das glaube ich, ja, wahrscheinlich. Fünf blöde Kinder, die einfach spät noch draußen auf dem Hof gespielt hatten,

hatten mich kommen sehen. Sie beschlossen, mir einen Schrecken einzujagen. Sie hatten überhaupt nicht vorgehabt, es so weit zu treiben. Aber danach … ja, dieses Gefühl, das ich im Wald hatte, das kommt immer wieder zurück. Es hat mein Leben zerstört. Die Schreie, das Rufen, in die Enge getrieben und gejagt zu werden. Ich schwitze, gerate in Panik, habe mich nicht unter Kontrolle. Es ist ein Gefühl, als würde ich ertrinken.«

Nina streichelte ihm über den Kopf.

»Aber nicht im Moment, oder?«

»Nein, jetzt nicht.«

Sie lehnte sich an seine Schulter.

»Was passierte dann?«

»Ich erinnere mich nicht. Nachdem sie mich an die Wand gedrückt hatten, erinnere ich mich an nichts. Aber meine Eltern haben mir erzählt, dass sie mir durch den Wald entgegengegangen seien und genau dann auf die furchtbaren Kinder gestoßen seien, als sie mich in eine Ecke gedrängt hätten. Die Kinder kriegten Panik und rannten weg. Einer von ihnen fiel hin und hat sich schlimm verletzt. Er behielt bleibende Schäden zurück und ist vom Nackenwirbel ab gelähmt.«

»Geschieht ihm recht.«

»Nein, die wollten sich einfach nur einen miesen Scherz erlauben. Ein bisschen Prügel hätte er verdient, aber nicht so etwas.«

»Du erinnerst dich an nichts?«

»Ich bin umgekippt, glaube ich. Jedenfalls erinnere ich mich an nichts. Manchmal habe ich Albträume, und das ist schrecklich. Ich höre die Schreie der Kinder aus nächster

Nähe, und ein widerwärtiges Lachen. Ich habe das Gefühl, als würde ich direkt vor ihnen herlaufen. Und manchmal träume ich von dem Jungen, der jetzt gelähmt ist, wie er völlig blutverschmiert auf der Erde herumkriecht. Und meine Eltern sind nicht da, sondern jemand anders, nicht Mutter und Vater.«

»Ich nehme mal an, dass du mit den Jungs danach nicht sonderlich gut befreundet warst.«

»Kann man nicht gerade behaupten. Tatsächlich gingen sie mir aus dem Weg. Ich glaube, dass sie fast ein wenig Angst vor mir hatten. Aber ich hatte als Kind ohnehin nicht so viele Freunde, da machte es keinen großen Unterschied.«

»Wahrscheinlich haben sie sich geschämt, oder?«

»Und wie.«

Nina stand auf und füllte die Gläser erneut. Als sie zurückkam, sagte David:

»Ich habe seit sehr langer Zeit mit niemandem mehr darüber gesprochen. Und ich bin erstaunt, wie leicht es mir fiel.«

Nina setzte sich auf die Bettkante.

»Du klingst sehr sachlich, wenn du darüber redest. Vielleicht bist du wirklich auf dem Weg, geheilt zu werden.«

»Vielleicht.«

Nina kroch wieder ins Bett. Sie gähnte, und David merkte auch, wie müde er war. Jetzt überfiel ihn die Müdigkeit, als hätte sie nur darauf gewartet, bis er mit seiner Erzählung fertig war. Er gähnte ebenfalls und streckte sich.

»Schön, jetzt einzuschlafen«, meinte er, »das habe ich lange nicht mehr gesagt.«

»Das freut mich.«

David schloss die Augen. Er spürte Ninas warmen Körper ganz nah neben sich. Aber sie war unruhig und schien keine geeignete Schlafposition finden zu können. Schließlich drehte sie sich um, und David spürte, wie sie ihn mit demselben intensiven Blick ansah, den er schon mehrmals an diesem Abend bei ihr beobachtet hatte. Er machte die Augen auf.

»Wir beide«, begann sie. »Du und ich, David, das gibt es nicht. Das musst du verstehen. Ich habe mit Beziehung nichts am Hut, ich will mich nicht verlieben. Wir sind jetzt nicht zusammen. Wenn du gehst, sehen wir uns vielleicht nie wieder, und das ist auch okay.«

Er wusste nicht, was er darauf antworten sollte. Wo kam denn das jetzt plötzlich her?

»Okay«, echote er.

»Du bist nicht der Einzige, der Angst vor etwas hat, David.« Sie wandte sich von ihm ab und legte sich auf den Rücken, die Hände unter dem Nacken verschränkt.

»Es tut mir leid, aber ich kann nicht schlafen. Du musst verstehen, dass ich nicht die Lösung deiner Probleme bin. Ich bin nicht hier, um dich zu retten.«

»Das habe ich auch gar nicht geglaubt.«

»Dass du heute Nacht hier schläfst, kannst du nur einmal als Ausrede verwenden, um nicht zur Hütte zurück zu müssen. Ein zweites Mal wird das nicht funktionieren. Verstehst du?«

»Nein.«

Nina stöhnte. Sie setzte sich auf und fuhr sich mit den Händen durchs Haar.

»Ich war einmal mit einem netten Typen verlobt. Aber dann hat er sich das Bein gebrochen, als wir Skifahren waren. Er konnte mehrere Wochen nicht zur Arbeit, und ich musste verschiedene zusätzliche Aufgaben übernehmen, alleine einkaufen, ihm aus dem Bett helfen und wieder zurück, ihn duschen und so weiter.«

»Wegen eines gebrochenen Beines?«

»Es war ein schwerer Beinbruch und betraf nur eine kurze Zeitspanne. Hinterher habe ich die Verlobung aufgelöst. Nicht weil ich ihn weniger gemocht hätte, sondern eher weil er … mich so sehr brauchte.«

»Verstehe.«

Nina stand aus dem Bett auf.

»Ich muss aufs Klo.« Sie verschwand im Badezimmer und machte dort das Licht an. Sie redete weiter, während sie sich hinsetzte und pinkelte.

»Eine meiner besten Freundinnen hatte eine Fehlgeburt. Ich habe mich daraufhin nicht mehr bei ihr gemeldet. Den Kontakt habe ich nicht sofort abgebrochen, sondern habe zuerst nicht mehr so oft angerufen. Sie war traurig, sie brauchte jemanden. Deshalb rief sie an und wollte, dass ich zu ihr komme, nur um für sie da zu sein. Sie hatte noch mehr Freundinnen, aber mit mir sei es etwas Besonders, sagte sie. Wir hätten so viel zusammen unternommen, und niemand würde sie so kennen wie ich. Zum Schluss habe ich aufgehört, mich bei ihr zu melden.«

Sie spülte und wusch sich die Hände. David sagte nichts. Nina machte das Licht aus und kam aus dem Badezimmer.

»Ich wohne alleine hier. Ich plane meine Reisen nie mit

jemandem zusammen, aber alle, die Lust haben, können gern mitkommen. Aber es ist meine Reise. Wenn sie nach Laos wollen und ich von Vietnam nach Kambodscha will, können sie gern nach Laos fahren. Ich fahre nach Kambodscha. Verstehst du?«

»Ich glaube schon.«

Sie seufzte und schüttelte den Kopf. Dann ging sie zum Bett und kroch wieder unter die Decke.

»Ich weiß, das klingt wie ein Klischee, David, aber ich habe schreckliche Angst, dass jemand mich brauchen könnte und dass ich jemand brauchen könnte. Ich bin die Erste, die ins Heim geht, wenn ich alt bin. Ich will nicht, dass sich jemand um mich kümmern muss. Und wenn wir verheiratet wären und du alt werden würdest, würde ich dich sofort ins Heim bringen. Verstehst du?«

David nickte. Er zog Nina näher zu sich.

»Komm her.«

Er küsste sie.

Einige Zeit später wachte er auf und fühlte sich allein. Er musste aufs Klo, aber als er sich aus dem Bett erhob, sah er etwas in der dunklen Ecke des Flures stehen.

Etwas Großes, Schmales. Es stand ganz still.

David blieb stehen.

Das war natürlich das Mondlicht, das durch das Dachfenster fiel, und die Schatten, die von allem ringsum aufstiegen. Da war nichts.

Aber David blieb stehen. Er wollte sich nicht bewegen, er dachte, wenn ich mucksmäuschenstill stehen bleibe, bis die Sonne aufgeht, dann sieht man mich nicht.

Der hinten in der Ecke bewegte sich auch nicht. Manchmal konnte es ein Mantel mit einer hochgeschlagenen Kapuze auf einem Bügel sein. Bis es auch nur die geringste Andeutung einer Bewegung gab.

Woher kommst du?, dachte David. Ist es mein verdammter Kopf, der mich mein ganzes Leben lang verarscht hat?

Schon unzählige Male in seinem Leben war er zu einer Ecke gegangen und hatte mit verschwitzten Händen an den Wänden entlanggetastet. Aber dieses Mal blieb er stehen.

Ich muss aufs Klo, dachte er. Deshalb wohne ich jetzt in einer Hütte, weil ich in der Lage sein muss, aufs Klo zu gehen.

(ja, Alter)

David ging langsam zum Badezimmer. Obwohl er keine Augen sehen konnte, schien der in der Ecke ihn mit dem Blick zu verfolgen. David starrte in die Schatten hinein, versuchte, sich eine Vorstellung von den Kleidern, die dort hingen, zu machen. Er war so nahe, dass er die Hand ausstrecken und ein Muster ertasten konnte, das die letzten Puzzleteile ausmachen würde.

Es wurde kalt. Die Kälte biss ihm in die Haut. Er ging über die Schwelle zum Badezimmer und klappte den Toilettendeckel hoch. Es schien, als würden die Konturen hinter ihm hergleiten und sich an ihn heranschleichen. Als er fertig war, spülte er und hatte Todesangst davor, sich umzudrehen.

Ich muss in der Lage sein, aufs Klo zu gehen, dachte er und biss sich auf die Lippe. Das muss mir gelingen.

Er fuhr herum.

Es verschwand.

(jemand da)

David kroch wieder ins Bett. Als er über den Rand der Decke schaute, konnte er fast um die Ecke in den Flur sehen. Es schien ihm, als könnte er erkennen, wie es sich zurückzog, so als würde es hinter der Wand hervorgucken, um festzustellen, ob David es mit seinem Blick heimlich verfolgte. David sank unter die Decke und hoffte, dass sich bald die Tür öffnen würde, damit das Licht hereinkäme.

Als er am nächsten Morgen den Schlüssel in das Schloss zur Hütte steckte und die Tür öffnete, merkte er, wie still es war, irgendwie anders als sonst. Heute war es grau bewölkt, und ein leichter Nieselregen fiel. Bevor er gefahren war, hatte Nina gesagt, es würde bald Schnee geben.

»Du bist nicht mehr in Stockholm, David. Hier kommt der Schnee früh, genau wie die Abende.«

Er ging langsam hinein, machte die Tür hinter sich jedoch nicht zu. Es war kalt, er blickte verstohlen nach links in das ungenutzte Zimmer. Die Tür stand halb offen, er beugte sich vor und stieß sie ganz auf.

»Zauselchen?«

Sie empfing ihn fast immer an der Tür, wenn sie nicht gerade tief schlief oder beleidigt war, was er nicht ausschließen konnte, schließlich hatte er sie die Nacht über allein gelassen. Was sollte es sonst sein?

»Zauselmädchen?«

Er machte die Haustür zu und zog die Schuhe aus. Aus dem ungenutzten Zimmer kam ein kalter Luftzug. Er streifte die Tür, und sie glitt halb zu. Dann ging er in die Küche.

Dort lag der Brotkorb auf dem Fußboden. Ein Stuhl war umgefallen. Auf der Tischkante lag ein Glas in einer Pfütze. David rief wieder, aber nichts rührte sich. Er sah sich um und nahm die Bratpfanne, in der er das Ei gemacht hatte. Sie stand immer noch ungespült auf dem Herd. Dann ging er weiter ins Wohnzimmer. In seiner Spielecke herrschte Chaos, CDs und Filme waren überall verstreut. Einen Augenblick lang kam die Sonne heraus, und ein Streifen Licht tastete sich über den Fußboden. Dann verschwand er, und es war wieder grau.

David wandte sich um und ging zum Schlafzimmer. Er sah hinein. Das Bett war nicht gemacht, aber hatte er es wirklich so zerwühlt hinterlassen? Die Decke und das Laken waren herausgerissen, als hätte jemand sie ein paarmal hin- und hergeworfen.

»Zausel?«

Da hörte er von der Bettdecke her ein jämmerliches Maunzen. Es bewegte sich etwas unter dem Bettlaken, und Zausel sah hervor. Sie miaute, als sie ihn sah, dann sprang sie vom Bett und lief in der Küche hin und her. David folgte ihr und legte die Bratpfanne weg.

»Was ist denn los, mein Mädchen?« Er versuchte, sie hochzunehmen, aber sie jammerte bloß und entwand sich ihm. Sie lief in den Flur hinaus. Als David hinterherging, lief sie weiter in das ungenutzte Zimmer, wo sie stehen blieb, mit dem Blick auf die Ecke mit der verfärbten Tapete geheftet. Sie miaute und blickte abwechselnd zu David und in die Ecke hinüber.

Er ging hinein und setzte sich neben sie. Hier war es wirklich kälter als im restlichen Haus, und das, obwohl die Heizung auf höchster Stufe lief.

»Was ist los, Zauselchen?« Er streichelte ihr den Kopf. Diesmal lief sie nicht weg, sondern jammerte noch ein wenig und rieb sich dann an seinem Bein.

»Hast du hier im Haus so gewütet und herumgetobt, während ich weg war?«

Zausel hatte schon öfters Unfug getrieben, und David war nicht erstaunt darüber. Bestimmt war sie ruhelos oder wütend oder einfach ein wenig aufgedreht gewesen und, wie sie es oft machte, wie eine Pelzrakete herumgesaust.

Doch als David sie hochhob, spürte er, wie schnell ihr Herz pochte und wie angespannt sie war. Sie konnte sich nicht entspannen, sondern kratzte und strampelte, bis er sie loslassen musste. Sie sprang auf den Boden herunter und maunzte erneut.

»Ja, scheiß drauf«, murmelte er und stand auf. »Jetzt werde ich mir was zu essen machen, und du kannst ja kommen, wenn du etwas haben willst.«

David war vor Nina aufgewacht und hatte erwogen, einfach ohne großes Aufsehen zu gehen. Aber sie war aufgewacht, noch bevor er die Wohnung verlassen hatte.

»Ich muss jetzt zur Hütte«, sagte er. »Das war gestern kein Witz mit der Katze.«

»Nein, nein, schon klar. Warum hast du eigentlich eine Katze?«

»Warum nicht?«

»Es ist ungewöhnlich, dass ein Single-Mann eine Katze hat.«

David zog sich den Pullover an und ging in den Flur, wo sich seine Jacke und seine Schuhe befanden.

»Ich habe sie gekauft, als meine Eltern gestorben waren.«

Er zog sich an. Nach einer Weile fragte Nina:

»Warum?«

Er zog den Reißverschluss hoch und drehte sich um.

»Was heißt warum?«

»Ich habe nur gefragt.« Dann stand sie auf und ging an ihm vorbei zur Küche. »Willst du nicht eine Tasse Kaffee, ehe du gehst?«

David dachte kurz nach. Er nahm das Handy heraus, um zu sehen wie spät es war. Es war noch recht früh. Wann habe ich das letzte Mal meine Schwester angerufen?, dachte er. Es kommt mir lange her vor.

»Ja, was soll's. Für einen Kaffee reicht's noch.«

David machte sich ein Bauernfrühstück und schnitt etwas getrocknetes Rentierfleisch hinein, das er bei dem örtlichen Metzger neben dem Supermarkt gekauft hatte. Er aß allein. Zausel ließ sich nicht blicken. Als er sein erstes Bier ausgetrunken hatte und die Dose auf den Tisch knallte, tauchte sie schließlich auf. Sie ging zu ihrem leeren Fressnapf und sah David an.

»Oje«, sagte er, »ist er leer? Das müssen wir sofort ändern.« Er holte das Katzenfutter aus der Speisekammer und tat Zausel etwas in ihren Napf. Sie fraß und trank und legte sich dann aufs Sofa.

David saß da und drückte auf seinem Telefon herum. Er sollte seine Schwester anrufen und eventuell Oskar, um von seinen Fortschritten zu erzählen und zu berichten, wie tapfer er war.

Es wurde jetzt schneller dunkel. Er nahm an, dass er ungefähr eine halbe Stunde Tageslicht verloren hatte, seit er zurückgekommen war. Aber zum Hügel schaffe ich es noch, dachte er. So weit weg ist es ja nicht. Und ich werde nicht lange reden. Mit meiner Schwester dauert es sowieso nie lang.

David zog sich an, ging durch den Wald und langte in genau dem Augenblick beim Hügel an, als das Licht abzunehmen begann. Ich habe immer noch genügend Zeit, dachte er. So schnell wird es nicht dunkel. Hastig stieg er den Hügel hinauf, wobei er einmal den Halt verlor. Ganz ruhig, dachte er. Ich brauche mich nicht zu beeilen.

Wohlbehalten oben angekommen, schaltete er das Handy ein und hatte Empfang. Ein paar SMS trudelten ein, eine von Telenor, die ihn in Norwegen willkommen hießen. Verdammte Idioten, sehr witzig! Eine andere war von einem Arbeitskollegen, der meinte, dass er am nächsten Tag mit zur Afterwork-Party gehen solle. Sie war von vorgestern.

Die letzte kam von Anna.

hallo Brüderchen, wie geht's? hoffe gut. bin auf dem Weg nach Moskau, ausgerechnet, wo ich doch keinen Wodka mag. Ruf an, wenn du kannst, ich drück dir die Daumen, Schwesterchen.

David wählte Annas Nummer. Sie war sofort dran.

»Hallo, David! Wie geht's?«

Er hörte Rauschen, Gegröle und einen Bass im Viervierteltakt im Hintergrund.

»Gut«, erwiderte er, »einfach nur gut. Ich habe meinen Aufenthalt verlängert, bleibe noch eine Weile hier.«

»Ehrlich? Ah, super. Ich bin so stolz auf dich, Brüderchen. Du bist so tapfer. Kann ich was für dich tun? Soll ich kommen? Sag es nur, wenn ich kommen soll!«

Dunkdunkdunkdunk.

Irgendjemand lachte so laut, dass es im Hörer dröhnte. David nahm das Telefon vom Ohr. Irgendwo in der Welt sagte jemand:

»Ej, Anna, come here, try this!«

Anna lachte.

»Verdammt, diese Location hier ist voll abgefahren. Es ist schweinekalt, und die saufen die ganze Zeit. Wodka, Wodka, Wodka, es ist kein Mythos, die trinken das definitiv zu allem. Abendessen, Mittagessen, Frühstück, Abendbrot!«

»Ja, das hört man öfter.« Er seufzte und ließ sich auf die Aussichtsbank fallen. »Tja, ich habe immer noch Angst, jetzt gerade zum Beispiel. Der Abend wird bald anbrechen. Aber es ist nicht mehr so schlimm wie vorher.«

Und ich habe ein Mädchen kennengelernt, hätte er fast gesagt. Aber das stimmte ja gar nicht, er hatte nur eine nette Zeit mit ihr verbracht. Er hatte niemanden kennengelernt. Es gab nichts zu erzählen.

»Was? Warte.« Sie lachte wieder. Dann war sie wieder da. »Ja, Mensch, David. Beiß dich durch. Du weißt, dass ich das gut finde, was du machst. Das würden Mama und Papa auch denken. Wir sind stolz auf dich, wir alle.«

»Sie sind nicht hier«, entgegnete David. »Sie sind nicht stolz auf mich, weil sie nicht hier sind.«

Wieder lachte jemand in den Hörer. David bildete sich ein, dass es wie ein russisches Lachen klang.

»Warte«, erwiderte Anna. »Ich werde irgendwohin gehen, wo wir ungestört reden können. Warte …« Dann kreischte sie laut, vielleicht versuchte jemand sie am Arm auf die Tanzfläche zu ziehen oder jemand hatte ihr einen Drink angeboten, der ihr in der Kehle brannte.

»Wir können auch ein anderes Mal telefonieren«, meinte David. »Aber ich bin hier, und ich bleibe.«

»Gut, sehr gut. Ich liebe dich, Brüderchen.«

Sie hickste.

»Oje, ziemlich viel Wodka heute. Das Bier hier schmeckt voll scheiße. Alles in Ordnung, Brüderchen?«

»Alles in Ordnung. Mach's gut. Tschüss.«

»Bis dann ...«

Klick.

Er steckte das Telefon in die Tasche. Er hatte überhaupt keine Lust mehr, Oskar anzurufen. Es gab keinen Grund. Er hatte auf sich allein gestellt schon so viel erreicht, da würde er den Rest auch noch schaffen. Oskar hatte gesagt, dass er wirklich jederzeit anrufen könne, er hatte allerdings hinzugefügt, dass es an David sei, zu kämpfen.

»Ich kann den Dämon nicht fortjagen, wenn er da ist. Ich kann dich nicht auffangen. Du kannst dich auf mich nicht verlassen. Ich habe dich trainiert und vorbereitet, aber den letzten Kampf musst du allein ausfechten.«

Soll ich Nina anrufen?, dachte David. Vielleicht möchte sie zum Abendessen herkommen. Ein wenig Singstar spielen, vielleicht einen Film anschauen, etwas schlafen, etwas poppen. Doch er ahnte, dass ein Telefonanruf sie heute mehr abschrecken würde als alle finstren Hütten Norrlands. Er ging den Hügel hinunter und beeilte sich nach Hause zu kommen, die Schatten der sinkenden Sonne hinter sich.

Es kehrte mit der Nacht zurück. David konnte nicht einschlafen, er lag da und wartete. Er wollte nicht, aber er hatte keine andere Wahl. Die Lichter waren aus, und die Taschenlampe lag in einer Schublade. Er fühlte sich gezwungen, es zu versuchen, jetzt, wo er das Stadium überwunden hatte, in dem alle Lampen immer an sein mussten. Fahrig blickte er um sich und suchte nach Anhaltspunkten in den Schatten, fand aber nichts.

»Weil es nichts zu finden gibt«, murmelte er. »Weil ich dabei bin, meine Fantasie abzutöten.«

Aber dann kam es. Ein schwaches, aber deutliches Schlagen an die Wand im Schlafzimmer. Nah genug, dass man erkennen konnte, was sich dahinter verbarg, wenn man ans Fenster trat und hinausschaute. Doch das tat David nicht. Stattdessen sank er tiefer unter die Decke und spürte, wie sein Herz heftiger pochte und ihm der Schweiß ausbrach. Zausel lief auf der Decke hin und her und miaute, blieb plötzlich stehen und starrte David an.

Er schloss die Augen. Es war der Elch, der dort draußen solch einen Lärm veranstaltete und sauer war, weil David hier wohnte. Oder ein hungriger Bär, der ein wenig an David knabbern wollte.

(jemand da, Alter, jemand da)

Soll ich das Auto nehmen und abhauen?

David dachte an die Autoschlüssel, die in der Jackentasche lagen. Genau da, wo sie hingehörten, nicht am Bett oder unter dem Kissen. Ich kann die Schlüssel nehmen und abhauen, dachte er. Weg von dem ganzen Scheiß hier.

Verdammt, ich werde nirgendwohin fahren.

David biss sich fest auf die Unterlippe, als das Geräusch genau an der Stelle an der Wand zu hören war, wo er den Kopf hatte. Es bewegte sich. Das hatte es voriges Mal nicht getan. Jetzt bewegte es sich an der Wand entlang und war genau da, wo sein Bett stand. Er ärgerte sich über sich selbst.

»Jetzt reiß dich mal zusammen, Alter. Es ist nichts. Nur ein Geräusch. Reiß dich jetzt zusammen. Bleib cool.«

Zausel sah ihn unverwandt an. Oder schaute sie über seine Schulter hinweg?

»Was?«, fragte David. »Was ist denn? Kannst du nicht einfach sagen, was da ist?«

Sie bewegte langsam den Kopf, als würde sie etwas mit dem Blick verfolgen. Eine Weile geschah nichts, das Geräusch kehrte nicht zurück. David versucht, ruhiger zu atmen. Er streckte sich über das Bett nach der Schnapsflasche aus, die auf dem Boden stand, und trank einige Schlucke. Es brannte im Hals. Aber das Geräusch kam nicht zurück, vielleicht hatte sich der Bär wieder in den Wald getrollt.

Rums.

David fuhr zusammen und strampelte die Decke weg.

Zausel sauste mit und landete auf dem Fußboden. Sie maunzte verstört, sprang aber nicht wieder hinauf, sondern lief in die Küche und begann dort zu jaulen. Er zog die Decke zu sich und rollte sich im Laken ein, weil es kalt war, aus keinem anderen Grund.

Ich lasse dich nicht rein, dachte er. Du bist auf dem Weg nach draußen. Und du darfst nicht wieder reinkommen. Ich will nicht wieder schwarz werden. Nie wieder schwarz werden. Ich werde nicht aufgeben.

(nein, Alter)

Am nächsten Morgen kam der erste Schnee. Er fiel sachte und bedeckte die Erde wie eine dünne Decke. Es war völlig still und ruhig draußen, als würde sich der Wald zusammenkauern, während der Winter über die Bäume kroch.

David erwachte davon, dass Zausel ihn ins Gesicht stupste. Sein Hals war trocken, der Kopf tat ihm weh, und er musste dringend pinkeln. Die Flasche neben dem Bett war fast leer. Er stand auf, zog erst die Kleider an, die auf dem Fußboden lagen, und dann die Jacke draußen im Flur. Er trat in die Kälte hinaus und sah zum Himmel. Um ihn herum fiel der Schnee in hypnotisierenden Kreisen, und er stand unbeweglich da, bis alles anfing, sich zu drehen und er den Blick wieder auf den Boden richten musste, um nicht hinzufallen.

Verdammt, dachte er. Schnee. Er ging weiter zum Plumpsklo, hielt es dann aber doch nicht für notwendig und pinkelte auf die Wiese. Die Kopfschmerzen nahmen zu. Er war schon auf dem Weg zurück ins Haus, als er die Hände in die Taschen schob und die Autoschlüssel spürte.

Er stand eine Weile still da. Dann ging er um das Haus

herum zum Keller auf der Rückseite. Er schlug die Kellertür auf und stieg hinunter. Unter der Erde war es kalt, eine andere Art von Kälte als draußen. Im hintersten Raum schaukelte die kaputte Lampe sacht im Luftzug. Alles war feucht. Als David weiterging, verspürte er einen leichten Luftzug im Gesicht.

War wohl doch keine so gute Idee, dachte er. Aber genau weil ich das denke, ist es eine gute Idee.

Er ging schnell in den hinteren Raum, zog die Autoschlüssel aus der Tasche und hängte sie an einen Nagel in der Wand. Geheilt oder nicht, dachte er, hierher werde ich mich niemals bei Dunkelheit wagen. Keine Gefahr, in Versuchung zu kommen, das Auto zu nehmen.

Er ging zum Ausgang, doch als er den Fuß auf die erste Treppenstufe setzte, zögerte er und sah über die Schulter zurück. Die Lampe schaukelte immer noch. Er meinte, ein Quietschen zu hören, woher kam es?

So weit werde ich mich nie wieder vorwagen, dachte er. Es wird keine zweite Chance für mich geben, wenn ich jetzt nicht den ganzen Weg gehe.

Nachdem David ein paar Sekunden innegehalten hatte, stieg er die Treppe hinauf und schlug die Kellertür hinter sich zu.

Als er ins Haus kam, trank er einen Liter Wasser, ehe er wieder ins Bett kroch. Nach einer Weile drehte er sich um und betrachtete die Wand, wo er die letzten Schläge vernommen hatte. Er stand auf und nahm die Decke mit, doch kurz bevor er das Zimmer verließ, warf er einen verstohlenen Blick auf die Schranktür. Nach einem Moment des Zögerns ging er hastig, fast wütend darauf zu und riss die Tür ohne nachzudenken auf. Er sah hinein und holte tief Luft. Seine Sachen lagen ordentlich aufgereiht im Schrankfach.

»Da ist niemand«, sagte er leise. Er beugte den Kopf zurück und grinste breit. Dann lachte er, als wäre er hysterisch geworden, während er den Kopf vor- und zurückwarf. Seufzend nahm er die Decke mit zum Sofa. Als er sich dort zusammenkauerte, kam Zausel angelaufen und sprang auf seinen Bauch. Sie schnurrte und schloss die Augen.

Dieses Geräusch, was war das für ein Geräusch?

Ich will nicht daran denken. Es war nichts. Ein Tier. Jemand, der mit den Fingern schnippt, der gegen etwas schlägt, vielleicht gegen ein Abflussrohr.

Es wird zurückkommen.

Ich werde dich nicht reinlassen, dachte er.

Zausel machte die Augen auf. Mit einem Mal war sie wach. Sie sah David an, hielt ihn mit dem Blick fest und hatte die Ohren gespitzt.

»Warum kannst du nicht schlafen, Zausel? Damit hast du doch sonst kein Problem. Wenn es meine Fantasie ist, die mir Streiche spielt, Zausel … Was ist dann mit dir los?«

Etwas später hörte David, wie ein Auto zum Haus herauffuhr und auf der Wiese stehen blieb. Er sah auf die Uhr, es war kurz vor elf und noch früher am Tag, als er gedacht hatte. Wer zum Teufel konnte das jetzt sein? David beugte sich vor und sah hinaus.

Nina stieg aus einem alten Volvo. Sie schlug die Tür mit voller Kraft zu. Sie wollte nicht richtig einrasten, deshalb versetzte sie ihr noch einen Tritt, worauf sie ins Schloss fiel.

Das hellblaue Auto war rostig und machte den Eindruck, als würde die Heizung nicht richtig funktionieren.

David fragte sich, was Nina hier machte, freute sich jedoch, ja, er hatte fast Schmetterlinge im Bauch, als er sie beobachtete. Ihre Wangen waren gerötet, die Haare hatte sie zu einem Pferdeschwanz gebunden, und an den Händen trug sie dicke Fäustlinge, die selbst gestrickt aussahen. Sie ging auf die Tür zu, als sie ihn durchs Fenster erblickte. Er kam sich tölpelhaft vor, er war unrasiert und hatte vom Schlaf verstrubbelte Haare. Er lächelte ihr zaghaft zu. Sie schüttelte den Kopf und machte ohne zu zögern die Haustür auf.

»Hallo?«, rief sie, und stampfte mit den Füßen auf den Boden. David lag auf dem Sofa und rollte sich auf den Rücken.

»Ich bin hier!«, rief er zurück. Nina keuchte und stöhnte, während sie die Schuhe auszog und ihre Jacke im Flur aufhängte.

»Bist du gerade erst aufgewacht?«, fragte sie, als sie ins Wohnzimmer kam. Sie trug einen dicken schwarzen Pullover, Jeans und große blaue Socken mit Zackenmuster.

»Ja, kann man sagen.«

»Du gehst nicht an dein Handy.«

»Hier ist kein Netz.«

»Nein, genau. Also habe ich mir gedacht, dass ich vorbeikomme und dich besuche.«

David sagte nichts. Er sah sie einfach nur an und war unendlich dankbar und erleichtert, dass sie da war. Plötzlich war das Geräusch in der Nacht nur ausgemachter Blödsinn, eine Bagatelle, ein Bär, der im Wald furzte, vielleicht würde es wieder passieren, vielleicht auch nicht, was spielte das für eine Rolle.

»Was ist los?«, fragte sie. »Du hast ein wenig glänzende Augen, hast du Fieber?«

»Was? Nein, nein. Ich habe nur einen kleinen Kater. Habe gestern etwas zu viel getrunken.«

»Besäufst du dich allein hier draußen in der Hütte?«

»Ich trinke, um den Abend zu überstehen, so kann man es wohl nennen, allerdings nicht immer.«

Sie nickte bedächtig und sah sich im Haus um, als hätte sie ihm nicht richtig zugehört. Dann setzte sie sich auf die Sofakante.

»Das ist also deine berühmte Spielecke«, sagte sie und zeigte auf seine Playstation und die CDs.

»Ja, hier erziele ich meine Rekorde.«

»Aha, das musst du mir nachher mal zeigen.«

»Ich kann es dir gleich zeigen, wenn du willst.«

Sie wandte sich lächelnd zu ihm um.

»Du kannst es mir nachher zeigen.« Sie kam zu ihm aufs Sofa und beugte sich über ihn. »Es sei denn, du bestehst darauf.«

Das tat er nicht.

Hinterher duschte David, während Nina aus dem, was er im Haus hatte, ein Mittagessen machte. Zausel liebte sie sofort, denn sie fütterte das Tier mit kleinen gebratenen Stücken des Bauernfrühstücks, und als David fertig war, saß Nina mit Zausel auf dem Schoß in der Küche. Zwei Teller mit Bauernfrühstück, Spiegeleiern und Rote Bete standen bereit. David setzte sich, und sie begannen zu essen.

»Ich bin unheimlich froh, dass du hier bist«, sagte er zwischen zwei Bissen. »Aber ich muss dich trotzdem fragen, warum du gekommen bist.«

»Wie meinst du das?«

»Alles, was du neulich gesagt hast. Ich dachte, du würdest dich jetzt von mir fernhalten oder mich zumindest nicht von dir aus aufsuchen.«

Nina trank etwas Wasser.

»Ich fühle mich hier sehr wohl, David. Ich bin schon in der ganzen Welt unterwegs gewesen, aber das hier fühlt sich wie zu Hause an. Im Augenblick will ich keinen Freund haben, aber das heißt nicht, dass ich nicht ab und zu ausgehungert bin. Wenn man über ein halbes Jahr lang darauf verzichten muss und dann einem Typen über den Weg läuft, der einem genau das bietet, was man will, der allein im Wald wohnt und außerdem noch witzig ist … na, das kapierst du doch, oder?«

»Du nutzt mich also aus?«

»Du kriegst dafür ein Mittagessen, also sei still und iss!« Sie zeigte mit der Gabel auf das Foto an der Wand.

»Sind das deine Eltern?«

»Ja.«

»Du siehst deinem Vater ähnlich.«

Nach dem Mittagessen warf David seine Playstation an, und sie spielten eine Stunde lang Singstar. Nina erwies sich als würdige Gegnerin.

»Ein Monat in Tokio«, erklärte sie nur. »Jeden Abend Karaoke. Da kannst du nicht mithalten, mein Süßer.« David berührte sie mit den Fingerspitzen und tat so, als würde er sich verbrennen. Sie lachte und legte das Mikrofon beiseite. »Komm, wir drehen draußen eine Runde, ich brauche frische Luft.«

Sie spazierten durch den Wald. Es schneite immer noch, und über allem lag eine Stille, der Wald schien sich in einer Art Dämmerzustand zu befinden. Irgendwann gelangten sie zu dem Hügel.

»Das ist meine Verbindung zur Welt«, erklärte David und zeigte nach oben. »Hier werde ich daran erinnert, dass es außer den Bäumen noch etwas anderes gibt.«

»Du meinst, dass du hier telefonieren kannst?«, fragte Nina.

»Ja, genau. Komm!« Er fing an, hinaufzusteigen. Nina folgte ihm. Oben angekommen setzten sie sich auf die Bank. Der Schnee fiel unentwegt, ein weißes Flimmern bis zum Horizont.

Es piepte zweimal.

David runzelte die Stirn und holte sein Handy heraus. Er hatte eine MMS-Nachricht von Anna bekommen. Er machte sie auf, es war ein Bild von ihr und einem Mann mit großem schwarzem Schnauzer, der typisch russisch aussah. Sie hielt eine Flasche Wodka in der einen Hand und lachte, während die andere Hand nicht zu sehen war. David nahm an, dass sie damit das Fotohandy hielt. Er schaltete das Handy aus und steckte es wieder in die Tasche. Nina schwieg und sah weiter über den Wald.

»Bevor ich hierher kam, war ich bei einem Psychologen«, sagte er nach einer Weile.

»Ich weiß. Das hast du erzählt.«

»Mehrere Monate lang. Wir haben über vieles geredet, nicht nur über meine Angst im Dunkeln.«

Nina sah ihn aus den Augenwinkeln an. Er ließ den Blick über die Landschaft schweifen. Hier gab es nichts, was ihn daran erinnerte, woher er kam oder welche Menschen er kannte. Wenn er sich richtig konzentrierte, hatte er das Gefühl, als hätte er sie alle nur erfunden. Es fehlte nicht viel, und er hätte daran geglaubt. Er wusste sowieso kaum, wer sie waren.

»Er hat gesagt, dass wir uns selbst eigentlich nicht kennen, dafür leben wir viel zu behütet, in allzu großer Sicherheit. Wir wissen nicht, was wir tun würden, wenn wir wirklich bedroht werden würden. Möglicherweise würden wir dann Dinge tun, von denen wir keine Ahnung haben, oder uns vielleicht wünschen, dass wir dazu nicht in der Lage wären.«

»Sagt er solche Sachen zu dir? Damit du dich besser kennenlernst? Und das soll helfen?«

Doch David hörte nicht zu. Er fuhr fort:

»Manchmal frage ich mich, was in jener Nacht im Wald eigentlich passiert ist. Es ist, als wäre damals etwas erwacht.«

»Ja, du hast Angst vor der Dunkelheit, David. Und du hast sie nie ablegen können. Die Scheißkinder haben dich zerstört.«

Er lächelte und sah sie an.

»Das klingt, als wärest du richtig wütend.«

»Kinder können keine Empathie empfinden«, murmelte sie. »Sie sind noch so unfertig, und deshalb können sie die schlimmsten Sachen anstellen, ohne irgendwas zu kapieren.«

David nickte. Fast konnte er das Brüllen und dieses

furchtbare Lachen aus seinem Albtraum hören. Der Junge, der blutüberströmt versucht wegzukriechen. Als er über den Wald schaute, hatte er das Gefühl, dass alles noch da war und zwischen den Bäumen widerhallte.

»Oskar sagt, wenn man etwas Schlimmes erlebt hat, wird man leicht zu einer Person, die durch das Dasein flüchtet. Leute wie wir halten nie inne. Wir sind Gejagte.«

»Meint er denn, dass wir stehen bleiben und an den Blümchen riechen sollen?«

»Nein, aber wir machen niemals eine Pause. Wir chatten, telefonieren, simsen, mailen, schreiben und reden. Wenn es irgendeinen Scheiß gibt, an den du nicht denken willst, den du am liebsten vergessen würdest, etwas, vor dem du gern fliehen möchtest, dann bleibst du nicht stehen, um nachzudenken. Du bleibst immer in Bewegung. Arbeiten, Feiern, Ficken, Netzwerken. Denn wer zum Teufel weiß, was dich einholen wird, wenn du stehen bleibst!«

»David«, sagte Nina gedehnt, »du redest darüber, als wäre es Wirklichkeit. Du hast Angst im Dunkeln, und deine Fantasie spielt dir unentwegt Streiche. Aber jetzt bist du auf dem Weg hinaus aus dem Schlamassel.«

»Hast du nie das Gefühl, beobachtet zu werden? Dass jemand dich anstarrt?«

»Die ganze Zeit. Ich arbeite schließlich in einem Hotel.«

»Nein, mal im Ernst. Wenn du durch eine dunkle Gasse gehst oder allein durch einen Park.«

Nina wand sich.

»Also … ja, ich weiß nicht, manchmal, nein, eher sehr selten. Aber so ist es nun mal. So funktionieren wir. Ich habe auch Angst im Dunkeln. Alles ist unheimlicher, wenn es dunkel ist. Alle haben ein wenig Angst im Dunkeln. Niemand ist ohne Furcht.«

David lächelte in sich hinein.

»Nein … das stimmt. Aber stell dir vor, dass deine Scheißgedanken dich verfolgen und dir etwas kalt in den Nacken bläst.«

Nina nahm Davids Gesicht in ihre Hände und zwang ihn, sie anzuschauen.

»David. Hör auf. DA IST NIEMAND! Nur deine Phobie, deine Fantasie verfolgt dich. Jetzt wirst du sie alle zu Tode erschrecken, und wenn sie auf dem Boden liegen und wimmern, werden wir mit Champagner anstoßen.«

»Das klingt gut«, erwiderte David und gab ihr einen kalten Kuss auf die Wange. Nina zog ihn an sich und küsste ihn erneut.

»Du schaffst das«, sagte sie.

»Ich kann mich nicht erinnern, wann ich das letzte Mal zu jemandem so offen war.«

»Ja, das hast du schon gesagt.«

»Macht es dir Angst?«

»Nein. Ich bin nicht in dich verliebt, David, und werde mich auch nicht in dich verlieben. Aber ich bin kein schlechter Mensch. Du kannst mir vertrauen, ich tratsche nicht.«

»Ich erzähle ja keine Geheimnisse. Ich habe einfach bisher niemanden gefunden, mit dem ich reden konnte.«

»Wenn du es sagst.«

»Trotzdem, weißt du, wovor ich mich am meisten fürchte?«

»Nein.«

David lachte kurz.

»Dass ich jetzt, wo ich endlich mal eine Verschnaufpause in meinem Leben eingelegt und Zeit zum Nachdenken habe, feststellen werde, wie armselig ich bin. Ich habe schreckliche Angst, mich so zu sehen, wie ich wirklich bin.«

Er sah sie an. Sie legte eine kalte Hand auf seine Wange und strich sanft mit dem Daumen darüber.

»Vielleicht habe ich Angst vor mir selbst.«

»Du wirkst alles andere als armselig, David.«

»Du verstehst nicht«, sagte er und nahm ihre Hand weg. »Du weißt, worum es geht. Aber stell dir vor, mein ganzes Leben in Stockholm, mein dickes Auto, mein dickes Gehalt, das riesige Büro und die Wohnung, wenn das alles nichts bedeutet? Stell dir vor, das alles würde sich als armselig erweisen?«

»Das ist in Ordnung. Da spricht doch nichts dagegen. Nun hast du es kapiert und kannst neu anfangen.«

»Aber muss ich in eine Hütte im Wald ziehen, um das herauszufinden?«

Nina zuckte mit den Schultern. Sie saßen eine Weile schweigend da.

»Vermisst du deine Eltern?«, fragte sie.

»Wenn alles den Bach runterging, konnte ich immer zu ihnen flüchten.« David kniff die Augen zusammen. »Das geht jetzt nicht mehr.«

»Muss anstrengend für dich sein.«

»Ja.«

Er wollte zur Hütte zurück. Aber Nina schien in den Moment versunken zu sein.

»Als ich in Chile war, ist etwas passiert«, begann sie. »Ich war mit einer Freundin da, die aus einer wohlhabenden Familie stammte. Alles sehr vornehm. Sie hatte immer saubere Unterhosen an, obwohl wir mit dem Rucksack unterwegs waren. Am Strand trug sie Lipgloss. Sie mochte Rosa und solche Sachen. Süß, niedlich, aber etwas angespannt. Sie war nicht gerade der lockere Typ. Ein bisschen steif, du weißt schon, was ich meine. So eine, die wirklich mal loslassen sollte.«

Nina legte ihren Kopf auf Davids Schulter. »Wir wurden überfallen. Die Typen meinten, sie könnten etwas Spaß mit uns haben, vor allem mit ihr. Sie war etwas Besonderes, das waren sie nicht gewohnt. Etwas Exotisches, wenn man so will.«

Sie schwieg und sah durch den fallenden Schnee über die Bäume.

»Wir haben wirklich gedacht, wir müssten sterben. Sie waren wie wir zu zweit und glaubten wohl, dass wir gegen sie nicht viel ausrichten könnten, deshalb waren sie unvorsichtig. Meine Freundin trat den einen in die Eier, ich habe den anderen gegen die Wand gestoßen. Er hat sich den Kopf angeschlagen und fiel in Ohnmacht. Aber da hörte ich ein komisches Geräusch.«

Sie rümpfte die Nase. »Ekelhaft, so ein Knirschen. Ich drehte mich um. Meine Freundin hatte einen Stein in die Hand genommen und schlug den Mann damit auf den Kopf. Sie weinte, während sie zuschlug. Es klang komisch, als würde sich das Weinen mit Lachen vermischen. Als wüsste sie nicht, wie sie reagieren sollte. Er lebte, Beine und Arme zuckten, er gurgelte. Sie hörte nicht auf zu schlagen. Ein Schlag hätte genügt. Ich musste sie wegschleifen. Sie wollte nicht, sie wollte immer weiter auf ihn einschlagen, bis zum bitteren Ende.«

David wusste nicht, wie problematisch diese Erfahrung für Nina war. Hatte sie gerade etwas Besonderes mit ihm geteilt? Er suchte nach der richtigen Reaktion, um ihr zu zeigen, dass er sie verstand.

»Niemand wusste, dass wir es waren«, fuhr sie fort. »Wir haben das Land am folgenden Tag verlassen. Ich versuchte mehrmals, mit ihr darüber zu reden, aber sie wollte nicht. Wenn ich sie dazu gedrängt habe, wurde sie fuchsteufelswild. Ihr Gesicht wurde rot, und die Augen bekamen so einen eiskalten Ausdruck. Am Ende traute ich mich nicht mehr. Ich ließ sie in Ruhe. Danach war sie nicht mehr dieselbe. Wirkte irgendwie abwesend, man kam nicht mehr an sie ran.«

David konnte es fast vor sich sehen. Ein Gesicht, das vor Wut kochte, Augen, die Löcher in Menschen brannten.

»Also nehme ich mal an«, sagte Nina und legte eine Hand auf Davids Schulter, »dass laut deinem Psychologen an dem Tag etwas in ihr erwachte. Als sie weit weg von ihrem sicheren Zuhause war.«

»Und du?«

»Ich? Ich habe mich nicht groß verändert. Bin höchstens ein bisschen widerborstig geworden.«

»Was macht deine Freundin jetzt?«

»Weiß nicht. Wir haben uns nach der Reise auseinandergelebt. Das Letzte, was ich von ihr gehört habe, war, dass sie mit einem Typen nach Afrika gezogen sein soll, ausgerechnet in den Kongo. Aber ich weiß nicht, was sie vorhatte.«

Sie blieben noch eine Weile sitzen. Als es anfing kalt zu werden, kletterten sie hinunter und folgten ihren eigenen Fußabdrücken durch den Wald zur Hütte.

Dort angekommen, gab es nichts mehr zu sagen. Nina blieb noch ein wenig und trank eine Tasse Kaffee, aber sie wirkte unruhig. David fragte sich, ob sie etwas bedrückte. Die Dämmerung nahte, und zwischen ihnen stand eine unausgesprochene Frage.

Er hätte fast von den Geräuschen rings um das Haus herum erzählt, wie die Angst mit der Dunkelheit zurückkehrte und wie sehr er sich wünschte, sie würde über Nacht bleiben. Vielleicht merkte sie das, denn sie sprach nicht viel und schien auf den Moment zu warten, an dem sie sich problemlos verabschieden konnte.

Wahrscheinlich jage ich ihr Angst ein, wenn ich frage, dachte David. Und wenn ich anfange, davon zu faseln, was ich nachts höre, wird sie denken, dass ich spinne. Obwohl sie weiß, woran es liegt. Ein Freak ist ein Freak.

»Ich gehe dann mal«, sagte sie und stand auf. Sie stellte die Tasse in die Spüle. »Ehe es dunkel wird.«

Sie hatte ihm den Rücken zugedreht und verharrte für einen Augenblick, bevor sie sich umwandte und in den Flur hinausging. David folgte ihr und lehnte an der Wand, während sie sich anzog.

»Toll, dass du gekommen bist«, sagte er. »Damit habe ich wirklich nicht gerechnet.«

Nina, die sich gerade die Schuhe gebunden hatte, richtete sich auf und strich sich eine Locke aus dem Gesicht.

»Ich auch nicht, um ehrlich zu sein. Aber es war schön, dich zu sehen. Ich mag dich. Du bist wirklich nett.«

»Wie gesagt, ich bleibe noch eine Weile. Vielleicht sehen wir uns wieder.«

»Ja, vielleicht.«

Sie biss sich auf die Lippe. »David«, sagte sie. »Es kann dir wirklich niemand einen Vorwurf machen, dass du es hier draußen unheimlich findest. Es gibt viele Leute, die keine Angst im Dunkeln haben und hier nicht übernachten würden. Man kann nicht über seinen eigenen Schatten springen. Trotzdem bist du hier und quälst dich. Ist das wirklich die richtige Methode?«

»Was sollte ich sonst tun?«

Nina lächelte schwach. Dann beugte sie sich vor und gab ihm einen leichten Kuss auf die Wange. Sie ging zur Tür und schloss sie vorsichtig hinter sich.

Zausel jammerte.

Und dann kam die Dunkelheit.

Er saß, die Knie unters Kinn gezogen, an die Schlafzimmerwand gedrückt.

Rums.

(oooh Daaaviiid …)

Es war die Wand beim Fenster.

Zausel lief maunzend auf dem Bett herum.

»Still, Zausel.«

Sie miaute wieder.

»Komm, sei still.«

Rums.

Dieser Schlag fühlte sich fester an. Als würde etwas mit Entschlossenheit auf die Wand donnern. Es bewegte sich vom Fenster weg. Er konnte spüren, wie es um die Ecke strich und dann langsam an der Seite entlang auf ihn zuglitt.

Es sind nur wenige Zentimeter, dachte er. Wenige Zentimeter zwischen mir und dem Elch, dem Bären.

(jemand da)

»Das ist niemand, verdammt noch mal«, flüsterte er und nahm einen Schluck aus der Weinflasche. »Nur ein …«

Rums.

Er schrie auf und ließ die Flasche fallen. Der Hals tat ihm weh, die Augen brannten. Er schwitzte.

»Nein, verdammt! Es kotzt mich an. Okay, ich gebe es zu. Es kotzt mich an. Alle würde das ankotzen.«

Jetzt war es genau hinter ihm. Er wusste es und merkte nicht, dass Betttuch und Decke vom Rotwein feucht waren. Er lag nackt im Bett, der Schweiß lief ihm die Brust hinunter.

Plötzlich blieb Zausel stehen. Sie starrte unbeweglich zur Küche. Die Augen waren fast schwarz von den geweiteten Pupillen.

Er sah sie an.

»Zauselchen …«

Sie hörte ihn nicht, sondern starrte einfach nur geradeaus. Sie bewegte den Kopf ein wenig, als würde sie etwas mit dem Blick verfolgen.

»Zauselchen, komm her. Zauselchen … scheiß auf den Elch, okay? Du magst keine Bären. Scheiß auf sie.«

Zausel machte einen Satz. Sie maunzte ängstlich, rannte in die Küche und sprang auf die Spüle am Fenster. Dort setzte sie sich hin und miaute erneut. Plötzlich fühlte David sich einsam und ausgeliefert, weil sie nicht mehr im Zimmer war, als wäre sie auf dem Weg fort von hier, als wäre sie dabei zu verschwinden.

»Zausel!«

Da drehte sie sich zu ihm um, und sie sahen sich an.

Er bewegte sich und bemerkte jetzt erst den ganzen Wein, den er verschüttet hatte. »Verdammt!«

Rums.

Er zuckte zusammen. Eine kurze Sekunde lang hatte er alles vergessen, als er sah, wie feucht und fleckig das Bett war, aber nun hatte sich das Geräusch zur Küche vorbewegt. Zausel sah ihn immer noch an.

Er setzte sich auf die Bettkante und massierte sich die Stirn. »Ich werde …«, begann er. »Ich werde … warte kurz.«

Ich muss, dachte er. Ich muss den Elch sehen. Ihn beobachten, wie er Lärm macht, feststellen, ob er verwirrt oder wütend ist. Ich muss es wissen. Nein, ich belüge mich nicht. Das zeugt nur von gesundem Menschenverstand, dass man nachsieht, wo dieses Geräusch herkommt. Ich kann mir nicht sicher sein, keiner kann das, bevor man sich nicht vergewissert hat. Ich verleugne nichts Schreckliches, nichts, was furchtbar, widerlich und entsetzlich ist.

Rums.

Jetzt klang es weiter weg. War es einfach an der Küche vorbeigezogen?

Er hatte Bauchschmerzen.

Zausel maunzte.

Genau wie Nina gesagt hat, es ist nur meine Fantasie, die mir Streiche spielt. »Aber warum hast du dann so viel Angst, Zauselchen?«

Er stand auf. Langsam ging er in die Küche auf das gähnende dunkle Loch vor dem Fenster zu, das kein Ende hatte, auf das große Schwarze zu, das ihn einsaugte und ihm Schwindel und Kopfschmerzen bereitete. »So sollte es eigentlich nicht sein«, flüsterte er. »Ich sollte darüber hinweg sein. Ich sollte besser drauf sein.«

Gewöhnliche gesunde Angst. Alle Menschen haben

Angst, dachte David. Niemand ist ohne Furcht. Das, was jetzt gerade passiert, ist ganz normal. Die meisten würden in dieser Lage so reagieren. Oder etwa nicht?

Er ging zum Fenster und sah hinaus. Zausel wirkte ruhiger, sie leckte sich sogar ein wenig die Pfoten. Er beugte sich langsam vor und spähte in die Nacht hinaus, zwischen den Bäumen hindurch. Er hatte das Licht im Haus ausgeschaltet, die Taschenlampe lag in einer Schublade, darauf war er stolz.

Da war nichts.

Er atmete ruhiger. Nichts, was sich bewegte oder Geräusche machte. Wer weiß, vielleicht war es nicht einmal ein Tier. Nur ein Rohr, das schlug, oder vielleicht der Wind.

Er lachte kurz und kraulte Zausel hinter dem Ohr. Sie begann zu schnurren und drehte den Kopf hin und her, damit er sie besser kraulen konnte.

Plötzlich erstarrte sie und fauchte.

Da sah er es, in der Nähe des Baumes.

Und schon verschwand es um die Ecke.

Es war groß, schmal, konturenlos.

David schrie.

(ja, Alter)

Zusammengekauert lag er im Bett und starrte an die Wand. Plötzlich war es hell. Er hatte es nicht gemerkt, aber es war nicht mehr dunkel, und die Sonne ging auf. Wieder einmal.

David blinzelte. Jetzt spürte er, wie müde und erschöpft er war. Es fiel ihm schwer, die Augen aufzuhalten.

Er war ins Schlafzimmer gegangen und ins Bett gekrochen. Von dort aus hatte er in die Ecke beim Schrank gestarrt. Auf die Tür, die einen Spalt aufstand und die man nicht richtig zumachen konnte. Er hatte sich gefragt, ob sich etwas in dem ungenutzten Zimmer befand, das jetzt wartend zum Flur hinausschaute.

Ich bin so müde, dachte er. Ich muss ein wenig schlafen. Aber ich darf jetzt nicht schlafen, denn es ist hell geworden. Ich muss mich entscheiden … mich entscheiden …

Er schlief ein.

Ein paar Stunden später saß er in der Küche und betrachtete das Bild von seinen Eltern. Er hatte die Taschenlampe in der einen Hand und schaltete sie ein und aus.

Er trug einen dicken Pullover und ein Paar Jeans. Die Haare waren zerzaust. Seine andere Hand umschloss eine heiße Tasse Tee. Es schneite und es herrschte kaum Wind, fast eine schöne Stimmung.

Zausel lief jammernd in der Hütte umher. Manchmal blieb sie stehen und sah David an, er starrte zurück und betrachtete dann wieder das Foto.

Er trank. Es brannte im Hals.

»Was soll ich tun?«

Es war dunkel, und ich hatte Angst, dachte David. Ich habe immer Angst. Meine Fantasie spielt mir schon Streiche, seit ich klein bin. Genau, wie Nina gesagt hat. Etwas starrt mich an, kann auch sein, dass es von draußen durchs Fenster glotzt. In jener Nacht im Wald, als ich neun Jahre alt war, ist nichts anderes in mir erwacht als meine kranke Fantasie, die mich jetzt einholt, die ich aber bald besiegt habe.

Ich muss praktisch denken. Ich darf nicht dumm sein. Möglicherweise treibt sich draußen jemand herum … ein Verrückter mit Axt, der darauf wartet, mir den Schädel zu spalten … dann kann ich ja nicht hierbleiben. Das wäre doch der reine Wahnsinn. Ein Verrückter aus Fleisch und Blut, mit Kleidern und Haaren und Body-Mass-Index.

Das kann nur ein Verrückter sein, der draußen herumläuft und an Wände schlägt.

David seufzte.

Zausel hüpfte auf den Küchentisch. Der Schwanz schlug hin und her. Sie schlich zu David, bis ihre Nasenspitzen sich fast berührten.

»Das spielt keine Rolle«, sagte David und sah ihr in die

Augen. »Begreifst du nicht, Zausel? Ich komme nie wieder hierher. Einbildung oder nicht, das spielt gar keine Rolle. Ich muss es wissen. Bin ich erbärmlich? Wovor fliehe ich?«

Und ich weiß, dachte er, dass es kein Verrückter mit einer Axt ist.

Zausel beschwerte sich. Sie ging ein paar Schritte zurück, sprang auf den Fußboden und lief davon.

David stand auf. Er drehte den Küchenstuhl halb herum, dann setzte er sich hin und sah aus dem Fenster, beobachtete, wie der Schnee fiel, blickte hinaus zu den Bäumen, hinaus in die Welt, die sich schon wieder auf dem Weg in die Dunkelheit befand.

Wir alle haben manchmal das Gefühl, dass wir beobachtet werden, hatte Oskar gesagt.

Rums.

Dass uns jemand von irgendwoher anstarrt. Jemand, den wir nicht richtig sehen können, dessen Konturen wir nur ahnen.

Rums.

Was ist das? Ein Mörder? Ein Monster? Dein eigener Schatten?

Rums.

Das ist ganz natürlich. Jeder hat mal so ein Gefühl. Und das ist nicht verwunderlich. Denn manchmal bestätigte es sich ja auch.

Rums.

David saß auf dem Küchenstuhl und starrte in die Dunkelheit hinaus. Er hielt die Kante des Stuhls so fest umklammert, dass es aussah, als würde die Haut über den Knöcheln Risse bekommen. Das Schlagen gegen die Wand bewegte sich durch das Schlafzimmer und näherte sich der Küche.

Bald würde er es erkennen können. Es konnte sich nur noch um Sekunden handeln.

Zausel maunzte.

Bisher habe ich immer nachgesehen, dachte David. Und nie ist dort jemand in der Ecke. Immer nur Luft. Ich berühre die Wände, wedele mit den Armen, taste überall herum. Nur Luft. Diesmal wird es nicht anders sein. Nichts als Luft. Nur meine Fantasie, die mich verarscht, einzig und allein meine Fantasie.

Das Geräusch verschwand. Einen Moment lang war es still. Davids Handflächen waren feucht und glitten am Stuhl entlang. Er rieb sie an der Hose ab und umklammerte wieder die Stuhlkante. Zausel sprang auf die Arbeitsplatte und stellte sich ans Fenster. Sie schaute hinaus und fauchte.

»Zauselchen«, sagte David schwach. »Spring runter, okay? Komm, spring.«

Aber Zausel blieb, wo sie war.

Da war es wieder.

David holte tief Luft. Er hörte auf zu atmen. Vergaß, wie man das machte.

Es glitt von der Seite herein. Er konnte es kaum erkennen. Es war wie das Dunkel im Dunklen, ein Schatten, der sich von einem schwarzen Ort löste. Groß und schmal bewegte er sich langsam über die Wiese, direkt an den Bäumen entlang, gerade so, dass David es sehen konnte. Er blinzelte ein paarmal. Einen Moment war es da, dann verschwand es wieder. Er begann wieder zu atmen, keuchte heftig und bekam Kopfschmerzen. Er versuchte, den Stuhl loszulassen, aber die Hände wollten sich nicht aus der Umklammerung lösen.

Zausel ging leise über die Arbeitsplatte. Sie folgte der Gestalt.

»Zausel«, flüsterte David. Er kämpfte darum, nicht die Besinnung zu verlieren und von schreiender Panik erfasst zu werden. »Zausel … komm her … bitte, Zausel …« Der Hals schmerzte. Hätte er nur alle Lampen angemacht und das Foto von seinen Eltern von der Wand genommen, dann könnte er es jetzt in der Hand halten. Wenn er die Autoschlüssel hätte, könnte er einfach abhauen. Er wünschte sich ein Gewehr oder einen Schlagstock, dann wäre er unverwundbar. Wenn doch nur die Tür aufginge und Licht hereinkäme.

Aber die Realität sah anders aus. Er war hier in der Hütte allein mit seiner Katze und der undurchdringlichen Dunkelheit da draußen. So wollte er es haben, und er war hier, weil er etwas zu erledigen hatte.

David fuhr zusammen und ließ den Stuhl los. Die Gestalt glitt am Fenster vorbei, ganz dicht an den Bäumen entlang. Er biss sich auf die Lippe und zwang sich, aufzustehen. Seine Beine zitterten. Zausel drehte sich um und maunzte, als sie ihn sah. Sie hob eine Tatze und fauchte. Er kümmerte sich nicht um sie, sondern ging langsam auf die Arbeitsplatte zu.

Ich muss herausfinden, was das ist, dachte er.

Er beugte sich vor. Bald würde es nicht mehr zu sehen sein, es würde um die Ecke gleiten und verschwinden. Es schneite immer noch, eine dicke Schneedecke bildete sich.

Es scheint mich nicht wahrzunehmen, dachte David. Betrüge ich mich selbst? Ist es vielleicht ein Elch oder ein Bär? Wenn ich genau hinsehe …

Es blieb stehen, drehte sich zu ihm um und sah ihn an.

Er konnte keine Augen erkennen, keine Gesichtszüge, eigentlich nichts.

David schrie. Er fuhr zurück und schlug sich den Kopf an der Wand an, er drehte sich im Kreis und verlor jedes Gefühl für oben und unten. Am Ellenbogen verspürte er einen Schlag, als er gegen den Küchentisch fiel. Er blieb auf dem Fußboden liegen. Öffnete den Mund zu einem stummen Schrei, ihm gelang nur ein heiserer kümmerlicher Laut. Er wusste nicht einmal, was er zu schreien versuchte, waren es Worte oder nur Laute? Jetzt war es überall dunkel, die Schatten bewegten sich. Er kroch in eine Ecke bei der Speisekammer und schlang die Arme um den Kopf. Er hörte Schreie, einige kamen ganz aus der Nähe, einige klangen weiter entfernt, einer jedoch kam aus nächster Nähe. Jemand schrie um Hilfe, schrie: »Bitte, hör auf!«

Er bekam mit, dass er auf dem Boden lag und lachte. Laut, gellend, heiser. Zausel betrachtete ihn und wich zurück, als sie merkte, dass er zwischen den Armen herausschaute und sie ansah. Er brüllte sie an, und sie versteckte sich hinterm Sofa.

Dann versuchte er wieder zu atmen.

»Jetzt reicht es«, sagte er. »Ich gebe auf. Es geht einfach nicht. Ich fahre nach Hause, das Ganze kotzt mich an. Wie soll es auch funktionieren, mit dem verdammten Scheiß, der da draußen abläuft? Darum geht es doch. So etwas darf nicht sein.«

Er richtete sich auf.

»Zausel?«

Keine Antwort.

»Zausel? Komm, Mädchen, komm.«

Schweigen.

»Bitte …«

Aus dem Wohnzimmer hörte man ein Kratzen. Dann kam sie angetappt, blieb ein Stück von David entfernt stehen und sah ihn an. Seine Augen waren wässrig, er streckte eine Hand aus.

»Bitte …«

Sie kam langsam auf ihn zu. Schnupperte an den Fingern, drückte sich leicht an die Hand. Dann sprang sie auf seinen Schoß. Er umarmte sie fest und spürte, wie sie schnurrte. Alles wurde ein wenig leichter.

Draußen ging das Licht an.

Dieser beschissene Bewegungsmelder.

David versuchte aufzustehen, aber es ging nicht. Er ließ Zausel los und kroch stattdessen über den Fußboden, bis er die Haustür mit der Milchglasscheibe, die Nacht im Hintergrund, sehen konnte. Draußen brannte die Nachtlampe, und das bleiche Licht strömte in den Flur.

Er sank zusammen und starrte auf die Tür.

Ein schwarzer Schatten glitt hinter das Glas, trat in das Licht.

Es klopfte.

David versuchte nach seinen Eltern zu rufen:

»Bitte, macht die Tür auf, lasst das Licht rein, holt mich hier raus.« Aber die Stimme gehorchte nicht mehr. Er wollte aufstehen, wurde aber heruntergezogen, es war, als kämen unsichtbare Hände aus dem Fußboden herausgeschossen und würden ihn festhalten.

Die Gestalt stand immer noch dort. Aber David konnte

nur wie gelähmt daliegen und geradeaus starren. Er bewegte sich nicht und blieb stumm. Sogar das Chaos in seinem Kopf war verstummt. Es gab keine Geräusche mehr.

Es rührte sich nicht von der Stelle, wie lange, konnte er nicht sagen, vielleicht eine Minute oder eine Stunde. Dann sank es zurück, ging rückwärts und verschwand. Schließlich ging die Lampe aus.

Zausel kroch neben ihn. Sie berührte sein Gesicht mit der Nase. Er hatte glänzende Augen und rollte sich auf den Rücken. Sie sprang auf seinen Bauch und streckte sich aus. Er schloss ganz fest die Augen, und daraufhin kamen die Tränen. Er heulte wie ein Kind, und als Zausel ihr Gesicht an seinem rieb, drückte er sie an sich und rollte sich zusammen. Er weinte, bis der Hals wehtat, dann schluchzte er nur noch und beschloss, nie wieder aufzustehen und irgendwohin zu gehen oder irgendetwas zu tun. Wenn er jetzt für immer mit Zausel hier liegen blieb, würde alles in Ordnung kommen. Jetzt, in diesem Augenblick, war er sicher. Alles, was er jetzt machen musste, war, diesen Moment auf ewig zu bewahren.

Als David aufwachte, taten ihm alle Glieder weh. Er lag immer noch auf dem Fußboden. Die Muskeln waren steif geworden und der Rücken schmerzte. Aber draußen war es hell, und der Schnee fiel dichter. Es herrschte Schneegestöber, und über allem lag eine dicke Schneedecke.

Jetzt haue ich ab, dachte er.

Das fühlte sich ganz natürlich an. Genau, wie Oskar gesagt hatte. Man wacht auf und merkt, dass man bereit ist.

David sah auf die Uhr. Es war noch nicht spät, ihm blieben viele Stunden Tageslicht. Ich kann im Hotel schlafen, dachte er. Ich fahre nicht in der Dunkelheit. Es sind nur zwanzig Kilometer, ich bin in zehn Minuten da.

Er sah hinaus, vielleicht dauerte es auch etwas länger.

In weniger als einer halben Stunde raffte David seine Sachen zusammen. Er stopfte alles in die Taschen und scherte sich nicht darum, Kühlschrank und Gefrierschrank abzuschalten oder etwas von den Lebensmitteln mitzunehmen. Ich kann denen gern eine Strafe zahlen, dachte er. Er nahm das Foto seiner Eltern von der Wand und steckte es in die Brieftasche.

Es fehlte nur noch Zausel.

»Zausel?«

Stille. David lief hin und her. »Zausel?«

Habe ich sie nach dem Aufwachen überhaupt gesehen?, fragte er sich. Verdammt, nein! Sie muss neben mir eingeschlafen sein, aber wo war sie jetzt?

Er weigerte sich, an das zu denken, was während der Nacht geschehen war. Er schob alle Bilder und Geräusche, Reaktionen und Gefühle weg. Damit konnte er sich später beschäftigen. Er würde sich ins Auto setzen, im Eiltempo nach Hause nach Stockholm fahren, bei Oskar klingeln und ihm mitteilen, dass alles schiefgegangen war. Meine Fantasie hat in den sechsten Gang geschaltet, Oskar. Jetzt fühle ich mich beschissener als je zuvor. Was machen wir jetzt? Dann hätte er die Möglichkeit, zu reagieren.

Jetzt musste er hier einfach nur weg, ehe die Sonne unterging.

»Zausel!«

»Ach, da bist du ja«, seufzte David, als sie unter dem Bett herauskroch. Sie machte einen etwas verwirrten Eindruck. Als er sie hochhob und unter den Arm nahm, verkrampfte sie sich, leistete aber keinen Widerstand.

»Ich höre, was du sagst«, meinte er. »Ich fühle mich ganz genauso. Aber jetzt gehen wir.«

Er machte die Tür auf und eilte in das Schneegestöber hinaus Richtung Auto. Plötzlich erinnerte er sich, was er mit dem Schlüssel gemacht hatte, und er fluchte leise. Kein Problem, dachte er. Ich habe ihn einfach nur vergessen, das ist doch nichts Besonderes, ich werde ihn einfach holen. Es spielte keine Rolle, dass der Schlüssel unten im Keller hing. Er trug Zausel wieder rein, machte die Tür zu und lief zu der Kellertür, die natürlich eingeschneit war und die er erst vom Schnee befreien musste, ehe er an den Handgriff kam. Er riss die Tür so fest auf, dass er abging, und er kam sich ziemlich blöd vor, als er auf einmal mit einem kaputten Handgriff in der Hand dastand.

»So was kommt vor«, murmelte er und warf den Griff beiseite.

Er ging in den Keller hinunter und schnell auf den hinteren Raum zu. Mit einem Mal stolperte er über etwas und fiel nach vorn, konnte seinen Fall aber gerade noch abbremsen, indem er sich mit den Händen an der Wand abstützte.

Er richtete sich wieder auf und holte tief Luft.

»Ganz ruhig, David. Ganz ruhig. Bald bist du hier weg.«

Zögernd betrat er den Raum.

Der Nagel war noch da.

Aber die Schlüssel nicht.

Das war nicht weiter tragisch, die Schlüssel würden schon irgendwo hier unten sein. Er unterdrückte ein Gefühl der Übelkeit und nahm sich dann ganz nüchtern den Fußboden und die Wände vor. Erneut warf er einen prüfenden Blick auf den Nagel, er wusste, dass er die Schlüssel dort hingehängt hatte.

Ihm blieb nichts anderes übrig, als auch in den anderen Raum zu gehen, wo er lustlos den Kram, der auf der Werkbank lag, durchwühlte. Plötzlich warf er alles schreiend durcheinander. Er stieß auf einen scharfen Gegenstand und ging auf das Sofa los. Er schnitt es auf, denn wer weiß, möglicherweise lagen die Schlüssel ja dort, dann trat er ein paarmal dagegen, bis ihm die Füße wehtaten. Danach sank er auf dem Fußboden zusammen, das Gesicht in den Händen vergraben.

Verdammt, wo waren die Schlüssel?

Wer hat meine Schlüssel genommen? Der Bär oder der Elch?

Auf unsicheren Beinen stieg er wieder die Kellertreppe hoch und ließ die Tür offen. Er ging in die Hütte und holte sein Telefon, machte es an und überprüfte, ob Telenor vielleicht gestern einen neuen Sendemast in der Nähe errichtet hatte. Das hatten sie nicht.

»Zum Hügel ist es nicht weit«, sagte David laut. »Ich schaffe auf jeden Fall, lange bevor es dunkel wird, wieder hier zu sein. Ich habe genügend Zeit.«

Er zog Mütze, Handschuhe, Schal und seine dickste Jacke an, und noch ein zusätzliches Paar Strümpfe. Dann ging er ins Schneetreiben hinaus und begann durch die Schneewehen zum Hügel zu stapfen.

Es war beschwerlich, auf den Hügel hinaufzuklettern. David fiel und rutschte die ganze Zeit, und er musste mehrere Anläufe nehmen, aber am Ende schaffte er es, mit viel Schwung hinaufzukommen. Der Himmel war grau, und die Sonne war nicht zu sehen. So weit David schauen konnte, nur dichtes Schneegestöber über den Wäldern, wahrscheinlich versank die ganze Welt im Schnee.

Er wählte Ninas Nummer. Es klingelte ein paarmal, dann schaltete sich die Mailbox ein. David legte auf und probierte es erneut. Auch diesmal die Mailbox. Er brach ab und rief wieder an.

Diesmal meldete sie sich.

»Hallo, David, kann ich dich später anrufen? Ich bin bei der Arbeit.«

»Nein!«

Er hörte, wie seine Stimme einen schrillen Ton annahm. Er versuchte, sich zu beruhigen. »Nein«, wiederholte er. »Hast du eine Minute?«

»Ja, okay, warte. Bleib dran.«

Er hörte, wie sie mit einigen Gästen ein paar höfliche Worte wechselte und diese im breitesten Skåne-Dialekt antworteten. Es klang unwirklich, um ihn herum heulte der Wind, aber direkt an seinem Ohr hörte er ausschließlich Geräusche, die Sicherheit und Wärme suggerierten.

Bring mich dorthin, dachte er und schloss die Augen. Sofort, bring mich sofort dorthin. Lass mich aufwachen.

»Kannst du einen Moment an die Rezeption gehen?«, rief Nina jemandem zu. »Ich bin gleich zurück.« Man hörte ein Klappern, und sie war wieder dran.

»Ja?«, fragte sie. »Was ist los? Alles in Ordnung?«

»Nein«, antwortete David. »Gar nichts ist in Ordnung. Es geht mir wirklich schlecht, ich brauche deine Hilfe.«

»Ah ja.«

Er hörte, wie sie eine abwartende Haltung einnahm. Er wusste, was sie dachte. Jetzt wird er wie alle anderen auch zur Klette.

»Ich muss hier weg«, sagte er so gefasst, wie er konnte. »Ich habe die Autoschlüssel verloren, aber ich kann keine Nacht länger hier draußen bleiben.«

»David …«

»Nein, nein, hör mir zu!«

Die Nacht kehrte zurück. Die Gestalt draußen, das Klopfen an der Tür, der Schatten vor der Tür. Es wurde Wirklichkeit, und das, von dem er gedacht hatte, er könnte es in eine Ecke werfen, bis er wieder nach Hause käme, krallte sich fest und blies ihm ins Gesicht. Er konnte die Tränen nicht zurückhalten.

»David?«, fragte Nina. »David, was ist passiert?«

»Ich kann nicht mehr, Nina. Ich muss weg. Ich packe das nicht.«

»Doch, David. Du packst das. Du bist mutiger als die meisten andern. Du wohnst allein da draußen und nimmst den Kampf auf. Du wagst es, dich dem entgegenzustellen, wovor du Angst hast. Du schaffst das. Hörst du, was ich sage? Du schaffst das.«

»Nein, Nina, du verstehst das nicht … da ist jemand.«

»Wie, jemand?«

»Da ist jemand. Gestern ist er gekommen. Hat an der Tür geklopft und wollte rein.«

»David …«

»Verdammt, Nina! Glaubst du, ich denke mir das aus? Da ist jemand!«

»Ja, dann hau doch ab, David.« Jetzt klang sie wütend, genau wie seine Schwester manchmal.

»Aber es stimmt wirklich!«

»Ja, los, dann hau ab! Komm her, du kannst bei mir übernachten.«

»Aber ich kann nicht! Die Autoschlüssel sind weg!«

»David … ich muss jetzt wieder zurück …«

»Nein! Du musst kommen und mich holen! Ich komme hier nicht weg. Es schneit, und ich kann nicht zwanzig Kilometer mit Zausel in diesem Wetter zu Fuß gehen. Bald wird es dunkel! Dann erfrieren wir!«

»Ich habe erst heute Abend um elf Schluss. Vorher kann ich nicht kommen.«

»Kannst du nicht freinehmen? Kann nicht jemand anders für dich einspringen?«

»Um elf.«

Davids Verzweiflung ging in Wahnsinn über.

»Du glaubst, dass ich mir das alles ausdenke, oder? Du glaubst, dass ich spinne. Du findest mich anstrengend, weil ich eine Menge von dir verlange. Jetzt bin ich wie einer deiner Freunde, die was von dir wollen, oder der Typ mit dem gebrochenen Bein oder einer von den anderen Klammeraffen!«

Nina klang ganz ruhig, als sie antwortete:

»David. Jetzt bist du ungerecht. Ich werde dich abholen, wenn ich Feierabend habe. Allerdings schneit es draußen, und die Straßen sind noch nicht geräumt. Jetzt im Moment kann ich nicht viel tun. Okay?«

David konnte nicht antworten. Ihm war übel.

»David? Da ist niemand, David. Ich weiß, dass du das Gefühl hast, dass du das glaubst. Aber da ist niemand.«

»Woher willst du das wissen, verdammt? Wenn was passiert, dann passiert es!«

»Jetzt reicht's. Ich habe für so was keine Zeit. Obwohl du dich wie der letzte Arsch aufführst, werde ich nach der Arbeit kommen und dich abholen.«

»Und wie? Mit deinem verdammten Volvo, oder was?«

»Reiß dich zusammen. Geh nach Hause, ehe du erfrierst. Koch dir einen Kaffee, und warte.«

Dann legte sie auf.

David umklammerte das Telefon. Er war nahe daran, es über die Bäume zu schmeißen, beherrschte sich jedoch und wählte die Nummer seiner Schwester.

Keine Antwort, nur die Mailbox.

Er rief wieder an, mit demselben Ergebnis.

Nach ein paar Mal gab er auf und blätterte im Adressverzeichnis vor zu der Nummer von Oskar Liatu, und diesmal wählte er sie ohne zu zögern.

Kein Empfang und damit keine Mailbox.

Erneut wählte er die Nummer.

Nichts geschah.

Verdammter Möchtegern-Psycho-Idiot, dachte er. Verdammter Arsch. Du hast mich mit deinem elenden Hokuspokus-Gerede hierhergelockt. Der Teufel soll dich holen.

Er rief Nina wieder an. Jetzt war ihr Handy abgeschaltet. Dann wählte er die Nummer eines Arbeitskollegen, dessen Handy ebenfalls aus war. Danach versuchte er es bei einem anderen Arbeitskollegen. Keine Antwort, nur die Mailbox. Er rief bei einem Nachbarn an, nur um festzustellen, dass er kein Netz hatte. Bei seinem Vermieter sprang ein rauschender Anrufbeantworter an, und man verstand nichts. Er schickte eine SMS, die zurückkam. Dann probierte er es bei der Auskunft, die ihm mitteilte, dass alle Auskunftsplätze gerade besetzt seien.

»Versuchen Sie es zu einem späteren Zeitpunkt noch einmal.« Er rief bei sich zu Hause an. Keiner ging ans Telefon.

David steckte das Telefon in die Jackentasche und ließ seinen Blick über den Himmel und die Wälder schweifen. Es gab niemanden, mit dem er sprechen konnte, keiner war zu erreichen. Vielleicht gibt es nichts außer mir und dem Wald, dachte er. Vielleicht habe ich mir alles eingebildet und lebe schon immer in dieser Hütte im Wald, umgeben von dichter Dunkelheit. Und es hat noch nie etwas anderes existiert. Jetzt werde ich langsam gesund, und alles war nur Einbildung.

David stand auf. Er blickte hinab zum Fuß des Hügels. Seine Fußspuren waren schon wieder zugeschneit. Er fror.

Ich habe aufgehört wegzurennen, dachte er. Und heute Nacht holt es mich ein.

Der Junge ist jetzt erwachsen. Er trägt einen Schirm und schaut in die Grube hinein. Er ist schwarz gekleidet, es regnet und der Schirm ist kaputt, so dass ein dünner Regenstrahl auf seine Jacke läuft.

Neben ihm steht seine Schwester. Sie sieht verkniffen aus, schaut in eine andere Richtung. Nicht zur Grube, sondern zur Straße hin. Sie ist auch schwarz gekleidet, trägt ein langes Kleid und umklammert mit beiden Händen den Griff einer kleinen Tasche. Sie hat keinen Schirm. Die Haare sind nass, die Schminke ist verlaufen.

Es sind viele gekommen. Einige weinen einfach nur, andere versuchen Trost zu spenden. Aber das klappt nicht, denn es gibt keine Patentlösung. Man kann nur warten, bis der Sturm vorüber ist.

Er muss an den ersten Morgen in seiner ersten Einzimmerwohnung denken. Die Sonne schien durch das Fenster, auf dem Balkon war es warm, und draußen konnte man die Rufe der Kinder im Hof hören. Er lag noch im Bett, bleich und hohläugig, müde und mit schmerzenden Gliedern. Überall Umzugskisten, die meisten nicht geöffnet.

Das Telefon klingelte. Es war kurz vor neun. Er lehnte sich über die Bettkante und nahm den Hörer vom Fußboden.

»Guten Morgen«, sagte er.

»Guten Morgen«, antwortete seine Mutter am anderen Ende. »Alles in Ordnung?«

Er schluckte und schloss die Augen. Die Lippen waren trocken. »Ja, klar, alles okay.«

»Hast du gut geschlafen?«

Er warf einen verstohlenen Blick über die Schulter in die dunkle Ecke, die weit vom Bett entfernt war. Ausgerechnet dort war die Tapete ein wenig zerschlissener und ausgeblichener.

»Klar, ich habe wunderbare Morgensonne. Es ist herrlich, aufzuwachen. Ich werde gleich auf dem Balkon einen Kaffee trinken.«

»Ach, toll. Papa und ich haben gedacht, dass wir etwas später noch auf einen Sprung vorbeikommen und dir beim Auspacken helfen. Es herrscht wahrscheinlich noch ziemliches Chaos, oder? Sicher hast du noch nicht viel eingeräumt, was?«

»Nein, noch nicht.«

»Gut. Dann kommen wir vorbei. Wir können etwas zum Mittagessen mitbringen. Wie wäre das?«

»Das klingt großartig. Kommt Anna auch mit?«

»Nein, sie muss lernen. Examen, weißt du.«

»Ah, verstehe.«

»Dann bis nachher.«

»Bis später.«

»Du, was mir noch einfällt …«

»Ja?«

»Wenn du lieber nicht zwischen den ganzen Kartons schlafen willst, kannst du auch gerne hier übernachten.«

Kurze Pause.

»Ich meine, bis du Ordnung gemacht hast.«

»Danke. Ja, mal sehen.«

»Gut, also, dann sehen wir uns nachher.«

»Genau, bis dann.«

»Tschüss.«

Er legte auf. Die Hände strichen über die Decke, wobei er an den Kanten etwas Feuchtes spürte. Während der Nacht hatte er darauf herumgekaut, und es hatte ziemlich lange gedauert, bis er es gemerkt hatte. Jetzt umklammerte er fest die Decke und schob sich an der Wand hoch, den Blick starr auf die Ecke mit der verblichenen Tapete gerichtet.

Wo soll ich bloß hin, verdammt?, denkt er. Was soll ich jetzt nur tun?

Er sieht seine Schwester an. Sie hat ihren Blick weiterhin auf die Straße gerichtet, er fragt sich, ob sie ihm ausweicht. Im Hintergrund liest jemand einen Psalm.

Ich hätte nicht gedacht, dass so etwas passieren würde, denkt er. Ich dachte, so was gibt es nur im Fernsehen.

Ein paar rituelle Augenblicke vergehen, dann zerstreut sich die Menschenmenge. Viele kommen zu ihnen und umarmen sie, drücken ihre Hände und sagen, dass sie sie nur wissen lassen sollen, wenn sie etwas brauchen. Seine Schwester sieht ihn an, doch nun weicht er ihrem Blick aus. Er lächelt melancholisch, während er sich bedankt und versichert, dass sie daran denken werden. Aber so ist das Leben nun mal, wir müssen weitergehen, und alle schönen Erinnerungen bewahren wir.

Von schwarzen Zimmern, von Brüllen, Lachen, Schreien. Türen, die sich öffnen, das erlösende Licht, das wie eine Droge an Wirkung verliert, so dass man immer mehr davon braucht. Eine Droge, die am Ende gar nicht mehr hilft und deren zufällige Wirkung so quälend ist, dass sie nur ein Hohn ist im Vergleich zu dem Trip, nach dem man sich eigentlich sehnt.

Seine Schwester legt ihm die Hand auf den Arm. Sie sehen sich an.

»Du«, sagt sie, »ich habe keine Lust auf dieses furchtbare Kaffeetrinken. Dazu brauchen die uns doch nicht. Können wir nicht einfach gehen?«

Er nickt und legt den Arm um ihre Schultern. Sie machen sich auf den Weg, weg von den Leuten. Keiner merkt, dass sie verschwinden.

Es ging nicht. Er hat es versucht, aber jede Nacht schienen die Schatten ein wenig näher zu rücken, und er hatte das Gefühl, als würde die Nacht kein Ende nehmen. Jedes Mal dachte er daran aufzugeben und wieder nach Hause zu ziehen. Er wusste, dass sie ihn aufnehmen würden. Nachts zwang er sich, mit der Taschenlampe zu der Ecke hinüberzugehen und an den Tapeten entlangzufahren. Aber natürlich fand er nie etwas. Trotzdem konnte er sich nicht von dem Gedanken befreien, dass er dieses Mal eventuell auf etwas stoßen würde, etwas, das wirklich existierte, als würde dort tatsächlich jemand stehen.

Schließlich hielt er es nicht mehr aus, und er kaufte Wein, Schnaps und Bier. Er arbeitete mehr, war andauernd unterwegs. Brachte Frauen mit nach Hause oder ging mit zu ihnen. Er wurde ein Großstadthai.

Davon hat er seinen Eltern nie erzählt. Zwischen ihnen herrschte nun ein alltäglicher Umgangston, und er kam gern nach Hause und aß mit ihnen zusammen, genau wie früher. Die Nachbarn hatten nur bewundernde Worte für die vorbildliche harmonische Beziehung der Eltern zu ihrem Sohn übrig.

Er schlief in seinem alten Zimmer, was meist kein Problem darstellte. Er hatte seine Taschenlampe dabei, und sie fragten nie, sondern ließen immer das Licht im Flur an und die Tür einen Spalt weit offen. Ab und zu allerdings meinte er, etwas in der Ecke erkennen zu können, etwas Großes und Schmales, das sich nicht von der Stelle rührte. Daraufhin presste er sich an die Wand, bis er sich nicht mehr beherrschen konnte, und dann schrie er laut.

Die Tür wurde aufgerissen, sein Vater kam mit dem Licht herein und nahm seinen Sohn ohne ein Wort verlauten zu lassen mit ins Schlafzimmer. Wenn der Morgen kam, verschwand er oft vor dem Frühstück. Und wenn sie doch zusammen frühstückten, sprachen sie nicht von dem, was vorgefallen war. Das war vorbei. Es war bereits alles gesagt. Jetzt konnte man diesen Umstand nur noch akzeptieren.

»Ich kann mich nicht um dich kümmern«, sagt die Schwester, als sie in die Stadt fahren. »Das ist dir doch klar, oder? Du kannst nicht einfach so bei mir übernachten, wie du es bei Mama und Papa gemacht hast.«

»Das weiß ich.«

»Ich meine es ernst«, sagt sie. »Aber natürlich werde ich dir helfen, dich unterstützen. Ich kann dir vielleicht die Nummer eines Therapeuten geben und mit dir dorthin gehen. Und natürlich kannst du manchmal bei mir schlafen. Wenn du willst, kannst du meine Wohnung haben, wenn ich verreist bin. Und ich kann ab und an zu dir kommen. Aber es kann nicht so sein wie mit Mama und Papa. Okay?«

»Okay.«

Sie fährt sich mit dem Arm über die Augen, und dann tritt sie voll auf die Bremse. Er fliegt nach vorn, der Sicherheitsgurt schnürt ihm die Luft ab, und er fällt wieder auf den Sitz zurück. Sie sind immer noch auf einer kleinen Landstraße, es ist kein anderes Auto zu sehen.

»Begreifst du, was ich sage?«, fragt sie und sieht ihn an, ihre Wimperntusche ist verschmiert. Erneut fährt sie sich mit dem Arm übers Gesicht. »Es kann nicht so weitergehen wie bisher! Du musst was tun, verdammt! So kannst du nicht leben!«

Er sieht sie an, weiß aber nicht, was er sagen soll. Glaubt sie denn, er wüsste das nicht?

»Eins nach dem anderen«, erwidert er. »Jetzt bringen wir das hier erst mal hinter uns. Dann sehen wir weiter.«

»Es gibt kein wir!«, ruft sie. »Das musst du endlich begreifen! Ich muss mich um mein Leben kümmern, um meine Angelegenheiten, meinen Job und meine … meine … meine Wohnung …, verdammt, was weiß ich.«

»Ich weiß. Du musst dir keine Sorgen machen. Ich werde dich nicht belasten.«

»Aaah!« Sie schlägt auf das Lenkrad. »Das meine ich nicht! Musst du immer so verdammt unterwürfig sein? Du widerlicher kleiner Schleimer. Du kannst nicht bei mir wohnen, nur weil du mir leid tust. Du bist jetzt erwachsen, setz dich damit auseinander, um deinet- und um meinetwillen.«

Sie beißt sich auf die Lippen und sieht aus dem Fenster. »Kümmere dich drum.«

Er beugt sich vor, nimmt ihre Hände und legt sie auf das Lenkrad.

»Fahr weiter«, meint er. »Alles andere regeln wir später.«

Er ist krankgeschrieben. Der Arzt hat gesagt, dass er Schlafstörungen hat und sich ausruhen muss. Er soll aufhören mit dem Stress, alles ruhiger angehen und mal durchatmen. Er soll aufhören, durchs Leben zu hetzen.

Er schläft ein wenig tagsüber und ist nachts wach. Er geht umher und denkt viel nach, noch nie hatte er so viel Zeit zum Nachdenken. Wenn es nicht die Schule war, dann war es das Praktikum, war es nicht das Praktikum, dann die Universität und danach der Job. Aber das spielt keine Rolle mehr, jetzt hat er ausreichend Zeit.

Er findet, dass die Tapeten anfangen auszubleichen. Dass die Ecke dunkler zu sein scheint, wenn der Abend kommt. Manchmal, wenn es ihm gelingt einzuschlafen, wacht er auf und schaut in die Schatten. Früher konnte er sich immer auf seine Vernunft verlassen, die ihn davon überzeugte, dass alles in Ordnung war. Nun jedoch wirken die Konturen schärfer, die Gestalt bewegt sich fast im Takt mit dem Flackern der Lampe.

Er knipst die Taschenlampe an und steht auf, tastet sich vor, und trifft auf niemand. Dann sinkt er wieder aufs Bett, den Blick weiterhin in die Ecke gerichtet. Und mit jeder Nacht, die vergeht, gewinnt das Wesen an Deutlichkeit.

Einmal, es ist kurz vor Mitternacht, schneidet er sich eine Scheibe Brot ab. Er will sich eine kleine Mahlzeit zubereiten. Aus dem Radio ertönt laut Musik, eine Melodie zum Mitsingen. Er tut so, als sei er freiwillig noch so spät auf, und außerdem ist er ja eine Nachteule.

Aber plötzlich verspürt er einen kalten Luftzug. Die Haare auf seinen Armen richten sich auf. Er schaudert.

Als er sich umdreht, kann er niemand erkennen. Nicht weit entfernt ist die Ecke mit der Tapete. Vielleicht sollte er eine Lampe dorthin stellen. Warum ist er darauf noch nicht gekommen?

Als er weiter Brot schneidet, weiß er, dass er nicht allein in der Küche ist.

Schreiend läuft er durch die Wohnung. Es ist nichts zu sehen, aber er weiß, dass er nicht allein ist. Die ganze Zeit ist es genau hinter ihm, nur ein paar Schritte entfernt, gleich hinter der nächsten Ecke. Solange er nicht stehen bleibt, kann es ihm nichts anhaben.

Er macht alles an: den Fernseher, das Radio, den Computer, das Computerspiel, die Stereoanlage und alle Lampen. Dann hört er sich gellend lachen und beobachtet sich dabei, wie er das Brotmesser nimmt und mehrere Male damit auf das Sofa einsticht. Dann tritt er die Schranktür ein und zerrt alles heraus. Er rast auf den Balkon und fällt fast über das Geländer. Einen kurzen Moment erwägt er, sich hinunterzustürzen und fünf Stockwerke tiefer auf den Asphalt zu knallen.

Da hält er inne. Es gelingt ihm, sich wieder unter Kontrolle zu bringen, er atmet schwer und schiebt sich zurück in die Wohnung. Er schließt die Tür zum Balkon ab und geht ins Badezimmer. Als er sich im Spiegel sieht, fährt er zusammen. Das Spiegelbild ähnelt ihm überhaupt nicht. Aber als er seine Nase berührt und mit den Händen durchs Haar fährt, erkennt er sich wieder.

Das darf nie wieder passieren, denkt er.
Ich darf nie wieder vor mir selbst Angst haben.
Nie wieder schwarz werden.
Nie wieder.

KOMM REIN

Es hat aufgehört zu schneien. Als die Sonne unterging, erstarb der Wind. Die Bäume wirkten kraftlos, nachdem sie so lange gegen den Wind hatten ankämpfen müssen.

David saß auf einem Küchenstuhl, auf demselben Stuhl wie vorige Nacht. Er hatte ihn zum Flur, zur Haustür mit der Milchglasscheibe hingedreht, da, wo der Weg nach draußen führte, hinaus in den Wald mit seinen Pfaden, hinaus in die Dunkelheit. Die Tür trennte ihn vom Rest der Welt. Er hatte die Taschenlampe in der Brusttasche.

Er hatte die Hüttentür abgeschlossen und angefangen, den Schreibtisch aus dem unbenutzten Zimmer in den Flur zu schleifen, um ihn als Barrikade vor der Tür aufzubauen. Doch auf halbem Weg musste er erkennen, dass die Tür nach außen aufging. Mit einem Seufzen schob er den Tisch wieder zurück. Dann machte er überall das Licht an. Bald war die ganze Hütte hell erleuchtet.

Mir ist alles scheißegal, dachte er. Ich will es hell haben. Aber ein Gedanke nagte an ihm, ein kleiner, gemeiner Gedanke, dass das eventuell seine einzige Chance war. Es sollte möglichst viel Licht brennen. Denn das Wesen fühlte sich in den Schatten wohl, wo es sich versteckt hielt. Aber er schüttelte den Kopf und sagte mehrere Male laut »Nein!«. Er schaltete die Taschenlampe ein paarmal ein und aus und steckte sie dann in die Brusttasche zurück.

Zausel lief herum und jaulte. David hatte versucht, sie auf den Arm zu nehmen.

»Wir müssen zusammenhalten«, hatte er gesagt. »Zauseltier, komm zu mir.« Aber sie war vor ihm zurückgewichen. Und als er in einem plötzlichen Wutanfall ein Glas in die Spüle pfefferte, starrte sie ihn mit dunklen, ängstlichen Augen an. Dann war sie langsam ins Wohnzimmer geschlichen.

Jetzt saß David auf dem Stuhl und wartete. Er hatte Bauchschmerzen und fühlte sich ausgetrocknet, obwohl er literweise Wasser getrunken hatte. Zweimal hatte er das Handy eingeschaltet, um nachzusehen, ob es nicht vielleicht doch die Andeutung eines Empfangs gab. Er horchte auf die Geräusche eines Autos, vielleicht war es ja Nina, die jetzt vor dem Haus vorfuhr? Aber es kam kein Auto. David hatte zwei große Messer auf den Küchentisch gelegt. Er war bewaffnet. Nichts und niemand würde in seine Hütte eindringen oder es bitter bereuen.

Die Zeit verging. Wenn Nina um elf Schluss hat, dachte David, wird sie vielleicht um halb zwölf hier sein. Dann wäre sie gut in der Zeit. Draußen liegt ziemlich viel Schnee, trotzdem ging er davon aus, dass man noch fahren konnte.

Er legte die Hand um den Schaft des einen Messers und hielt es fest umklammert.

»Zausel!«

Sie kam angeschlichen und blieb ein Stück von David entfernt stehen, wobei sie den Kopf zur Seite neigte.

»Was meinst du?«, fragte er. »Natürlich kann man bei diesem Wetter noch fahren. Nina ist tough, sie fährt einen robusten, alten Volvo. Der kommt überall durch, oder Zausel?«

Er merkte, wie fest er den Schaft des Messers umklammerte. Er lockerte den Griff etwas. Zausel leckte sich die Pfoten. Sie schien irgendetwas vorzuhaben, denn sie setzte sich vor ihn hin, den Blick auf die Tür gerichtet. David fühlte sich ruhiger. Er beugte sich hinab und kraulte sie hinter dem Ohr. Jetzt bin ich nicht mehr allein. Gemeinsam schaffen wir das, dachte er.

Er stand auf, nahm eines der Messer und lief auf und ab. Schließlich konnte er nicht anders und ging zum Fenster und sah hinaus, wobei er die Hände um das Gesicht legte. Das Messer ließ er auf dem Fensterbrett liegen.

Es gab verschiedene Arten von Dunkelheit, eine, an die sich die Augen gewöhnten und aus der nach einer Weile Konturen hervortraten, oder eine Art bleiche Dunkelheit, weil das Mondlicht und die Sterne ihr eine bläuliche Färbung verliehen.

Und dann war da noch die Dunkelheit, die einfach schwarz und damit fast undurchdringlich war. Die einen im Ungewissen ließ und alles aussperrte. Man fühlte sich wie in einem kalten Kokon eingeschlossen.

David betrachtete den Schnee. Die Grenze, wo die Bäume anfingen. Danach gab es nichts mehr. So stellte sich die Welt jetzt dar. Er meinte, dort eine Bewegung erkennen zu können, und er wusste sofort, dass er sich das einbildete.

Und gestern?, fragte er sich. Hatte wirklich jemand versucht, in die Hütte einzudringen? Hatte er nicht alles nur geträumt?

»Nein!«

Zausel kam angelaufen. Sie sprang aufs Sofa und stellte sich mit den Pfoten an seinem Bein auf. Er rieb sich die Augen und wandte sich zu ihr um.

»Nein, habe ich gesagt!«

Sie maunzte. David sank aufs Sofa und vergrub das Gesicht in den Händen. Er merkte, wie er zitterte, als hätte er Schüttelfrost. Er schlug die Arme um seinen Oberkörper und wiegte sich vor und zurück.

Warum bin ich nicht abgehauen?, fragte er sich. Warum musste ich so stur sein und hierbleiben? Warum bin ich nur so bescheuert?

Er hörte ein langes, gedehntes Klagen. Es dauerte ein paar Sekunden, bis er begriff, dass er selbst es war. Seine Augen brannten, er hieb mit den Fäusten aufs Sofa und rief laut:

»Nein!«

Es war kurz vor elf.

David saß auf dem Stuhl und starrte auf die Haustür. Neben sich hatte er die Tasche. Bald würde Nina kommen. Sowie sie kam, würde er seine Sachen nehmen und gehen. Die Hausschlüssel hatte er in der Jackentasche. Er war so angezogen, dass er nur aufstehen und die Hütte verlassen musste. Aber jetzt konnte er sich nicht bewegen. Erst musste Nina kommen. Er war festgefroren, die kleinste Bewegung würde alles zerstören. Wenn ich einfach nur hier sitzen bleibe, dachte David, wird Nina kommen. Wenn ich mich nicht rühre, wird alles gut.

Es war halb zwölf, dann zwölf, und irgendwann hatte er aufgehört zu zählen. Vielleicht war die Uhr stehen geblieben, die Zeit war eingefroren und hatte ihn hier in der Dunkelheit allein zurückgelassen. Zausel war verstummt, sie saß zu seinen Füßen und sah zur Tür. Draußen war es still.

In dieser Nacht waren keine Schläge an die Wand zu hören. Aber eine leichte Kälte umgab David. Er bekam eine Gänsehaut. Das Licht im Haus flackerte, ebenso wie die Kerzen.

David schloss die Augen. Bitte, dachte er. Bitte. Lass mich in Ruhe.

Er spürte, dass jemand hinter ihm stand, direkt an der Scheibe vor dem Fenster, und in die Küche sah. Ein aus der Dunkelheit ausgeschnittenes Wesen, das ihn ungerührt bewachte. Aber David konnte sich nicht umdrehen. Er saß still da, während er die Augen fest zusammenkniff und zitterte. Das ist Nina, dachte er. Nina ist gekommen, und sie schaut nur nach, ob ich da bin, sonst ist gar nichts.

(jemand da)

Er hielt in jeder Hand ein Messer, wobei er sich nicht daran erinnern konnte, sie vom Tisch genommen zu haben. Doch nun hielt er sie vor sich. Zausel war zur Salzsäule erstarrt. David fiel ein Messer aus der Hand, es fiel mit einem grauenvollen Klappern zu Boden, aber Zausel rührte sich nicht. Er warf einen Blick darauf und versuchte sich vorzustellen, wie er sich hinabbeugte und es aufhob. Aber es lag immer noch da, neben Zausel.

Das Licht flackerte wieder. Eines der Teelichte im Wohnzimmer ging aus. Von seinem Platz aus konnte David durch eines der Fenster im Wohnzimmer schauen, und als ein weiteres Teelicht verlöschte, meinte er eine Gestalt zu sehen, die am Fenster vorbeizog. Er hörte sich schon schreien, doch er konnte gerade noch die Lippen fest zusammenkneifen und den Schrei so gut wie ersticken.

Er hatte Angst, ja, aber keine Panik. Angst darf man haben. Alle hatten manchmal Angst vor der Dunkelheit. Niemand ist ohne Furcht. Solange er nur Angst und keine Panik hatte, konnte er demjenigen entgegentreten. Wem oder was sollte er eigentlich entgegentreten? Es war doch nur Nina. Er hatte zwar kein Auto gehört, aber das lag bloß daran, dass er so verdammt angespannt war. Jetzt war Nina da, und sie konnten abhauen.

Das Licht flackerte ein drittes Mal. Es blitzte ein paarmal auf, und dann gingen die Lampen aus. In der Hütte war es jetzt dunkel, nur noch die Kerzen brannten. Die Schatten begannen sich zu bewegen und über die Wände zu gleiten, während die Flammen weiter nervös zuckten.

Stromausfall?, fragte David sich. Verdammtes Scheißschweden, verdammtes Schneetreiben, so eine verdammte Scheiße! Das ist nichts Neues, es gibt immer Stromausfall, wenn es schneit, typisch, dass das gerade jetzt passieren muss, so verdammt typisch. David lachte laut, aber das Lachen blieb ihm im Hals stecken, als im Wohnzimmer eine Kerze nach der anderen verlosch.

Nicht alle auf einmal. Eine nach der anderen: Eins, zwei, drei, vier.

David starrte die Kerzen auf dem Küchentisch an. Die

Flammen zuckten hin und her, als würden sie um ihr Leben kämpfen. Dann verloschen auch sie, schneller als diejenigen im Wohnzimmer.

Jetzt war es dunkel.

David wollte seine Taschenlampe herausholen und anmachen, ein wenig die Dunkelheit vertreiben. Seine Hände gehorchten ihm jedoch nicht. Langsam wandte er sich wieder der Tür zu.

Erst war nichts zu sehen. Die Milchglasscheibe war leer. Dann glitt eine Gestalt herauf. Zausel fauchte und knurrte tief. David packte fest das Messer und hielt es vor sich.

»Hi … Mam … Paaa …«

Es klopfte.

»Nein!«, schrie er. »Nein!«

Die Gestalt bewegte sich, als hätte sie es gehört und auf David reagiert. Dann verharrte sie wieder.

»Nina!«

Sie bewegte sich wieder. Schien sich zur Tür umzuwenden, als hätte sie zuvor im Profil dagestanden. Er konnte nichts sehen, weil es so dunkel war.

»Nein!«

Zausel hob die eine Pfote hoch in die Luft. Die Ohren lagen dicht am Kopf. Ihr Fell war rau und zottelig. Das Maul stand halb offen, die Zähne waren gebleckt, als würde sie lautlos fauchen.

David beugte sich schnell hinab und hob das Messer auf.

»Okay, komm her. Ich habe eine Scheißangst. Aber ich habe keine Panik. Los, es ist so weit. Jetzt reicht es. Komm her.«

Die Klinke wurde heruntergedrückt.

Keine Panik. Nicht die Kontrolle verlieren. Die ganze Zeit da sein. Nicht schwarz werden. Das ist das Einzige, wovor ich Angst haben muss. Nicht mehr da zu sein. Nie wieder schwarz werden. Ich bin noch da.

Langsam glitt die Tür auf. Es knarrte. Ein dünner Streifen Mondlicht sickerte durch den Spalt. Ich habe die verdammte Tür doch abgeschlossen!, schrie es in Davids Kopf. Er bemerkte, wie seine Arme zitterten, wie er die Kontrolle über seine Muskeln verlor. Überall lachten die kleinen Widerlinge und drängten ihn zurück, zurück in eine kalte Ecke. Dort war er nicht allein. Es streckte sich wie ein gerade erwachtes Raubtier und erhob sich über ihn, glitt in rasantem Tempo vorwärts, hungrig wie ein Neugeborenes. Er hatte es noch nie zuvor gesehen, aber jetzt konnte er es deutlich erkennen: Es war ein Schatten in einer dunklen Ecke, der nie wieder verschwinden würde.

Die Tür ging auf.

David sah etwas, vielleicht auch nicht, er schrie, und Zausel jaulte. Er ließ die Messer fallen und fuhr vom Stuhl auf, rannte ins Schlafzimmer und schlug die Tür zu. Dann warf er sich gegen die Tür zu dem großen Kleiderschrank, riss sie auf und stolperte über die Schwelle, wobei er sich die Stirn anschlug. Er krabbelte in die Ecke, setzte sich auf die Fersen und schlug an die Wand. Ich werde ein Loch schlagen, durch das ich kriechen kann. Er brüllte und weinte, während hinter ihm die Kälte angekrochen kam.

David drückte die Handflächen gegen das Gesicht und rollte sich wie ein Embryo zusammen. Er wartete auf eine sanfte, weiche Oberfläche, die sich an ihn drücken würde, etwas Kaltes, das an seine Hände stupsen würde. Aber Zausel kam nicht. David war allein. Er hörte sie, sie war in der Nähe, doch sie war nicht bei ihm.

Die Tür zum Schrank stand einen Zentimeter offen. Man konnte sie nicht richtig zumachen. Von hier aus konnte David die Bettkante sehen. Er hielt die Hand vor sich. Er konnte sie kaum erkennen.

Die Schlafzimmertür wurde aufgeschoben, als wollte sich jemand hineinschleichen, um den, der dort schlief, nicht zu wecken. David sah etwas an der Bettkante vorbeigleiten. Er atmete schwer. Er hatte aufgehört zu weinen, seine Kehle war völlig trocken. Die Hysterie glitt von ihm ab, plötzlich war er sehr müde.

Rums.

Ein Schlag an die Wand. Aber diesmal von innen im Schlafzimmer.

Rums.

In der Nähe vom Schrank.

Rums.

David schüttelte den Kopf.

»Nein«, flüsterte er. »Nein.« Dann hob er den Blick, und da stand es im Türspalt. Schwarz, fast unsichtbar inmitten der Dunkelheit. Wie eine schreckliche Fantasie.

David wimmerte. Er fühlte sich schwach und verzweifelt. Es gab nichts mehr. Er wünschte, seine Eltern würden verstehen, wie sinnlos das alles war, und die Tür aufmachen und das Licht hereinlassen und ihn von all dem befreien, einfach sagen, dass es jetzt genug sei.

Die Tür zum Schrank glitt auf. Die Schatten flossen herein.

David fuhr hoch. Die Gestalt zuckte zusammen. David brüllte, das Brüllen kam aus einer ungeahnten Tiefe. Plötzlich hatte er keine Angst mehr, er rannte mit aufgerissenen Augen zur Tür und …

(hallo, Alter)

David machte die Augen auf. Ihm war kalt, und er war ganz steif. Die Sonne schien ihm ins Gesicht. Er musste blinzeln, um nicht geblendet zu werden.

Er hatte Kopfschmerzen. Der Körper war feucht, als würde er überall schwitzen. Die Haare klebten an der Stirn, er hatte Speichel in den Mundwinkeln, und die Augen waren trocken. Er musste wieder blinzeln. Dann bewegte er den Kopf und sah sich um.

Er hatte die Jacke an und lag in dem unbenutzten Zimmer. Die Tür stand offen, und vom Flur kam ein Luftzug herein. Auf dem Fußboden lag Schnee. David setzte sich langsam auf, prüfte vorsichtig nach, wo es ihm überall wehtat. Dann sah er, dass die Haustür offen stand, nur einen Spalt breit, jedoch weit genug, dass Kälte und Schnee hereingelangen konnten. Der Tisch und der Hocker in dem unbenutzten Zimmer waren zertrümmert, überall lagen Holzsplitter herum, und Teile waren von den Möbeln abgerissen und über das Zimmer verstreut.

David legte die Arme um die Knie und starrte verbissen zum Flur hinaus. Bilder und Geräusche kreisten in seinem Kopf, bis zu dem Moment, als er sich in den Schrank gezwängt hatte. Vor dem, was danach geschehen war, verschloss er mit aller Kraft die Augen.

Ich muss nach Hause, dachte er. Mit dem ganzen Mist beschäftige ich mich später. Jetzt muss ich hier einfach nur weg.

Draußen war es immer noch hell, aber David wusste nicht, wie lange es bis zur Dämmerung noch dauern würde. Er sah weder auf die Uhr noch betrachtete er den Himmel. Die Sonne schien, der Himmel war von einem klaren Blau. Heute war es wärmer, er würde durch den Schnee zurück in das Dorf marschieren können. Er hatte Brieftasche, Schlüssel und Handy zusammengesucht. Mehr brauchte er nicht. Das Touristenbüro konnte ihm seine Taschen, Kleider und Spiele später nachschicken. Er hatte noch zusätzlich Strümpfe und Pullover eingepackt, nun war er bereit.

Nina war nicht gekommen.

»Auf sie kann ich nicht zählen«, sagte er leise, »oder, Zauselchen? Sie ist nicht gekommen. Vielleicht hatte sie ihre Gründe. Aber ich kann nicht auf sie zählen.«

Er richtete sich auf, hielt inne und horchte.

»Zausel?«

Obwohl er ziemlich schnell einsah, dass sie nicht da war, suchte David voller Panik eine halbe Stunde lang nach ihr. Zausel konnte sich gut verstecken, vor allem, wenn sie sauer oder verängstigt war, doch sie war immer in der Nähe. Er hatte stets das Gefühl, dass sie ihn hörte oder beobachtete, wenn er umherirrte und nach ihr suchte. Er konnte sich darauf verlassen, dass sie einfach nur Schabernack mit ihm trieb.

Aber jetzt war sie nirgends zu finden, und das war ihm von vornherein klar. Er lief hinaus und suchte das Grundstück ab. Es fiel ein leichter Nieselregen, die Temperaturen waren auf um die null Grad gesunken, und der Himmel hatte sich grau zugezogen. Ein Teil des Schnees taute vom Regen schon weg. David rief, doch als Antwort erhielt er nur ein Echo. Schließlich musste er reingehen, um sich aufzuwärmen. Als er in die Küche kam, schrie er laut und schlug mit der Faust gegen eine der Küchenschranktüren. Sie zersplitterte, wobei sein Anfall ein ungleichmäßiges Loch hinterließ.

Ist mir scheißegal, dachte er, während er in der Hütte umherlief. Ich muss jetzt aufbrechen. Es ist nur eine Katze. Außerdem kommt sie allein im Wald klar. Verdammt, schließlich ist sie ein Raubtier. Sie braucht mich nicht, sie ist nur faul und kann durchaus Ratten und Mäuse jagen, wenn sie muss.

Aber der Gedanke, die Hütte ohne Zausel zu verlassen, verursachte ihm schreckliche Übelkeit. Er wusste nicht, wo sie war und was ihr zugestoßen sein könnte, und wenn er jetzt einfach ohne sie ging, dann würde ihn das für immer verfolgen.

»Mit wem soll ich dann reden?«, fragte er sich. Er starrte auf die Feuchtigkeit an den Scheiben und auf die Löcher im Schnee, die der Regen aushöhlte.

Vielleicht lag sie verletzt und ängstlich irgendwo im Wald. Vielleicht hatte sie sich verlaufen und war verwirrt, fragte sich, wo David war und wie sie nach Hause finden sollte. Sie musste ihn nur hören oder riechen, dann würde sie schon angelaufen kommen, und sie könnten gemeinsam fliehen.

»Aber es ist doch nur eine Katze!«, sagte er laut. »Ich muss jetzt gehen.« Und Zausel zurücklassen. Zwanzig Kilometer durch den Wald auf einer zugeschneiten Landstraße. Mit allem alleine fertig werden, ohne Zausel … Er meinte, wieder am offenen Grab zu stehen und zu beobachten, wie die Särge hinabgesenkt wurden, wahnsinnig bei dem Gedanken, nicht zu wissen, wohin er nun gehen sollte, wenn die Dunkelheit Nacht für Nacht dichter wurde.

David sah hinaus.

Es wird wiederkommen.

David merkte, wie etwas versuchte, ihm die Füße wegzuziehen. Er hielt sich an der Spüle fest und wäre fast hingefallen. Es ging nicht. Nicht noch eine Nacht. Er war jetzt an der Grenze, konnte sich kaum mehr fassen.

»Ich fackle den ganzen Scheiß hier ab, wenn nötig!«, lachte er.

Da hörte er ein schwaches, langgezogenes Jammern. Ein hohles Rufen, das aus der Tiefe des Waldes zur Hütte drang. Ein qualvolles Jammern.

David blieb stehen und warf einen Blick zur Tür, hinaus auf die Bäume.

Du Teufel, dachte er. Du Teufel.

Was machst du mit meiner Katze? Warum vergreifst du dich an meiner Katze? Was hat meine Katze dir getan? Lass meine beste Freundin in Ruhe. Verdammte feige Ratte, elende mickrige Made, versteck dich nicht die ganze Zeit, komm lieber raus, du kleines Stück Scheiße, ich bin es leid, jetzt reicht es, ich werde nie mehr Angst haben, von jetzt an bist du es, der sich in Acht nehmen muss.

David packte ein Messer und ging hinaus in die Dämmerung.

Zausel schrie. Sie miaute erbärmlich. Rief nach ihm.

Die Sonne war hinter dem Horizont verschwunden, aber man konnte immer noch das Abendlicht sehen. Im Wald war es still, die Bäume standen regungslos, und es gab keinen Wind, nicht einmal eine schwache Brise. Es hatte aufgehört zu regnen, vom Schnee war nicht mehr viel übrig, und in der Luft lag eine grimmige Kälte, die sich um die null Grad bewegte.

David ging langsam zwischen den Bäumen hindurch. Seine Brust schmerzte, und das Atmen fiel ihm schwer. Er wandte sich um und konnte die Hütte zwischen den Ästen erkennen, und plötzlich kam sie ihm sicher und einladend vor. Hier draußen fand er nichts, hier konnte er sich nicht schützen. Aber da drinnen wusste er, wo sich alle Zimmer und Türen befanden.

Zausel rief erneut nach ihm. Es kam ihm weiter weg vor. So laut kann eine Katze nicht schreien, dachte David. Sie muss hier ganz in der Nähe sein. Ich bin nicht weit von ihr entfernt. Als ich sie das erste Mal gehört habe, muss sie ganz in der Nähe der Hütte gewesen sein.

Verdammt, was machst du mit meiner Katze?

Er sah sich um. Die Bäume wuchsen dicht hier, und die Äste griffen ineinander. Es gab dorniges Gestrüpp.

David versuchte auszumachen, woher das Rufen kam. Er entschied sich dafür, kleine Kreise zu machen und die Hütte im Blick zu behalten. Da kam ihm wieder das Messer in den Sinn, und einen Moment lang kam er sich blöd vor, vielleicht machte er ja aus einer Mücke einen Elefanten. Aber dann fiel ihm wieder alles ein, und als er Zausels Rufen vernahm, wurde sein Griff fester.

David ging weiter. Die Füße waren schwer. Die Schatten wurden länger. Es klang so, als wäre Zausel nicht weiter weg als hinter den Bäumen da vorn. In ein paar Minuten würde er sie gefunden haben, und dann würden sie schnell zurück zu Hütte gehen. Und dann würden sie …

Er stolperte über eine Wurzel und fiel vornüber mit dem Gesicht in den Schneematsch. Dabei verlor er das Messer und meinte wilde Rufe und Lachen zu hören. Sogleich war er wieder auf den Beinen und fuhr herum, drehte sich einmal um sich selbst. Dann beugte er sich hinab und hob das Messer auf. Es war feucht und kalt. Er wischte das Blatt ein paarmal an der Hose ab und hielt es dann vor sich. Er sah sein eigenes Spiegelbild, die dunklen Augen sahen ihn abschätzend an.

»Glaubst du, ich kapiere nicht, was hier abgeht?«, flüsterte er und beugte sich ein wenig nach vorn. »Glaubst du, ich bin blöd?« Er hielt das Messer schräg, dass er seinen Mund sehen konnte, und stellte fest, dass er grinste. Er senkte das Messer und sah sich um.

Jetzt würde das letzte Dämmerungslicht bald verschwunden sein. Es schien sehr schnell zu gehen. Alles hatte schon dunkle Konturen und eine bläuliche Färbung angenommen. David hatte Gefühl, sich erst wenige Minuten außerhalb der Hütte aufzuhalten, aber jetzt kam es ihm auf einmal viel länger vor. Er wandte sich in Richtung Haus, sah aber nur Äste und Bäume.

Ganz ruhig, dachte er. Dort drüben ist die Hütte. Ich bin nur ein paar Schritte gelaufen und bin kurz hingefallen. Dort drüben ist sie.

(jemand da)

David umklammerte das Messer und schloss ganz fest die Augen. »Nein«, flüsterte er. »Nein.«

Es wurde wieder kalt. Eine schwache Kälte glitt an ihm vorbei, bewegte sich um ihn herum und kroch unter seine Kleider, durch die Haut hindurch, und legte sich wie kalte Finger um sein Skelett. Er hörte das gellende Lachen und wankte rückwärts mit den Armen vor dem Gesicht. Er wurde in eine Ecke gezwängt.

»Nein!«

Er schlug mit den Armen um sich und schnitt mit dem Messer einen Zweig ab. David schrie und hieb noch einen Ast ab. Das Lachen verschwand.

Er stand still und nahm ein paar tiefe Atemzüge. Dann sah er aus den Augenwinkeln, wie sich etwas bewegte. Etwas wuchs aus den Schatten empor. Vielleicht hatte es schon lange dort gestanden, aber jetzt nahm es Form an. David streckte das Messer vor. Dann tastete er langsam nach der Taschenlampe, und es gelang ihm, sie aus der Tasche zu holen, während er flüchtig wahrnahm, wie die Gestalt langsam näher rückte.

David schaltete die Lampe ein und fuhr herum. Er hieb mit dem Messer in die Luft, und als das Licht die Dunkelheit durchschnitt, erwachte alles zum Leben. Es wuchs und sank wieder zurück. Er konnte nichts erkennen und stolperte rückwärts. Wieder rutschte er aus und fiel auf den Rücken. Es kam ihm so vor, als würde es direkt an dem Baum stehen und sich über ihn beugen. Er rollte im Schnee herum, kam auf die Füße und rannte weg. Die Äste schlugen ihm gegen die Wangen und rissen ihm Wunden in die Stirn, griffen nach seinen Haaren und verwickelten sich darin. Schließlich blieb er atemlos stehen und lehnte sich gegen einen Baum.

Zunächst dachte er an gar nichts. Er atmete nur und sah sich mit aufgerissenen Augen um. Er war durchgeschwitzt und nass vom Schnee und hielt immer noch das Messer und die Taschenlampe fest umklammert. Er schwenkte die Taschenlampe und sah, dass es jetzt Nacht war.

Verdammt, wie ist es nur Nacht geworden?, dachte David. Wann zum Teufel ist es so verdammt dunkel geworden? Er spürte einen Kloß im Hals, es kamen ihm Tränen, aber er weinte nicht.

Wo bin ich? Er versuchte, sich an etwas zu erinnern, nach dem kleinsten Hinweis zu suchen, der ihn auf einen Weg zurückführen konnte, nach einem außergewöhnlichen Stein oder einem besonderen Baum Ausschau zu halten, der als Orientierungshilfe dienen könnte. Aber alles war nur groß und knorrig, nichts kam ihm bekannt vor. Es existierte einzig und allein die große Schwärze, wo er jetzt war, wo er immer gewesen war.

Ob es wohl noch etwas anderes gibt?, dachte er. Vielleicht

habe ich mir das andere nur eingebildet und mich selbst betrogen. Vielleicht existiert nur das hier. In dem Fall … warum sollte ich dagegen ankämpfen? Wenn ich doch die ganze Zeit hier gewesen bin.

Er sank auf den Boden, den Rücken an den Baum gelehnt. Ich glaube nicht, dachte er, ich glaube nicht … dass ich es noch länger aushalte.

David schloss die Augen.

(oooh Daaaviiid …)

Er schlug die Augen wieder auf. Hinter einem Baum, ein paar Meter von ihm entfernt, sah es hervor. David hob die Taschenlampe, und es verschwand.

Zausel schrie.

Sie war ganz nah.

Es war ein wirklicher Laut. Zausel war keine Erfindung. Sie existierte, und jetzt war sie es, die ihn brauchte. Nach allem, was sie für David getan hatte, war er jetzt an der Reihe, sie zu retten.

Er zog sich auf die Füße hoch, die Taschenlampe immer noch geradeaus gerichtet. Die Angst kämpfte mit der Wut. Ein Teil wollte ihn wieder auf den Boden drücken und ihn schlagen, bis er zu einem verängstigten Kind wurde, ein anderer Teil wollte ihn zwingen, aufzustehen und sich durch die Schatten zu schlagen und den Horror dem Erdboden gleichzumachen.

David ging weiter. Die Schritte fühlten sich immer noch schwer an, aber er zwang sich, weiterzugehen. Er näherte sich dem Baum, doch als er mit der Taschenlampe die Umgebung ableuchtete, sah er nur die Nacht. Zausel rief immer noch nach ihm. Sie kam immer näher, und David ging schneller. Jetzt komme ich, Zausel, jetzt werden wir bald von hier verschwinden, und dann ist alles vorbei.

Das Licht der Taschenlampe fiel auf einen großen Stein. Da saß sie, schwarz und zerzaust von der Nässe, und presste sich mit großen Augen an den Stein. David musste plötzlich lachen, auch wenn es mehr wie ein Krächzen klang. Zausel zuckte zusammen, und er sah, dass alle ihre Muskeln angespannt waren.

»Komm, Zauselchen. Komm jetzt, wir müssen schnell hier weg.«

Aber Zausel rührte sich nicht. Sie starrte David an und fauchte.

»Komm schon, Mädchen. Komm jetzt.«

Sie miaute laut und knurrte.

»Ich weiß, ich verstehe schon. Aber jetzt komm her!«

Als er einen Schritt näher kam, kauerte sie sich noch mehr zusammen und bleckte die Zähne. Die Ohren lagen dicht am Kopf. David und Zausel sahen sich in die Augen.

»Zausel!«

Plötzlich verspürte er wieder die Kälte. Die Dunkelheit um ihn schien zu wachsen und dichter zu werden, als würden die Schatten sich gegenseitig verzehren. Er schwenkte die Taschenlampe, sah nichts, wusste aber dennoch, dass es da war.

»Zausel! Wir müssen hier weg!«

Er trat näher, aber sie jaulte ihn an, hob eine Pfote und fuhr ihre scharfen Krallen aus. »Zausel, Verdammt!«

Und plötzlich war es da. Am Rand seines Gesichtsfeldes glitt es zwischen den Bäumen hervor. David weigerte sich hinzusehen. Er hielt die Taschenlampe in die Richtung der Gestalt, während er sich gleichzeitig Zausel schnappte. Sie strampelte und fauchte. Und als er loslief, kratzte sie ihn. Er musste sie fest an seinen Körper drücken, damit sie sich ihm nicht entwinden konnte, und das machte sie nur noch wilder. Niemals zuvor hatte sie solche tiefen Laute von sich gegeben, aber er konnte nichts tun, um sie zu beruhigen.

Sie rannten. Hinter ihnen wuchs die Gestalt an, und jetzt bewegte sie sich nicht mehr langsam und verhalten fort, sondern raste hinter ihnen her, als würde sie exakt Davids Spur folgen. David spürte, wie sie unausweichlich näher kam, und er wusste nicht, wohin sie liefen. Die Hütte war nicht mehr zu sehen, und er rannte nur noch. Ringsherum kreischten und lachten die Dämonen. Sie tauchten hinter den Bäumen auf und umkreisten ihn. Er schrie und rief nach seinen Eltern, fiel hin und stand wieder auf, die Äste peitschten ihm ins Gesicht, und schließlich funktionierten die Beine nicht mehr. Sie gaben nach, und er sackte am Fuße eines Berges in sich zusammen.

Es näherte sich ihm von hinten. Mittlerweile war es langsamer geworden. David kroch das letzte Stück zu einem Fels und schlug mit den Händen auf den Stein. Er ließ Zausel, die Taschenlampe und das Messer fallen. Zausel blieb liegen und jammerte leise. Sie bewegte sich so gut wie gar nicht mehr.

»Bist du verletzt, Zausel? Habe ich dich zu fest gehalten? Oh Gott, mein Zauselchen, entschuldige, es tut mir leid … liebes Zauselchen …« Er verbarg das Gesicht in ihrem Fell, um ihre Wärme zu spüren, aber es war nur kalt und feucht. Sie fuhr zusammen und fauchte ihn an, schlug mit den

Krallen nach ihm und versuchte, ihn zu beißen. Er zuckte zurück.

Dann drehte er sich um.

Jetzt bewegte es sich sehr langsam. Manchmal schien es zwischen den Schatten zu verschwinden, als würde es in die Dunkelheit eintauchen und wieder aus ihr heraustreten.

»Wer bist du?«, schrie David. »Was willst du? Kannst du mich nicht in Ruhe lassen? Bitte!«

Er wollte sich schützen, sich zusammenkauern und die Arme um den Körper schlingen, doch er saß wie paralysiert da, während es näher kroch.

»Ich habe solche Angst … solche Angst … warum tust du mir das an …«

Er streckte sich nach Zausel aus und nahm sie hoch. Drückte sie fest an sich. Sie versuchte, Widerstand zu leisten, doch das merkte er kaum.

»Lass mich in Ruhe. Lass mich und meine Katze in Ruhe.«

Zausel schrie wieder.

»Sie hat dir nichts getan! Lass sie in Ruhe!« Er hielt sie noch fester. Dann, als die Gestalt sich ihnen entgegenstreckte, schloss er ganz fest die Augen. Es war, als wollte sie ihn umschließen, ihn umarmen, eins mit ihm werden.

David verspürte eine unbezähmbare Wut. Einen Wahnsinn, der in einem Augenblick alles Entsetzen in Stücke schlug und ihn nur noch mit Hass erfüllte. Er schlug die Augen wieder auf, jetzt war es da, angekommen, über ihm. Er packte das Messer und warf sich nach vorn.

David erwachte mit dem Rücken an den Berg gelehnt. Er saß mit weit gespreizten Beinen da, den Kopf in einem unbequemen Winkel geneigt. Der Nacken war steif, er war durchnässt, und ihm war kalt.

Er blinzelte in das starke Licht. Die Sonne stand am blauen Himmel. Es hatte aufgehört zu regnen, und große Teile des Schnees waren weggeschmolzen. In der Nähe hörte er Vögel, es war fast, als läge Frühling in der Luft.

David bewegte die Beine. Die Glieder taten ihm weh. Er beugte sich vor und spürte, wie es im Rücken knackte. Während er sich reckte und versuchte, die Blutzirkulation und die Wärme im Körper in Gang zu bringen, kehrten allmählich die Bilder von der Nacht zurück.

Sie waren undeutlich. Vieles war schwarz, er erinnerte sich an hysterische Schreie und an die Angst. Mit der Sonne und den Vögeln in einem frisch duftenden Wald, fragte er sich, ob er das nicht alles geträumt hatte. Vielleicht hatte er wieder zu viel getrunken, war aus der Hütte getorkelt und hatte gedacht: »Jetzt werde ich diesen elenden Feigling ein für alle Mal …, den da im Wald … nie mehr …«

Er zuckte zusammen, als hätte ihm jemand in den Bauch geschlagen. Er erinnerte sich. Es war wirklich. Es war geschehen. Er versuchte, die Details festzuhalten, aber sie entglitten ihm, oder er verdrängte sie, um sich seinen Verstand noch einen Tag länger zu bewahren.

Aber ich lebe, dachte er. Ich kann immer noch hier rauskommen. Ich kann hier weg, ich nehme meine Sachen und haue ab. Warum habe ich das gestern nicht gemacht, warum bin ich nur in den Wald gegangen?

Zausel.

»Zausel!«

Schnell stand er auf. Es tat weh, er verzog das Gesicht und musste sich gegen die Bergwand lehnen. Wenn es ein paar Grad kälter gewesen wäre, dachte er, wäre ich vielleicht erfroren. Aber ich bin nicht erfroren. David kicherte. Nein, das bin ich nicht. Ich bin immer noch hier, du Aas, und wir sind noch nicht fertig miteinander.

»Zausel!«

Plötzlich bekam er Panik. Wieder rauschten die Bilder vorbei, aber er sah nur einen großen Schatten, hörte nur ein tiefes Brüllen, sah ein Messer, Blut und andere Dinge.

Ich muss Zausel finden, dachte er. Ohne sie geht es nicht. Ohne sie ist alles egal. Zausel braucht mich. Das bin ich ihr schuldig. Sie ist mein bester Freund.

»Zausel!«

Die Stimme wurde brüchig. Er verspürte einen Schmerz, und er versuchte, nicht daran zu denken, aber es ging nicht, es drängte sich vor und baute sich vor ihm wie eine mit Feuer geschriebene Schrift auf.

»Sie darf nicht tot sein«, murmelte er. »Sie darf nicht tot

sein. Sie ist nicht tot. Bitte, sie ist nicht tot, oder? Zausel darf nicht tot sein.«

David stolperte durch den Wald, immer im Kreis herum, ohne Sinn oder Plan. Er irrte umher und rief nach ihr, bemerkte nicht, dass seine Hände voll getrocknetem Blut waren, dass er Kratzwunden von Krallen im Gesicht hatte.

David suchte weiter und rief nach ihr.

Und dann fand er sie.

Er fiel auf die Knie und starrte mit leerem Blick auf das, was vor ihm lag. Was einmal seine geliebte Katze gewesen war. Seine beste Freundin.

»Zausel.«

Es gab niemanden mehr, mit dem er gemeinsam weinen konnte. Jetzt merkte er nur, wie ein großes Stück aus ihm herausgeschnitten wurde, als würde der Schmerz rein physisch wachsen, während er sich über Zausel beugte und das Gesicht in dem strubbeligen Fell verbarg.

Wir zwei hätten in der Hütte sein sollen, dachte David, hier oben in dem beschissenen Norrland in Kackschweden, wir zwei gegen die Dunkelheit, Zausel, so wie es immer war. Du kommst und legst dich zu mir und vertreibst das Böse, so dass ich etwas schlafen kann. Ich höre dich schnurren, fühle die Wärme und weiß, dass alles in Ordnung ist. Verdammt, genauso war es, bis du beschlossen hast, durchzuknallen und auch Angst zu haben. Warum konntest du dich nicht zusammenreißen, damit wenigstens einer von uns immer stark wäre?

David umfasste ihr Fell. Er massierte den kalten Körper,

der hart und steif war. Das eine Auge fehlte. Ihr Unterkiefer war abgerissen. Im Bauch waren zwei große Löcher. Ringsherum auf dem Boden lagen Fellbüschel und Teile des Schwanzes.

David sah zum Himmel und öffnete den Mund. So saß er eine Weile da und merkte, wie alle Hoffnung ihn verließ, wie einsam er in der Welt war, und dass alles, was außerhalb dieser Bäume geschehen war, nur eine Fantasie war. Hier war seine Ewigkeit, und jetzt konnte er nicht mehr. Die Fantasien mussten sterben, und dann würde es zu Ende sein.

Als er den Blick wieder senkte, sah er das Messer. Es lag in der Nähe von Zausels Körper, von der Erde ganz schmutzig. Er kroch dorthin und packte es fest mit der einen Hand. Er erhaschte ein Stück von seinem Spiegelbild. Die Augen, die ihn anstarrten, hatten denselben Ausdruck wie am Tag zuvor, aber jetzt waren sie riesig und aufgerissen.

So wird es nicht davonkommen, dachte David. Das kann nicht das Ende sein. Mein ganzes Leben lang bin ich gequält worden. Jetzt werde ich nicht aufgeben. Und sei es nur um Zausels willen. Und für Mama und Papa.

David hob Zausel hoch und ging durch den Wald. Er hatte keine Ahnung, wo er war, ging aber geradeaus, bog auf einen Pfad ein und fand zurück zum Haus. Vor der Tür grub er ein Loch und legte Zausel vorsichtig hinein. Er strich ihr über das Fell, und jedes Mal, wenn er aufhören wollte, konnte er es nicht. Nur noch ein Mal.

Schließlich zog er die Hand zurück. Langsam bedeckte er Zausels Körper mit Erde, bis sie nicht mehr zu sehen war. Dann glättete er den Boden, pflückte ein paar Äste und Zweige und legte sie um ihr Grab. Dann sank er auf die

Knie. Das war schön, denn es fühlte sich so wirklich an. Zu trauern war etwas, was richtige Menschen taten. Ich würde alles tun, wenn ich nur Zausel zurückbekäme, dachte er, und konzentrierte sich auf andere Gedanken, von denen er wusste, dass man sie dachte, wenn jemand gestorben war.

Nach einer Weile stand er auf, strich sich über das Gesicht und ging in die Hütte und geradewegs ins Badezimmer, wo er sich wusch. Das Blut lief von den Händen herab. Er machte die Fingernägel sauber. Dann spritzte er sich Wasser ins Gesicht, rieb die Flecken von der Haut und machte die Kratzspuren sauber. Dann zog er die Jacke an, betrachtete die roten Flecken, die überall waren, und runzelte die Stirn. Er warf die Jacke in eine Ecke und vergaß sie sofort. Das Messer machte er unter dem Hahn in der Küche sauber. Er musste lange reiben, bis der ganze Schmutz ab war. Nachdem er fertig war, legte er das Messer in warmes Wasser. Dann setzte er sich auf den Küchenstuhl und sah zur Eingangstür.

Sie stand einen Spalt weit offen. David stand nicht auf, um sie zu schließen. Die Dunkelheit rückte näher. Und jetzt war sie willkommen.

Seit er ein kleiner Junge war, hat er sich eine Katze gewünscht. Und jetzt hat er eine junge Katze gekauft. Es ist eine ganz gewöhnliche Katze vom Bauern. Die Mutter ist eine vornehme norwegische Waldkatze, die zusammen mit einer Familie in einer großen weißen Villa auf dem Land wohnt. Niemand weiß, wer der Vater ist.

»Ich will dreihundert Kronen für sie«, sagt die Frau in der weißen Villa am Telefon.

»Aber ich kann überall junge Katzen umsonst kriegen«, antwortet er. »Warum wollen Sie dreihundert?«

»Wenn Sie bereit sind, dreihundert für sie zu zahlen, werden Sie sie weder den Schlangen zum Fraß vorwerfen noch aussetzen. Wenn Sie dreihundert bezahlen, meinen Sie es ernst. Dann wollen Sie wahrscheinlich eine Katze haben.«

Er fährt zu dem Haus, um sich den kleinen Fellball anzusehen, der letzte, der aus einem Wurf von vier Kätzchen noch übrig ist. Sie ist schwarz und zerzaust. Als sie ihn sieht, kommt sie mit großen blauen Augen zu ihm und stupst mit der Nase an seine Hand. Dann miaut sie, stellt sich auf die Hinterpfoten und schmiegt sich an sein Knie. Sie betrachtet sein Gesicht, ihr Blick wandert hin und her, dann versinkt er in seinen dunklen Augen.

Er sieht sie an.

»Ich nehme sie«, sagt er. »Hat sie einen Namen?«

»Nein«, antwortet die Frau. »Den müssen Sie sich selbst ausdenken. Sie ist erst elf Wochen alt.«

Er nimmt sie mit nach Hause in die Wohnung. Die Sonne scheint durch das Fenster auf den Holzfußboden. Die Katze rennt fröhlich auf dem warmen Parkett herum und blickt sich die ganze Zeit nach ihm um. Sie will, dass er bei ihr ist. Er lacht und setzt sich auf den Boden. Sie rennt auf ihn zu und springt auf seinen Schoß. Dann läuft sie wieder weg und schiebt sich unter das Sofa. Er hört, wie sie sich vorarbeitet, dann taucht sie am anderen Ende auf und vergewissert sich, dass er sie dabei beobachtet. Er lächelt.

Später schläft sie mitten auf dem Boden auf dem Rücken ein. Sie streckt die Pfoten in die Luft, und ihr Bauch ist entblößt. Die Sonne wärmt sie. Er bastelt ein Spielzeug aus Papier und Schnur und setzt sich neben sie und krault ihr vorsichtig den Bauch. Sie wacht nicht auf, bewegt sich aber im Schlaf und beginnt zu schnurren.

Nach einer Weile ist sie wieder wach. Er zieht das Spielzeug über den Boden, und sie rennt hinterher, schlägt danach mit den Pfoten, wirft sich nach vorn und hält es mit Zähnen und Krallen fest. Er lacht wieder, er kann nicht genug kriegen, kann ihr stundenlang zuschauen, ohne dass es ihm langweilig wird. Manchmal hört sie auf zu spielen und sieht ihn an. Still, abwartend, mit einer Haltung, die er nur von einer erwachsenen Katze erwartet hätte. Dann kommt sie an, klettert auf sein Knie und springt auf seine Schulter. Sie stupst ihn mit der Nase ins Ohr.

Er krault sie vorsichtig hinter den Ohren.

»Du bist so zerzaust«, sagt er. »Du bist einfach wie ein großer zerzauster Fellball.«

Er sinkt langsam auf den Rücken. Sie kriecht auf seine Brust und legt sich mit den Pfoten an seinen Kopf. Sie sehen sich an.

»Zausel«, sagte er. »Das ist ein guter Name. Du wirst Zausel heißen. Mein Zauselchen.«

Sie miaut, als würde ihr der Name gefallen. Sie will gerne Zausel heißen. Sie leckt sich die Pfoten. Dann dreht sie sich um und schaut angestrengt zum Fenster und in die Sonne hinaus. Als würde sie auf etwas warten und Ausschau halten.

Gerade ist dort nichts zu sehen. Doch bald wird die Sonne untergehen. Dann kommen die Schatten. Es scheint, als habe Zausel das schon verstanden. Sie kann sie bereits sehen. Aber jetzt wohnt sie hier. Und solange sie zu bestimmen hat, ist es am sichersten für sie, sich fernzuhalten.

Er schließt die Augen. Legt seine Hand sanft auf Zausel. Sie rollt sich in seinem Arm zusammen. Sie schlafen zusammen ein.

NICHT SCHWARZ WERDEN

Es war immer noch hell, als das Auto vor der Hütte vorfuhr. David hörte es, rührte sich aber nicht. Die Autotür ging auf und wurde wieder zugeschlagen, dann hörte man ein Geräusch, als würde jemand die Tür noch einmal besonders fest zuschlagen. Und leises Fluchen von einer Frau.

Schritte kamen zur Tür und blieben davor stehen. Ein paar Sekunden Stille. Es schien immer noch die Sonne, und der Himmel war klar und blau. Aber die Vögel waren verstummt, und am Horizont sah man dunkle Wolken.

Die Tür ging langsam auf.

»Hallo?«

Nina steckte den Kopf zur Tür herein.

»David?«

Aha, dachte er. Jetzt hat sie sich endlich bequemt, hierher zu kommen.

Sie schob die Tür ganz auf und trat über die Schwelle, blieb dann aber stehen. »David, wie geht es dir?«

Als er nicht antwortete, sah sie ihn besorgt an. »Du siehst furchtbar aus. Was ist denn passiert? Wie geht es dir? Ist alles in Ordnung?«

Er starrte sie an. Auf einmal sah sie verärgert aus und wandte den Blick ab. »Es ging nicht früher. Ich bin so schnell gekommen, wie ich konnte. Ich habe versucht, dich anzurufen, aber man kann dich ja nicht erreichen.«

Sie kam herein und machte die Tür hinter sich zu.

»Lass sie offen«, sagte David.

»Aber …«

»Nur einen Spaltbreit, das genügt schon.«

Nina schien einen Moment lang zu zögern, doch dann machte sie, was David verlangte. Sie stellte sich in die Tür zur Küche und lehnte sich mit der Schulter an den Türrahmen. »Also … wie gesagt, jetzt bin ich hier. Sollen wir los? Du siehst aus, als würde dir ein Bad und ein Glas Wein guttun.«

David sagte nichts. Er sank zurück und verschränkte die Arme. Nina verdrehte die Augen. »Jetzt sieh mich nicht so an. Ich bin so schnell gekommen, wie ich konnte, okay? Jetzt bin ich hier. Ich weiß, dass ich versprochen habe, früher zu kommen, aber jetzt bin ich hier und … und … ja.«

Sie seufzte, ging in die Küche und setzte sich auf einen Stuhl am Tisch. »Warum sitzt du denn da so herum?«, fragte sie. »Mitten im Zimmer?« Aber sie schien keine Antwort zu erwarten. Sie sah aus dem Fenster und bekam einen etwas zögernden Blick.

»Natürlich war ich drauf und dran, gar nicht zu kommen«, sagte sie nach einer Weile. »Ich war kurz davor, gar nicht zu kommen. Schließlich haben wir ein Räumfahrzeug im Hotel. Das hätte ich auch nehmen können. Manchmal machen wir das, zusammen mit dem Touristbüro. Es wäre also kein Problem für mich gewesen, hierherzukommen. Nicht so beschwerlich, wie man meinen könnte.«

David sah Nina an, und sie bemerkte seinen dunklen Blick. Sie schaute ihn einen Moment lang an und blickte dann zur Seite.

»Niemand ist ohne Furcht, David, und ich am allerwenigsten.« Sie rieb sich mit den Fingern die Stirn. »Ich habe gedacht, dass du mir eigentlich scheißegal bist. Du rufst an, bist unverschämt, meckerst und schreist rum wie ein kleines Kind. Ich weiß, was mit dir los ist, dass du Angst vor der Dunkelheit hast und dabei bist durchzuknallen, aber das ist nicht meine Schuld. Kapierst du das nicht, David? Es ist nicht meine Schuld.«

Er schwieg. Nina fuhr fort: »Ich war sauer auf dich, und als ich schlafen ging, habe ich gedacht, dass du ein Schwein bist, mich einfach anzurufen und so zu drangsalieren. Dir schien völlig egal zu sein, dass ich mich auch noch um andere Sachen kümmern muss. Ich sollte alles liegen und stehen lassen und Eure Hoheit aus dem Wald holen.«

Sie starrte ihn an. Er verzog keine Miene. »Du bist so ein Egoist.« Dann fuhr sie sich mit der Hand durchs Haar. »Und natürlich konnte ich nicht einschlafen, weil ich die ganze Zeit darüber nachdachte, wie sauer ich auf dich bin. Schließlich bin ich doch eingeschlafen. Als ich mir am nächsten Morgen meinen Kaffee gemacht habe, ging mir durch den Kopf, dass du meinetwegen ruhig da draußen in der Hütte verrecken könntest. Das hättest du verdient. Ja … dann überlegte ich, dass ich dich trotzdem anrufen könnte, nur um dir zu sagen, dass es eigentlich keine große Sache ist, ins Dorf zu laufen oder das Touristbüro anzurufen, damit sie dich abholen. Du scheinst ja Geld zu haben, du kannst dir so was leisten. Also habe ich angerufen, und als ich nicht durchkam, fiel mir ein, dass du hier in der Hütte kein Netz hast.«

Sie fuhr sich mit der Hand über das Gesicht. »Plötzlich wurde ich sehr unruhig. Ich habe fast Panik gekriegt. Mit einem Mal hatte ich dir alles verziehen und wollte unbedingt wissen, ob es dir gutging. Obwohl ich dich nach wie vor für einen Idioten halte, musste ich erst wissen, ob es dir gutging.«

Sie stand auf und fing an, auf und ab zu gehen. David folgte ihr mit seinem Blick. »Verdammt, wer bist du, David? Du kommst hierher, drehst durch, sagst komische Sachen und bist seltsam. Dafür habe ich einfach keine Zeit, okay? Ich habe keine Zeit für dich. In meinem Leben gibt es keinen Platz für dich. Kapierst du das?«

Sie blieb stehen und wandte sich ihm zu. Er bemerkte ihren verwirrten Blick. »Kapierst du das, David? Ich will dich hier nicht haben! Du machst alles kaputt!« Sie breitete die Arme aus und ließ sie wieder fallen. »Ich habe mich nur gefragt, wie es dir geht, und gehofft, dass mit dir alles in Ordnung ist. Ich war genervt wegen deinem blöden Handy, dass man dich nicht anrufen kann, und wegen deinen Autoschlüsseln, die du verloren hast. Und dann erinnerte ich mich an den Stromausfall, und ich dachte, Scheiße, jetzt ist David in der Dunkelheit ganz alleine.«

Nina wischte sich mit dem Pulloverärmel über das eine Auge. »Ja, das ging mir durch den Kopf. David, der solche Angst vor der Dunkelheit hat. Nun sitzt er ohne Licht, ohne alles in der Hütte. Er ist ganz allein. Und jetzt bin ich hier.

Ich habe keine Zeit, an so was zu denken, David. Ich habe keine Zeit.«

Sie seufzte und senkte den Kopf. Sie schniefte kurz, holte Luft und fasste sich. Dann schüttelte sie den Kopf. »Ich weiß nicht, was wir jetzt tun sollen, David. Ich weiß nur, dass ich schreckliche Angst habe. Ich verliere die Kontrolle. Aber das ist jetzt scheißegal, wir hauen jetzt ab, oder? Komm, David. Du musst nicht länger in der Dunkelheit sitzen. Komm, wir gehen. Fahr mit mir mit. Wir fahren ins Dorf zurück. Holen Pizza, haben Sex, buchen eine Reise. Komm jetzt, David.«

Sie sah ihn an. David warf ihr einen derart mürrischen Blick zu, dass sie einen kleinen Schritt zurück machte.

»David? Was ist denn los? Wieso sagst du nichts?«

Sie sah sich um. »Wo ist Zausel?«, fragte sie. »Schläft sie?«

David stand auf. Er ging zum Küchenfenster und lehnte sich an die Spüle, während er hinausschaute. Das Licht draußen wurde schwächer. Als er schließlich antwortete, sprach er ganz langsam.

»Es ist in der Nacht, als ich neun Jahre alt, das erste Mal passiert. Und seitdem bin ich geflohen.«

Er hörte Nina hinter sich atmen.

»David … wir fahren jetzt. Komm schon. Hol Zausel und deine Sachen, und dann fahren wir. Es wird noch eine Weile hell sein. Wir schaffen es noch vor der Dunkelheit.«

»Weißt du, was mich am meisten daran verängstigt hat, Angst vor der Dunkelheit zu haben, Nina?«

Sie ging zu ihm. Er vermied ihren Blick und sah weiter aus dem Fenster.

»Nein, David, erzähl es mir.«

»Wie vollkommen wahnsinnig vor Angst ich werden konnte. Besinnungslos. Ich hatte Angst vor mir selbst.«

Nina legte David eine Hand auf die Schulter und beugte sich zu ihm vor.

»Es ist dein Kopf, der dir einen Streich spielt. Du versuchst, die ganze Scheiße loszuwerden. Und das ist gut. Das ist mutig. Du bist tougher als die meisten, die ich kenne. Aber es funktioniert nicht und wird nur schlimmer. Komm jetzt, David, lass uns fahren.«

Aber David schüttelte den Kopf.

»Nein, Nina. Du verstehst nicht.«

»Was verstehe ich nicht?«

»Ich habe keine Angst mehr.« Er sah sie an. Sie trat einen Schritt zurück. Seine Augen waren dunkler, die Pupillen größer.

»David … wo ist Zausel?«

»Woher willst du wissen, was existiert und was nicht, Nina? Hast du noch nie das Gefühl gehabt, von Schatten beobachtet zu werden? Irgendwann musst du auch mal begriffen haben, wovor du dich fürchtest, was dich verfolgt. Du bereist die ganze Welt, um davor zu fliehen, du arbeitest dich tot in einem Hotel, um dich damit nicht beschäftigen zu müssen. Ständig hast du einen neuen Freund, um bloß nicht stehen bleiben zu müssen.«

»So funktioniert das nicht«, wiederholte Nina. »Und jetzt fängst du an, mir Angst zu machen, ich kriege Angst vor dir. Du bist seltsam, David. Ich glaube, dass du von jemand anders Hilfe brauchst als von diesem Hobbypsychologen, der dich hierher gelockt hat. Ich sage es jetzt nur noch einmal: Komm mit mir ins Dorf zurück.«

»Ich glaube, es ist besser, wenn du jetzt gehst.«

»Du kannst nicht hierbleiben, David. Du drehst durch.«

David machte einen Schritt auf sie zu. Nina zitterte, aber sie blieb stehen. Er stand ihr im Weg. Sie würde nicht an ihm vorbeirennen können, ohne dass er sie festhalten konnte.

»Spielt das eine Rolle, Nina? Ich werde nie wieder Angst vor der Dunkelheit haben, nie wieder.«

»Gut für dich«, murmelte sie und schob ihn beiseite, als sie vorbeiging. Er hielt sie nicht auf. Als sie in den Flur kam, drehte sie sich um und sagte: »Und wo ist Zausel?«

David antwortete nicht.

»Wo ist sie, David? Zeig sie mir. Hol sie.«

»Das wird schwierig.«

Nina ging wieder in die Küche. Sie war rot im Gesicht.

»Was zum Teufel hast du getan, David? Was machst du hier? Wo ist deine Katze?«

»Nina, geh jetzt. Bald wird es dunkel. Geh jetzt.«

»Es ist mir scheißegal, ob es dunkel wird. Ich habe keine Angst vor irgendwelchen Schatten. Ich bin kein verdammtes Kleinkind so wie du, der mit einer Taschenlampe unter der Decke heult und …«

David machte zwei Schritte auf sie zu und stieß sie mit voller Wucht gegen die Wand. Sie schlug sich den Kopf an und sank auf den Fußboden. Seine Augen waren schwarz, seine Schläfen pochten. Nina stand langsam auf, sie sagte nichts. Als sie aufrecht stand, schob sie sich auf den Flur hinaus. David folgte ihr nicht.

»Was hast du gemacht, David? Was hast du gemacht?«

Er machte einen Schritt auf sie zu, aber sie zog den Arm zurück und schlug ihm mit der geballten Faust mitten ins

Gesicht. Er stolperte rückwärts und hielt sich an der Spüle fest.

»Ich gehe jetzt«, sagte Nina. Sie massierte ihre Faust. »Du kannst von mir aus hier sitzen bleiben und heute Nacht verrecken. Ich bereue, dass ich hierher gekommen bin und mich von dir habe so behandeln lassen. Du bist genau wie alle anderen die Mühe nicht wert.«

Dann ging sie, ohne die Tür hinter sich zu schließen. David blieb stehen. Blut lief aus seiner Nase. Er wischte es mit dem Pullover weg. Während Nina hastig den Volvo startete, so dass die Reifen durchdrehten, als sie davonfuhr, setzte sich David wieder auf den Stuhl in der Küche und schaute weiterhin auf die jetzt weit offene Eingangstür.

Die Sonne würde bald untergehen. Die Schatten wuchsen über den Boden und über die Hütte.

David saß still auf dem Stuhl. Das Messer lag wieder auf dem Küchentisch. Die Eingangstür war immer noch offen. Es hatte wieder angefangen zu schneien. Der Schnee fiel langsam, und es bildete sich eine dünne Schneedecke. Kalte Luft zog über den Fußboden um Davids Füße herein. Etwas befand sich in der Nähe und schlug auf etwas ein. Ein unregelmäßiges, aber wiederkehrendes Geräusch.

Rums, rums.

Er fragte sich, was Zausel wohl jetzt machte, und stellte sich vor, wie sie aus dem Wohnzimmer angelaufen kam, nachdem sie auf dem Sofa in der Sonne geschlafen hatte. Verschlafen, mit halb geschlossenen Augen und trägem Gang läuft sie in die Küche, während sie ein beleidigtes Miauen ausstößt. Wann kriege ich was zu fressen? Hast du das Wasser ausgetauscht? Hast du mein Klo sauber gemacht? Bei dieser Vorstellung musste David lauthals loslachen. Er schnappte nach Luft, verschluckte sich und musste husten.

»Zausel …« Er legte die Hand an die Stirn.

Rums, rums.

Er schloss die Augen. Sie brannten, und alles tat ihm weh. Er verspürte einen schwachen Gestank, wahrscheinlich war er es, der so roch. Schweiß, Blut, Feuchtigkeit. Die Kleider waren dreckig und zerrissen. Das spielt keine Rolle mehr, dachte David. Das hat es noch nie getan.

»Verdammt, was ist das für ein Geräusch?«, rief er und packte das Messer. Es klang, als würde es aus dem Flur kommen.

Er stand auf und ging hinaus, um nachzusehen. Die Tür zu dem unbenutzten Zimmer stand offen. Durch den Luftzug von der Eingangstür schlug sie immer wieder an den Türrahmen. Die Tür öffnete und schloss sich. Rums rums. Die Splitter von dem kaputten Tisch lagen immer noch in dem unbenutzten Zimmer.

David zog die Tür mit einem Knall zu. Eine Schraube löste sich von der Klinke, die sich lockerte und lose von der Tür herabhing. Sie war kaum noch zu etwas zu gebrauchen. Er betrachtete sie eine Weile. Dann merkte er, wie kalt es im Flur war, wie die Luft um seine Füße strich und sie kalt wurden. Er sah zur Tür. Vorsichtig drückte er die Klinke herunter und machte sie auf.

Im Zimmer war es immer noch hell. Aber es hatte den Anschein, als sei es in der Ecke ein wenig dunkler. Als hätte sich dort ein Schatten niedergelassen.

David ging zurück, machte die Eingangstür zu und schloss ab. Dann ging er in das unbenutzte Zimmer und stellte sich ans Fenster, den Blick fest auf die Ecke gerichtet.

Je näher der Abend herankroch, desto dunkler wurde es in der Hütte. David stand immer noch am selben Fleck. Er fragte sich, wo seine Taschenlampe war. Er vermisste sie nicht, aber er wusste auch nicht, wo er sie hingelegt hatte. Vielleicht war sie noch im Wald.

Er erinnerte sich, wie er einmal im Garten allein im Zelt geschlafen hatte. Man hatte den Mond und die Sterne durch das Zeltdach gesehen, und David hatte sich vorgestellt, ganz allein auf der Welt zu sein und machen zu können, was er wollte. Er hatte das Gefühl gemocht.

Es war nicht ganz das, was er jetzt empfand. Aber es erinnerte ihn daran. Ein Gedanke an Freiheit, uneingeschränkt zu sein, der ihn fast betrunken machte. Er wusste nicht, wann er dieses Gefühl in seinem Erwachsenenleben gehabt hatte. Wahrscheinlich niemals. Aber der brennende Wahnsinn war immer noch da. Er starrte mit schwarzen Augen in die Ecke, während die Sonne langsam hinter dem Horizont versank.

Jetzt war er ruhig. Er lehnte sich an die Wand. Als das Licht schwächer wurde, hatte er den Eindruck, als würde etwas anwachsen, langsam, im Takt mit der hereinbrechenden Dämmerung. Konturen einer Gestalt, genau wie er es sich immer vorgestellt hatte, seit er klein war.

David legte das Messer auf die Fensterbank.

Langsam ging er zu der Ecke hinüber. Die Dunkelheit schien sich zu bewegen, als würde sie auf seine Gegenwart reagieren. Er erhob die Arme, doch dann zögerte er. Die Schatten waren jetzt still.

Er streckte sich vor. Ein Schaudern ging durch seinen Körper. Die Hände bewegten sich träge, als hätte er sie in kaltes Wasser gehalten. Mit den Fingerspitzen berührte er die Wand, es piekste auf der Haut.

»Jemand da«, sagte David. »Jemand da, Alter.«

Er trat zurück und nahm das Messer von der Fensterbank.

Das Licht zog sich zurück. Die Nacht kam näher. Die Linien wuchsen in dem bleichen Mondlicht.

Es erhob sich aus der Ecke.

David atmete schwer. Jetzt schwitzte er trotz der Kälte draußen. Der Griff des Messers war feucht. Er spürte das Herz in der Brust schlagen, aber er hatte keine Angst. War vielleicht angespannt. Konzentriert. Manchmal hatte er das Gefühl, es würde sich bewegen, dann wieder schien es vollkommen stillzustehen.

»Komm nur her«, flüsterte David. »Ich bin hier. Ich laufe nicht mehr davon.«

Es stand in der Ecke und betrachtete ihn. Der Wind war zurückgekehrt, und der Schnee wirbelte draußen vor dem Fenster. David begann zu zittern. Er umklammerte das Messer fester. Der Kopf tat ihm weh, ihm war übel.

»Mein ganzes Leben lang …«, zischte er. »Mein ganzes Leben lang …«

Er legte das Messer an seinen Hals. Der Stahl fühlte sich auf der Haut kalt an. Der Schatten in der Ecke schien sich zu regen.

»Wenn ich sterbe«, sagte er, »wenn ich sterbe, dann gibt es dich auch nicht mehr. Wenn diese Nacht im Wald nicht gewesen wäre, hätte es dich vielleicht überhaupt nicht gegeben.«

Er drückte das Messer fester an den Hals. Dann fing er an zu lachen. Heiser, mit brüchiger Stimme. »Ist natürlich alles nur meine verdammte Fantasie! Ich stehe vollkommen durchgeknallt in einer Hütte in meiner eigenen Pisse und rede mit einer Wand! Und jetzt will ich mir auch noch die Kehle durchschneiden, nur weil ich so verdammt abgedreht bin! Ist das richtig? Ist das eine gute Idee?«

Er drückte und schnitt sich in den Hals. Eine oberflächliche Schnittwunde klaffte auf, und ein dünner Streifen Blut rann auf die Brust hinab. David konnte kaum mehr atmen, er senkte das Messer und sah auf die Schneide. Schwarze Augen starrten ihn an.

»Ich muss wohl ... vielleicht ... etwas fester drücken ...«

Aber da erwachte es zum Leben, glitt aus der Ecke und streckte sich aus, weit, als würde es David in seine Arme nehmen. Er drückte sich an die Wand und sank auf den Boden, als es auf ihn zukam und immer größer wurde. Die Hände waren plötzlich steif, und er verlor das Messer.

»Nein!«, rief er. »Nein!« Ihm wurde schwarz vor Augen, aber er zwang sich auf die Füße. Ein schrecklicher Lärm brüllte plötzlich in seinen Ohren, und er hörte sich selbst schreien. Dann rannte er aus dem Zimmer und schlug die Tür zu. Er stürzte in die Küche und trat den Stuhl beiseite, der mitten im Raum stand. Dann sah er sich schnell um und fand das andere Küchenmesser. Er packte es, presste den Arm mit dem Handgelenk nach oben auf die Spüle und legte das Messer an. Aber er zitterte zu sehr, alles drehte sich, und dann war da wieder die Kälte, das große Schwarze, das dem Mondlicht durchs Fenster keinen Einlass gewährte. David fuhr herum und brüllte laut und ließ das Messer auf den Boden fallen.

»Nein!«

Er lief ins Wohnzimmer und schlug eine Scheibe entzwei, riss ein Stück Glas heraus und merkte kaum, dass es in seiner Hand stecken blieb. Er führte es zum Hals, doch er kam nicht weit, die Hand wurde umgedreht, und das Glasstück fiel auf den Boden. David zerbrach die restliche Scheibe, dabei schrie er ununterbrochen. Dann fiel er bleich und fiebrig aufs Sofa.

Die Gestalt bewegte sich in der Ecke hinter dem Lesesessel. Sie brachte sich in Position, lauernd und abwartend. Die Gardinen flatterten im Wind.

David verspürte einen pochenden Schmerz in der Hand. Das Glasstück war ihm aus der Hand gefallen und hatte eine tiefe dunkelrote Schnittwunde hinterlassen. Er drehte seine Hand hin und her und betrachtete sie. Dann wandte er sich wieder der Ecke zu.

»Ich laufe nicht mehr davon«, sagte er. »Jetzt werde ich euch Angst einjagen.«

David stand auf. Die Dunkelheit in der Ecke regte sich. Er ging langsam darauf zu und kroch hinein. Er spürte, wie die Kälte durch die Haut drang und sich um die Beine schlang. Er hörte die Schreie aus dem Wald und sah, wie abgezehrte Dämonen um ihn herum tanzten. Sie drückten ihn an den Berg, er biss sich so stark auf die Lippen, dass sie bluteten. Sie kamen immer näher mit ihren roten Augen und den scharfen Zähnen, die in der Nacht schimmerten. Nachdem sie einen engen Kreis um ihn gebildet hatten und er wusste, dass er festsaß, kroch das Schwarze heraus. Sein Arm fuhr heraus und packte denjenigen, der ihm am nächsten stand. Die anderen schrien und flohen, während David mit dem dunklen Blick irgendetwas zerbrach und kaputt machte.

Er schrie und lachte.

»Hast du Angst?«, rief er. »Angst, dass ich mich umbringen werde? Willst du versuchen zu fliehen? Wohin willst du denn, ohne mich?«

David fühlte sich stärker. Er wankte wieder in die Küche und hob das Messer vom Fußboden auf. Ich kann es schaffen, dachte er. Hinter dem Dunklen verbirgt sich nichts. Das hier, das kann ich beenden. Jetzt weiß ich, wie die Dinge liegen, und ich werde der Sache ein Ende machen.

Er drückte den Arm auf den Küchentisch und legte das Messer aufs Handgelenk. Aber ein Gedanke blitzte auf, etwas, was ihn zurückhielt, das ihm zurief, er solle aufhören. Er meinte sich selbst am Tisch sitzen zu sehen, verkniffen und angespannt, das Messer war dabei, in die Haut einzudringen. Und auf seinem Gesicht schien sich unnatürliches Grinsen auszubreiten.

Er fuhr vom Stuhl hoch.

»Neeein!«

Es war still in der Hütte. Alles, was man hörte, war der Wind vor dem kaputt geschlagenen Fenster. Keine Dämonen, keine Gestalt mehr. Er holte Luft und ließ das Messer los. Vielleicht sollte ich ins Dorf zurückgehen, dachte er. Ich ziehe mich anständig an und gehe. Entschuldige mich bei Nina. Krieche bei ihr unter.

Aber es war da. Aus den Augenwinkeln konnte er es erkennen, es war genau hinter ihm. Es glitt heran und umarmte ihn. Er heulte auf, als die Dunkelheit sich über ihn ergoss und alles schwarz wurde. Er warf sich herum, als der Körper taub wurde und die Beine jegliches Gefühl verloren.

»Nein!«

Eine betäubende Wut überkam ihn. David sah sich selbst, wie er lebend zu seinem Grab getragen wurde. Er zerrte und zog, kam aber nicht los. Er packte das Messer, um sein Handgelenk aufzuschneiden, während er gleichzeitig sich selbst zurief: »Lass das sein, ich schneide mein Handgelenk auf, nein, es schneidet nicht, schwarz werden, ich muss hier weg, ich schneide, ich fliehe, Angst, ich habe Angst vorm Dunkeln, es schneidet nicht mehr, Angst vorm Dunkeln, nie mehr schwarz werden …

Licht, ich muss Licht machen, gebt mir Licht, jagt es weg, gebt mir Licht, macht die Tür auf, Mama, Papa, Licht …«

David riss eine der Küchenschubladen auf und suchte ein Feuerzeug. Er fand sofort eins, dann machte er die Speisekammer auf und holte eine Flasche Schnaps heraus. Er drehte sich blitzartig um, begegnete der finsteren Gestalt, die sich in ihn zu drängen schien. Er wollte schreien, aber die Kälte umklammerte seine Kehle und erstickte alle Laute. Der Schatten ergriff Besitz von ihm. Er jammerte und versuchte, sich aus seinem Griff zu befreien, der härter wurde und ihn festhielt, sich stoßweise in seinen Körper presste. Er merkte, wie der Kopf fast zersprang, als die Bilder von Zausel vorbeirauschten, Hände, die nach der Katze griffen, die versuchte, davonzulaufen, die sie einfingen, an ihr zogen, seine beste Freundin irgendwohin zerrten.

»Neeein!«

David riss sich los und rannte ins Wohnzimmer. Er warf

die Schnapsflasche über eine der Gardinen an die Wand und zündete sie an. Es brannte sofort. Die Flammen schlugen hoch und begannen an Tapeten und Sofa zu lecken. David fiel auf den Boden in die Scherben vom Fenster.

»Jetzt bleibe ich hier«, flüsterte er. »Ich gehe nirgendwohin.«

Das Feuer breitete sich aus. Davids Gesicht wurde ganz heiß.

Er sah die Dunkelheit über den Fußboden kriechen, schloss fest die Augen und machte sie wieder auf.

»Das, was hier passiert, passiert nicht mir, das kann nicht sein, liege ich hier wirklich zwischen den Flammen?«

Die Dämonen wuchsen aus dem Feuer. Die Flammen schossen aus ihren Augen und zwischen ihren Lippen hindurch, sie lachten lauter als jemals zuvor und tanzten wieder um David herum. Er rollte sich auf den Rücken und starrte direkt in das große Schwarze, kein Dach, keine Wände, nichts außer Dunkelheit. Er schrie, aber es kam kein Laut. Die Schwärze rann in seinen Mund und erstickte ihn. Er versuchte Zausel zu rufen, aber er hustete nur, und er wollte sich einfach zu einem kleinen Ball zusammenrollen und die Arme um sich schlingen, bis das Böse verschwand und alles vorüber war, aber die Muskeln wollten nicht gehorchen. Sie wollten etwas anderes.

Ich bleibe hier, dachte er. Ich gehe nirgendwohin. Nie mehr. Ich bleibe hier.

Die Funken sprühten um David herum. Im Holz knackte es, und es roch nach Rauch. Auf einmal schien ein heftiger Ruck durch seinen Körper zu gehen. Es blitzte wieder auf, und noch einmal sah er sich selbst, diesmal auf den Fußboden gedrückt, als würde er gegen etwas kämpfen, das ihn wegziehen wollte.

Als die Flammen seine Haare versengten, schrie er und kam auf die Füße. Die Dämonen tanzten im Feuer herum, immer weiter, sie lachten und schrien. Die Flammen schossen aus ihren Augenhöhlen, und es brannte in ihren Mündern. David packte einen von ihnen. Die anderen heulten laut und flohen vor ihm durch das Feuer. Er presste denjenigen, den er ergriffen hatte, auf den Fußboden. Er heulte und brüllte, als er ihn in der Mitte zerbrach, ihn in der Mitte auseinanderriss.

David merkte, wie es auf der Haut brannte und wehtat. Er hielt seine Hände vor sich und sah sie an. Sie waren aufgerissen und blutig. Die klaffende Wunde von dem Glasstück gaffte ihn wie ein schmerzvoll geröteter Mund an. Seine Beine bewegten sich, und er sah sich langsam durch die Flammen gehen, hinaus in die Küche, wo sich nach und nach der Rauch gesammelt hatte. Er hustete und spürte den Schmerz im Hals und in der Brust. Er war hin und hergerissen zwischen dem Wunsch, in der Hütte zu bleiben und das Feuer hinter sich zu lassen oder in den Schnee hinauszugehen.

»Ich weiß nicht«, flüsterte er. Er zitterte und lehnte sich an die Wand, hustete heftig und hatte Blutgeschmack im Mund.

»Wie, verdammt noch mal, kann man nicht wissen, ob man sterben will oder nicht? Wie kann man das nicht wissen?«

David ging in den Flur hinaus. Während die Wärme aus dem Wohnzimmer schlug und sich vorwärtsrollend in der

Küche auszubreitete, zog er sich langsam die Jacke an. Er band sich sorgfältig die Schuhe, wickelte einen Schal um den Hals und setzte eine Mütze auf. Die Handschuhe zog er ganz zum Schluss an. Dann ging er in den Schnee hinaus. Es stach auf der Haut, als die Hitze des Feuers mit der Winterkälte und dem Schneegestöber in Berührung kam.

David sank auf die Knie. Wenn das Feuer ausging, würde es kalt werden. Es würde noch lange Nacht sein. Vor seinen Augen flimmerte es, manchmal sah er nur schwarz, und dann wieder zeichnete sich die brennende Hütte wie eine Sonne gegen den Himmel ab. Er versuchte, klar zu denken, einen Beschluss zu fassen, zu verstehen, was eigentlich geschah und wer im Schnee saß, aber der Kopf war leer. Es war, als würde er immer weiter vom Land weggleiten, auf der Suche nach Gedanken, die ihn festhalten könnten. Schließlich verschwamm alles, und dann konnte er auch diesen Impuls nur noch undeutlich wahrnehmen. Irgendwo wurde eine Tür geschlossen, und alles Licht verschwand.

Nach einer Weile sah er die Gestalt aus den Augenwinkeln. Sie kam zwischen den Bäumen hervor, als wäre sie niemals woanders gewesen.

Als sie bei David angelangt war und sich in ihn drängte, keuchte er nur kurz. Dann sank er im Schnee zusammen. Die Augen wurden schwarz. Die Tränen liefen.

FLIEHE

fuck u

nice 2 see ya

your momma

thx!!!

np dude

someone heard from the D guy lately?

he fucked himself to death with three sluts in a hotel room

U R full o crap

It caught up with him.

fuck off

Caught up?

shut the fuck up okay shut the fuck up UR NO T HELPING

yeah not helping why do you feed us this shit?

hey I'm just saying that's all

Is he dead?

I don't get it

Me neither

yeah what do u mean u FUCKER %/!&/!#&!»&

*hey it doesn't matter you doin something tonight tokyo_*
Kid?
staying awake that's what I'm doing
caught up with him

Das Telefon klingelt. Sie liegt noch im Bett und hofft, dass es bald aufhört, dass derjenige, der sie erreichen will, aufgibt.

Die Mailbox geht an.

Nach ein paar Minuten klingelt es wieder.

Sie knurrt und tastet mit der Hand über den Nachttisch. Ihre Finger berühren ein vibrierendes Telefon. Sie fängt es auf und sagt müde:

»Anna.«

Am anderen Ende der Leitung ist es still.

»Hallo?«, fragt sie. »Wer ist da?«

»Hallo«, sagt eine Stimme. »Du kennst mich nicht, ich heiße Nina und bin eine Freundin deines Bruders.«

Sie schlägt die Augen auf. Dann seufzt sie und legt die Hand auf die Stirn.

»Okay. Ja, tut mir leid, aber ich weiß nicht, wer du bist.«

»Wir haben uns nicht sonderlich lange gekannt. Wir haben uns kennengelernt, als er diese Hütte gemietet hatte.«

»Ah so.«

Sie seufzt wieder und setzt sich auf, mit den Beinen über

der Bettkante. Sie erkennt das Zimmer kaum wieder, und im Bett neben ihr liegt jemand, den sie nicht mag. Aber das Haus ist groß, und es gibt viele Zimmer, in denen man sich verstecken kann, und so schleicht sie sich mit dem Telefon am Ohr hinaus.

»Entschuldigung«, murmelt sie, »ich muss irgendwo hingehen, wo wir ungestört reden können. Bleib dran.«

Sie geht in ein kleines Arbeitszimmer mit Ledermöbeln und einem großen dunklen Holztisch. Die Morgensonne wärmt das Parkett, sie setzt sich aufs Sofa.

»Okay«, sagt sie. »Wer bist du?«

»Warum hast du deinen Bruder noch nie besucht?«

»Äh …« Erst ist sie von der Frage überrumpelt, dann ist sie verärgert. Wer ruft sie hier eigentlich an? Was will diese Frau?

»Was ist los? Warum fragst du mich das?«

»Habe ich das nicht gesagt? Ich heiße Nina. Ich bin eine Freundin von David.«

»Ich habe noch nie etwas von dir gehört.«

»Worüber habt ihr denn so geredet? Habt ihr von seinen Freunden geredet? Von seinen Freundinnen? Wie es ihm ging? So was in der Art?«

Jetzt wird sie wütend.

»Also … wer zum Teufel bist du?«

»Ich bin Nina und will wissen, warum du deinen Bruder noch nie besucht hast.«

»Das geht dich einen Scheißdreck an.«

»Hast du Angst?«

»Was … was in aller … das ist doch …« Sie versteht das nicht. »Angst …«

»Entschuldige, das ist nicht fair von mir. Wir fangen von vorn an. Ich heiße Nina. Ich habe deinen Bruder kennengelernt, als er die Hütte oben in Norrland gemietet hat. Und jetzt, seit er wieder in Stockholm ist, bin ich einige Male im Krankenhaus gewesen und habe ihn besucht. Ich weiß, dass du nicht dort warst, und ich dachte, es sei an der Zeit, Kontakt zu dir aufzunehmen.«

»Ich … bin nicht oft zu Hause. Also, in Schweden. Ich reise beruflich viel. Das ist mein Job.«

»Ich weiß. Das habe ich schon begriffen. Willst du wissen, wie es ihm geht?«

Anna schließt die Augen. Sie lehnt sich in dem weichen Sofa zurück. Die Sonne wärmt ihre Füße.

»Ich weiß es«, antwortet sie. »Ich rufe hin und wieder den Arzt an. Ich weiß, wie es David geht.«

»Aha, du bezahlst das also?«

»Ja.«

»Das habe ich mir fast gedacht.« Nina holt tief Luft. »Anna … was weißt du? Ich meine, wirklich? Was sagen sie zu dir?«

Anna steht auf. Sie geht zum Fenster. Draußen liegt ein großer Garten mit geharkten Wegen und Springbrunnen. Ein Gärtner ist bereits auf und gräbt ein Beet um. Er sieht alt aus.

»Ich wusste schließlich, was David vorhatte«, sagt sie. »Er hat mich ein paar Mal von der Hütte aus angerufen, oder vielmehr von diesem Hügel. Aber unser letztes … also, das letzte Mal …« Sie stöhnt und legt die Stirn ans Fenster. »Verdammt, das wird nichts. Als ich das letzte Mal mit David gesprochen habe, ehe ich den Anruf von der Polizei bekam, war ich auf einer Party und ziemlich betrunken. Ich habe ihn kaum verstanden und nicht gehört, wie er wirklich drauf war, oder besser gesagt, das habe ich schon, aber ich war so betrunken, dass es mir scheißegal war.« Sie holt tief Luft. Nina am anderen Ende schweigt.

»Du musst das verstehen«, fährt Anna fort. »David war schon immer so. Er hat immer angerufen und hatte Angst. Manchmal war er das heulende Elend. Er war einsam. Ich konnte nicht mehr. Ich fühlte mich mies, weil ich ihm nicht half, aber was konnte ich denn tun? Als wir klein waren, musste ich immer zurückstecken, weil unsere Eltern die ganze Zeit nervös waren. David war wie eine Bombe. Ich war ihnen scheißegal. Ich bin ja auch alleine klargekommen. Und als ich mir endlich die Freiheit nehmen konnte und mir andere Leute scheißegal waren … Ja, da war mir auch David scheißegal. Anders ging es nicht.«

»Das war eine etwas längere Antwort, als ich erwartet hatte«, meint Nina. »Ich verurteile dich nicht.«

Anna lacht verbittert.

»Ja, ja. Ich habe diese Geschichte in den letzten Monaten ein paar Mal abgespult. Das ist schon die reinste Routine. Aber so ist es jedenfalls.«

»Okay.«

Sie schweigen für einen Moment.

»Aber«, beginnt Nina, »was haben sie zu dir gesagt?«

»Dass David es nicht gepackt hat. Er bekam eine Psychose. Die Hütte ist abgebrannt. Die Erklärung ist, dass er betrunken und mit dem Feuer unachtsam war. Es gab ja einen Stromausfall, wahrscheinlich brauchte er Kerzen in der Dunkelheit.«

Sie verstummt und kaut an ihren Nägeln.

»Verdammte Scheiße.«

»Ich weiß«, antwortet Nina leise. »Ich habe dasselbe gedacht, als der Strom ausgefallen ist.«

Anna sieht zum Himmel hinauf. Heute ist es bewölkt, bald wird es anfangen zu regnen.

»Sie sagen, dass David sich an nicht viel erinnert.«

»Ja. ›Ich erinnere mich an nicht viel‹, sagt er. ›Ich erinnere mich, dass du da warst, Nina. Dass du versucht hast, mich dort wegzuholen. Aber dann bist du gegangen. Und die Dunkelheit kam. Es war kälter als jemals zuvor.‹«

Anna dreht sich um. Sie geht wieder zum Sofa und setzt sich hin.

»Worauf willst du hinaus, Nina? Es klingt so, als wüsstest du etwas.«

»Ich weiß nichts. Aber ich war da.«

»Ja. Und?«

»Es gibt Dinge, die sie dir nicht erzählen. Nicht, weil sie geheim sind, sondern weil sie glauben, dass sie dich nicht interessieren. Du bist nur eine Schwester, die ihren Bruder nicht besucht und sich gern ein paar Erdteile entfernt von ihm aufhält. Also sagen sie, dass er eine Psychose hat. Sie versuchen ihm zu helfen, und wenn du nur weiter brav die Rechnungen zahlst, wird es ihm vielleicht irgendwann wieder gutgehen.«

»Ich habe nicht vor, deswegen ein schlechtes Gewissen zu haben. Ich habe ein Recht darauf, dass es mir egal ist.«

»Genau wie dir auch alle anderen egal sind.«

»Ungefähr so, ja.«

Anna hört, wie es am anderen Ende der Leitung raschelt.

»Entschuldige kurz«, sagt Nina. Sie verschwindet für einen Moment, dann ist sie wieder zurück. »David hat mir von damals erzählt, als er neun Jahre alt war.«

»Ach, hat er das? Was hat er denn gesagt?«

»Ihr habt ihm nie die ganze Wahrheit erzählt, oder?«

Anna setzt sich kerzengerade auf. Sie will gerade so etwas entgegnen wie »Was meinst du?« oder »Was heißt hier die ganze Wahrheit?«, aber das scheint sinnlos zu sein. Nina weiß, was sie will, und Anna kann nichts dagegen machen.

»Unsere Eltern haben es versucht«, sagt sie vorsichtig. »Aber es gelang ihnen nicht. Und dann sind sie gestorben. Ich erfuhr es erst ein paar Jahre später. Aber sie haben mir das Versprechen abgenommen, es David nicht zu sagen. ›Alles zu seiner Zeit‹, sagten sie. ›Irgendwann werden wir es erzählen. Aber nicht jetzt.‹«

»Gab es noch jemanden, der es wusste?«

»Ich glaube, die anderen Kinder. Sie gingen ihm aus dem Weg und hatten Angst vor ihm. Aber es gab viele andere, die etwas ahnten. Man wollte der Sache nicht auf den Grund gehen. Man begnügte sich mit der vorhandenen Erklärung. Und solange die Kinder nichts anderes erzählten, konnte man ja auch nicht viel tun.«

»Dann haben die Kinder nie etwas ausgeplaudert?«

»Nein. David erinnerte sich an nicht viel, vielleicht ging es ihnen genauso. Möglicherweise entschieden sie sich dafür, sich an nichts zu erinnern.«

»Oder sie wagten es nicht, oder hatten Angst vor David.«

»Mutter meinte, dass das der Grund sein könnte.«

»Du und eure Eltern … ihr wusstet es, nicht wahr?«

Anna seufzte.

»Ja. Mutter hat gesagt … sie hat gesagt …« Sie muss ein paar Mal schlucken, ehe sie weitersprechen kann. »Mutter hat gesagt, dass David, als sie ihn gefunden haben, ganz schwarze Augen gehabt hätte. Er saß an einen Baum gekauert und zitterte. Als sie ihn hochnehmen wollten, schlug er um sich. Er war wahnsinnig stark. Und diese Augen … Mutter hat fast angefangen zu weinen, als sie es erzählte. Sie sagte, das sei nicht ihr Sohn gewesen. Der konnte so etwas nicht tun, nicht David. Aber der andere Junge lag da auf der Erde und schrie. Er hatte Schmerzen. Aber vor allem hatte er Todesangst.«

Anna legt sich auf den Bauch.

»Wie geht es ihm wirklich?«

»Es geht ihm sehr schlecht, Anna. Er hat in der Hütte versucht, sich umzubringen. Er erinnert sich nicht daran, aber wenn sie ihn fragen, sagt er, dass es möglich sei.«

»Warum?«

»Weil er es tun würde, wenn er könnte. ›Ich kann nicht mehr‹, sagt er. ›Hier bin ich in der Dunkelheit eingeschlossen und kann nicht hinaus. Jede Nacht kommt es zurück. Jetzt kann ich ihm nicht länger entfliehen‹, sagt er. ›Ich kann nirgends hin.‹«

Anna merkt, wie sie anfängt zu zittern.

»›Ich kann nicht schlafen‹, sagt er. ›Ich rufe nach meinen Eltern, aber sie kommen nicht. Ich will einfach nur, dass sie die Tür aufmachen und mich holen. Aber sie tun es nicht. Es ist, als wäre sie jetzt zu, verschlossen. Sie kommen nicht rein. Dann rufe ich nach Zausel … sie kommt auch nicht. Ich höre sie schreien, aber sie kommt nicht.‹«

Anna ist kurz davor, Nina zu unterbrechen. Sie will sich das nicht mehr länger anhören.

»Es gibt nur das, was kommt«, sagt Nina. »Es kommt und holt mich.«

Sie fängt an zu weinen.

»Verstehst du, Anna? Ich verstehe es nämlich nicht. Ich kann nur das Grauen erahnen, was er in jeder wachen Minute erlebt. Wie es zunimmt, wenn die Sonne untergeht. Wie sie ihn zwingen, sich wach zu halten.«

»Zwingen?«

»Sie geben ihm kein Schlafmittel!«, schreit Nina. »Sie lassen ihn in seinem Zimmer schreien und brüllen. Es ist schrecklich! Das ist ein Teil der Therapie, sagen sie. Dieser verdammte Idiot … dieser durchgeknallte Psychotyp … Oskar Liatu … er ist im Krankenhaus und kommt sich als Experte und Ratgeber verdammt schlau vor. Derselbe miese Scheißkerl, der David diesen ganzen Mist eingebrockt hat.«

»Darf er nie schlafen?«

Nina fasst sich.

»Doch, nur an bestimmten Tagen machen sie das. Die meiste Zeit kriegt er natürlich starke Medikamente. Dann ist er weg. Aber er schläft nicht. Er ist nur eine Weile ausgeschaltet. Gott, Anna … du solltest ihn jetzt sehen … sein Gesicht … die Augen …«

Anna schließt fest die Augen. Sie beißt sich auf die Lippe. »Nina«, sagt sie. »Nina … was willst du?«

»Ich weiß es nicht! Verdammt, ich weiß es nicht! Aber willst du nicht Bescheid wissen? Es ist doch dein Bruder. Ich dachte, du würdest das wissen wollen.«

»Ja, ja … danke … oder … ach, Scheiße …«

Nina lacht, und Anna kann nicht anders, als in ihr Lachen einzustimmen.

»Gern geschehen, meine Liebe, gern geschehen.«

Dann wird es wieder still.

»Du«, sagt Anna. »Kannst du mir erzählen, wie du ihn gefunden hast?«

»Ja, klar. Deshalb habe ich auch angerufen.« Anna hört, wie Nina einen Schluck trinkt. Dann fährt sie fort: »Das letzte Mal, als ich da war, war er sehr aggressiv, fast gefährlich. Ich verstehe, was eure Mutter mit diesen schwarzen Augen gemeint hat. Also bin ich abgehauen. Aber dann hatte ich das Gefühl, dass ich nicht so einfach aufgeben konnte. Er war krank und brauchte Hilfe. Deswegen bin ich früh am nächsten Morgen wieder hingefahren. Das Haus hatte aufgehört zu brennen. Natürlich wusste ich nicht, dass es gebrannt hatte, und ich war schockiert. Der Schnee war im Laufe der Nacht in Regen übergegangen, und es hat hauptsächlich nur noch gequalmt. Ein Teil war noch übrig, ein Teil war Asche.«

Sie hustet.

»Entschuldige mich.« Sie hustet wieder. Dann erzählt sie weiter: »David lag draußen vor der Hütte. Er war steif gefroren und zitterte. Als ich ihn berührte, schrie er und versuchte wegzukriechen. Aber er war sehr schwach, es war leicht, ihn ins Auto zu verfrachten und ins Dorf zu bringen. Ich rief einen Krankenwagen, und … tja, der Rest ist eine Reihe von Formularen, die zu der Klinik außerhalb von Stockholm führten, in der er jetzt ist.«

»War das alles?«

»Fast.«

Anna zieht die Beine zur Brust hoch. Sie beginnt zu frieren. »Manchmal, als wir noch klein waren, hat er es geschafft, mir Angst zu machen. Hat mich dazu gebracht, zu glauben, dass tatsächlich jemand herumgeistern würde.«

»Wie das?«

Anna zittert.

»Es wirkte einfach so … wirklich. Für ihn.«

Es kratzt im Hörer. »Hallo?«, fragt Anna. Aber es kratzt erneut. Dann ist Nina wieder dran.

»Entschuldige«, sagt sie. »Ich musste das Ladegerät einstecken. Der Akku gibt seinen Geist auf.«

»Du hast fast gesagt. Du hast gesagt, das war fast alles.«

»Ja, genau … warte kurz …« Es raschelt wieder. Anna hört, wie Nina sich eine Zigarette anzündet. »Dafür brauche ich eine Zigarette«, erklärt sie. »Jedenfalls … ich bin zur Hütte rausgefahren, um nach seinen Autoschlüsseln zu suchen.«

»War die Polizei nicht da? War da nicht abgesperrt?«

»Nein, es gab keinen Hinweis auf ein Verbrechen. Ich weiß nicht mal, ob die Feuerwehr da war. David hatte irgendwann in den letzten Tagen seine Autoschlüssel verloren. Deshalb hat er mich angerufen. Er wollte, dass ich komme und ihn hole. Dass sein schickes Auto dort vor sich hinrostete, das wollte ich nicht. Ich dachte, wenn ich es holen würde, müssten die anderen sich um eine Sache weniger kümmern.«

»Sehr aufmerksam.«

»Nicht wahr? Ich dachte nicht, dass ich die Schlüssel finden würde, aber einen Versuch war es wert. Außerdem wollte ich noch mal hinfahren. Um nachzuvollziehen, zu begreifen, was passiert war.«

Nina verstummt. Anna sieht sich nach einer Decke um, es ist jetzt kalt im Zimmer. Über der Rückenlehne des Sofas liegt eine zusammengefaltete Decke, in die sie sich einwickelt.

»Und was ist passiert?«

»Tja, also.« Nina nimmt einen Zug und trinkt erneut einen Schluck. »In einem kleinen Zimmer, das direkt vom Flur abging und von dem ich weiß, dass David es nicht benutzte, das irgendwie ziemlich vernachlässigt wirkte … da hatte es nicht so stark gebrannt.«

»Okay.«

»In der einen Ecke war die Tapete fast unversehrt. Als ich sie abtastete, war sie völlig kalt.«

Das war eigentlich nicht erstaunlich. Anna sah jemand vor sich, der Nina sein könnte und vorsichtig mit den Händen über die Tapete streicht und die Hand zurückzieht, als die Kälte plötzlich beißend spürbar wird. Sie sieht erstaunt aus, und erschreckt.

»Und ich habe etwas gefunden«, sagt Nina.

Anna versteht nicht, warum sie plötzlich so verunsichert ist. Sie will das Gespräch gerne beenden.

»Was?«, fragt sie und schließt die Augen.

»Davids Autoschlüssel.«

Keine von ihnen sagt darauf etwas. Anna sieht keinen Zusammenhang, weiß nicht, was es bedeutet, aber es fühlt sich einfach nur schlecht an. Da ist etwas in Ninas Stimme, die Art, wie sie spricht, wie sie die Erzählung gewichtet, die Anna nervös und unsicher werden lässt.

»Was bedeutet das, Nina?«

»Ich weiß es nicht, Anna. Ich habe keine Ahnung. Aber ich wollte, dass du das weißt.«

»Warum?«

»Ich weiß es nicht. Vielleicht, weil du etwas sagen könntest, das die Sache klären würde, vielleicht, weil ich es einfach jemandem erzählen musste, der es genauso verstehen würde wie ich … oder, ich weiß nicht. Ich fand einfach nur, dass du es wissen solltest.«

»Okay, danke.«

Sie steht auf. Die Decke gleitet herab. Sie friert jetzt nicht mehr so sehr. »Ich nehme an, dass ich ihn mal besuchen sollte.«

»Ja, das solltest du wirklich. Ich kann dir versichern, dass ich mich selbst verfluche, weil ich mich überhaupt um ihn kümmere. Aber so ist es einfach, und ich habe aufgegeben, mir darüber Gedanken zu machen. Dein Bruder macht mich völlig fertig, zumindest zur Zeit.«

»Wie meinst du das?«

»Darüber reden wir, wenn wir uns sehen. Wenn du bald nach Schweden zurückkommst und David besuchen willst, dann können wir zusammen hinfahren. Du musst nicht allein dorthin.«

»Das wäre schön. Das ist nett von dir.«

Anna seufzt erleichtert. Jetzt war das Gespräch bald vorüber. Sie sehnt sich zurück ins Bett. Aber dann schaudert es sie wieder. Die Haare auf ihren Armen richten sich langsam auf. Sie stellt sich ans Fenster. Der Gärtner ist weg.

»Danke, Nina. Danke, dass du dich um David kümmerst.«

»Ich hasse deinen Bruder, Anna. Für das, was er mit mir macht.«

»Es klingt, als hätten wir viel miteinander zu bereden.«

»Ja, nicht wahr?«

Anna blieb noch eine Weile im Zimmer stehen. Der Gärtner kam über den Kiesweg. Er sah sie, hob die Hand und lächelte freundlich. Sie winkte zurück. Dann ging sie ins Schlafzimmer zurück, wo sie ins Bett neben den Mann sank, der immer noch schlief. Aber sie konnte nicht mehr einschlafen, und nachdem sie sich eine Weile herumgewälzt hatte, stand sie wieder auf. Sie schlich mit dem Handy in der Hand hinaus und rief eine Nummer an.

»Hallo, Anna«, antwortete ein Mann am anderen Ende. »Es ist Wochenende. Was willst du?«

»Hallo. Ich möchte meine Beurlaubung rückgängig machen. Wenn es geht.«

»Was?« Er klang erstaunt, aber froh. »Aber … hm? Warum denn? Oder besser gesagt, ja, das geht natürlich, das ist spitze. Aber du hast doch gespart und geplant und … wolltest du nicht nach New York?«

»Doch.«

»Wolltest du dich nicht ausruhen und nachdenken, über dein Leben grübeln und all diesen Hippiescheiß?«

»Doch.«

»Und?«

»Aber ich warte ein wenig damit«, sagte sie. »Ich bin noch nicht so weit. Ich will mir noch nicht freinehmen.«

»Hast du dich nicht nach Ruhe und Entspannung gesehnt?«

»Hör auf, dich über mich lustig zu machen. Wir sehen uns Montag.«

»Das sind mal gute Nachrichten, Anna. Willkommen zurück in der Tretmühle.«

»Danke.«

Anna legte auf.

Es war still im Zimmer.

Ein wenig kalt.

Sie drehte sich um.